Super ET

Dello stesso autore nel catalogo Einaudi

Il leopardo
Lo spettro
Il cacciatore di teste
Polizia
Il pipistrello
Il confessore
Sangue e neve
Il pettirosso
Nemesi
La stella del diavolo
Scarafaggi
Sole di mezzanotte
Sete
La ragazza senza volto
L'uomo di neve
Il coltello
Il fratello

Jo Nesbø
Gelosia

Traduzione di Eva Kampmann

Einaudi

Titolo originale *Sjalusimannen og andre fortellinger*

Prima edizione «Stile Libero Big»

www.einaudi.it

ISBN 978-88-06-25351-6

Gelosia

Oh, guardatevi dalla gelosia, mio signore.
È un mostro dagli occhi verdi che dileggia
il cibo di cui si nutre.

WILLIAM SHAKESPEARE, *Otello*.

Londra

Non ho paura di viaggiare in aereo. In media, un passeggero ha una probabilità su undici milioni di morire in un incidente di un volo di linea. Detto in altro modo: le probabilità di morire seduto al proprio posto in cabina a causa di un infarto sono otto volte di piú.

Aspettai che l'aereo decollasse e raggiungesse l'assetto orizzontale prima di sporgermi di lato e con voce sommessa tentare di ottenere un effetto tranquillizzante scodellando la statistica alla donna scossa dai tremiti e dai singhiozzi seduta accanto al finestrino.

– Ma ovviamente, le statistiche contano meno di zero quando si ha paura, – aggiunsi. – Parlo con cognizione di causa perché so benissimo come si sente.

Tu – che fino a quel momento avevi tenuto lo sguardo incollato fuori dal finestrino – ti voltasti adagio e mi guardasti, quasi ti accorgessi solo allora che un'altra persona occupava il sedile vicino al tuo. La particolarità della business è che i centimetri in piú tra i posti ti permettono, con un po' di concentrazione, di illuderti di essere solo. E tra i passeggeri della business vige il tacito accordo di non rovinare questa illusione con le parole, a parte qualche breve frase di cortesia e comunicazione di ordine pratico che potrebbe rendersi necessaria («Le spiace se abbasso la tendina?») E siccome lo spazio extra per i piedi permette di superare il vicino di posto senza una collaborazione coordinata per andare alla toilette, per accedere alla cappelliera eccetera, di solito ci si può ignorare bellamente a vicenda, anche se il viaggio dura dodici ore.

Nell'espressione del tuo viso lessi un lieve stupore per il fatto che avessi infranto la prima regola della business. Qualcosa del tuo abbigliamento, di un'eleganza noncurante – un paio di pantaloni e una maglia di due colori che a mio avviso non stavano bene insieme, ma desumo lo facessero secondo chi li indossava –, mi rivelò che non viaggiavi in classe turistica da un bel po', posto che lo avessi mai fatto. Però, tutto sommato, stavi piangendo, quindi non fosti forse tu ad abbattere quel tacito muro? D'altro canto, piangevi voltata di spalle, dando chiaramente a intendere di non voler condividere quel momento con altri.

Ebbene, rinunciare a esprimere qualche parola di conforto avrebbe rasentato l'indifferenza, perciò potevo solo sperare che comprendessi il mio dilemma.

Il tuo viso era pallido e stravolto dal pianto, eppure di una bellezza singolare, quasi elfica. O chissà, forse era proprio quel pallore, quell'aspetto stravolto a renderti cosí bella? Ho sempre avuto un debole per la fragilità, la vulnerabilità. Ti porsi il tovagliolo su cui la hostess aveva sistemato i bicchieri d'acqua prima del decollo.

– Grazie mille, – dicesti prendendolo, e con un sorriso forzato te lo portasti sul trucco che colava sotto un occhio. – Ma non credo –. Poi ti voltasti ancora verso il finestrino, poggiando la fronte contro il plexiglas come per nasconderti, il tuo corpo di nuovo scosso dai singhiozzi. Cosa, non credi? Che non sapessi come ti sentivi? A ogni modo avevo fatto la mia parte, e da quel punto in poi ti avrei lasciata in pace. Avrei guardato mezzo film per poi cercare di dormire, anche se non pensavo di riuscire a farmi piú di un'ora di sonno al massimo, mi succede quasi sempre, a prescindere dalla durata della tratta, e soprattutto quando so che sarebbe il caso. Dovevo passare soltanto sei ore a Londra, e poi prendere un volo di ritorno per New York.

La lucina che segnalava di tenere le cinture di sicurezza allacciate si spense e una hostess passò versando dell'acqua fresca nei bicchieri vuoti posti sul largo, massiccio bracciolo in mezzo a noi. Prima del decollo il comandante ci aveva informati che quella notte il volo da New York a Londra sarebbe durato cinque ore e dieci minuti. Intorno a noi qualcuno già abbassava i sedili e si tirava su la coperta, mentre altri sedevano con il viso illuminato dagli schermi in attesa del pasto. Sia io sia la donna accanto a me avevamo risposto di no quando, sempre prima del decollo, la hostess aveva portato il menu. Con mia gioia trovai un film nella categoria Classici, *Delitto per delitto - L'altro uomo*; stavo per mettermi gli auricolari ma udii la tua voce.

– Si tratta di mio marito.

Tenni gli auricolari in mano e mi girai verso di te.

Il mascara, impiastrato tutt'intorno ai tuoi occhi, sembrava un trucco di scena drammatico. – Mi tradisce con la mia migliore amica.

Non so se cogliesti quant'era strano che definissi ancora quella persona la tua migliore amica, ma non avevo intenzione di correggerti, per cosí dire.

– Mi scusi, – dissi. – Non intendevo intromettermi...

– Non si deve scusare, non c'è nulla di male nell'interessarsi. Troppo poche persone lo fanno. In effetti, abbiamo il terrore delle vicende sconvolgenti e tristi.

– Penso che lei abbia ragione, – commentai, incerto se riporre o meno gli auricolari.

– Sono sicura che in questo momento stanno facendo sesso, – dicesti. – Robert è sempre arrapato. E anche Melissa. In questo preciso istante stanno scopando alla grande tra le mie lenzuola di seta.

Automaticamente il mio cervello concepí l'immagine di una coppia sposata sulla trentina: lui portava a casa i soldi, magari parecchi, mentre tu sceglievi la biancheria da letto. Il nostro cervello è un esperto in stereotipi. A volte sbaglia. A volte ci azzecca.

– Deve essere una sensazione terribile, – dissi, evitando un tono eccessivamente drammatico.

– Voglio morire, – dicesti. – Perciò lei si sbaglia a proposito di quello che penso dell'aereo. Io spero che precipiti.

– Ma ha ancora tante cose da fare, – dissi assumendo un'espressione preoccupata.

Per un momento ti limitasti a fissarmi. Forse la mia era stata una battuta infelice, o perlomeno intempestiva e un tantino sfrontata, considerando le circostanze. In fondo avevi appena detto di voler morire, e per giunta avevi addotto un motivo plausibile. La battuta si prestava a essere interpretata come fuori luogo e cinica, oppure come una distrazione liberatoria dall'innegabile cupezza. *Comic relief*, come lo chiamano, se non altro quando funziona. A ogni modo, mi pentii di averla fatta, anzi, trattenni addirittura il respiro. Poi tu abbozzasti un sorriso. Non era che una specie di increspatura sulla superficie di una pozzanghera di fango, apparsa e subito sparita, però ripresi a respirare.

– Tranquillo, – dicesti sottovoce. – Devo morire soltanto io.

Ti fissai con un'espressione interrogativa, ma tu evitasti il mio sguardo, vagando con il tuo oltre di me, verso la cabina.

– Laggiú, in seconda fila, c'è un bambino piccolo, – dicesti. – Un bebè che forse piangerà per tutta la notte qui in business. Che ne pensa?

– Che ne dovrei pensare?

– Dovrebbe pensare che i genitori sarebbero tenuti a capire che chi ha pagato di piú per avere un posto in questo settore lo ha fatto perché ha bisogno di dormire, che magari domani mattina presto deve andare dritta a una riunione oppure al lavoro.

– Be'. Se la compagnia aerea ammette l'accesso alla business a un bebè, probabilmente non sta ai genitori rinunciare a questa possibilità.

– In tal caso la compagnia andrebbe punita per averci ingannati –. Ti asciugasti con cautela sotto l'altro occhio, avevi sostituito il tovagliolo che ti avevo dato con un fazzolettino tuo. – Fanno la pubblicità alla business con foto di passeggeri che dormono beati.

– A lungo andare la compagnia riceverà la sua punizione, perché non saremo disposti a pagare una comodità di cui non possiamo usufruire.

– Ma perché lo fanno?

– I genitori o quelli della compagnia aerea?

– Secondo me i genitori lo fanno perché hanno piú soldi che vergogna. Però immagino che la compagnia rischi di perdere incassi perché il suo prodotto business si squalifica, no?

– Perderebbe anche punti sul fronte popolarità se fosse accusata di non amare molto i bambini.

– Secondo me a un bambino non importa un bel niente se piange in business o in turistica.

– Ha ragione, volevo dire non amare molto i genitori con figli piccoli –. Sorrisi. – Forse le compagnie temono che un'iniziativa del genere possa sembrare una forma di apartheid. Ovviamente, si potrebbe risolvere il problema sbattendo chi piange in turistica e obbligandolo a cedere il posto a una persona sorridente e instabile munita di biglietto di classe economica.

La tua risata era mite e gradevole, e questa volta riuscí ad arrivare fino agli occhi. È facile considerare inconcepibile – e per me lo era – che un uomo possa tradire una donna bella come te, ma cosí è: non è questione di bellezza esteriore, né tantomeno interiore.

– Di che cosa si occupa? – domandasti.

– Sono uno psicologo, e mi occupo di ricerca.

– E qual è l'oggetto delle sue ricerche?

– Gli esseri umani.

– Ovvio. E cosa ha scoperto?

– Che Freud aveva ragione.

– E su cosa?

– Sul fatto che gli esseri umani, salvo poche eccezioni, non valgono gran che.

Scoppiasti a ridere. – D'accordissimo, signor…

– Diamoci del tu, io sono Shaun.

– Maria. Però non ne sei convinto, vero?

– Che gli esseri umani, salvo rare eccezioni, non valgono gran che? Perché non dovrei esserlo?

– Hai dimostrato di essere premuroso, e non c'è posto per la premura se sei un incorreggibile misantropo.

– Okay. E perché dovrei mentire?

– Per lo stesso motivo, perché sei premuroso. Mi assecondi, mi consoli affermando che hai paura di volare come me. E se dico che mio marito mi tradisce, mi consoli sostenendo che il mondo è pieno di gente cattiva.

– Ah, però. E dire che lo psicologo dovrei essere io.

– Vedi, perfino la tua scelta professionale ti smaschera. Non ti resta che ammettere che smentisci la tua stessa affermazione. Sei una persona di valore.

– Magari fosse vero, Maria, ma temo che la mia apparente premura sia solo il frutto di un'educazione inglese borghese, e che il mio valore lo veda esclusivamente io, e nessun altro.

Ti voltasti di un paio di gradi, quasi impercettibili, verso di me. – In tal caso il valore lo devi all'educazione, Shaun. Quindi? È quello che fai, e non quello che pensi e senti, a conferirti valore.

– Secondo me esageri. L'educazione determina solo che non mi piace infrangere le regole di un comportamento ammissibile, in effetti non faccio nessun sacrificio. Mi adeguo ed evito imbarazzi.

– A ogni modo, come psicologo il valore non ti manca.

– Anche su questo fronte temo di essere una delusione. Non sono abbastanza intelligente o operoso da essere in grado di scoprire una cura per la schizofrenia. Se l'aereo dovesse precipitare adesso il mondo perderebbe un noiosissimo articolo sul pregiudizio di conferma in una rivista scientifica letta da una manciata di psicologi, e nient'altro.

– Fai il falso modesto?

– Sí, indulgo perfino alla falsa modestia. La si può aggiungere ai miei vizi.

A quel punto ridesti di cuore. – Nemmeno una moglie o dei figli ai quali mancheresti se scomparissi?

– No, – risposi con una breve risata. Considerato che avevo il posto corridoio, non potevo chiudere di colpo la conversazione fingendo di aver scorto qualcosa di interessante giú, giú sull'oceano Atlantico nel buio della notte. E prendere la rivista dalla tasca dello schienale di fronte sarebbe sembrato un gesto troppo ostentato.

– Scusa, – sussurrasti.

– Di niente, – dissi io. – Che cosa intendevi quando hai detto che devi morire?

I nostri sguardi si incontrarono, e per la prima volta ci vedemmo a vicenda. E pure se probabilmente è una mia razionalizzazione a posteriori, penso che entrambi cogliemmo uno scorcio di qualcosa, qualcosa che ci fece intuire che quel nostro incontro avrebbe potuto cambiare tutto, anzi, aveva già cambiato tutto. Forse stavi per pensarlo anche tu, ma ti interrompesti per sporgerti sopra il bracciolo verso di me, facendomi sentire il tuo profumo, rammentandomi lei, era il suo odore, era tornata.

– Mi toglierò la vita, – sussurrasti.

Poi ti riappoggiasti allo schienale osservandomi.

Non so cosa esprimesse il mio viso, ma ero sicuro che non mentissi.

– Come pensi di farlo? – fu tutto quello che mi venne in mente di dire.

– Vuoi che ti racconti? – Mi facesti quella domanda con un sorriso insondabile, quasi allegro.

Verificai. Volevo sapere?

– Per inciso, non è vero, – aggiungesti. – Tanto per cominciare non mi toglierò la vita, questo l'ho già fatto. E poi, non sarò io a togliermi la vita, ma loro.

– Loro?

– Sí. Ho firmato il contratto... – Guardasti l'orologio, un Cartier, un regalo del tale Robert, immaginai. Prima o dopo il tradimento? Dopo. Quella Melissa non era la prima, lui le era infedele da sempre. – ... quattro ore fa.

– Loro? – ripetei.

– L'agenzia dei suicidi.

– Vuoi dire... come in Svizzera? Sí, insomma, aiuto attivo a morire?

– Sí, ma piú attivo. E con la differenza che ti tolgono la vita in modo che non sembri un suicidio.

– Come?

– Ho l'impressione che tu non mi creda.

– Io… sí, certo, è solo che sono basito.

– Capisco. Dovrà restare tra noi, perché nel contratto c'è una clausola di riservatezza, quindi in effetti non posso parlarne con nessuno. Ma il fatto è che… – sorridesti mentre i tuoi occhi si riempivano di nuovo di lacrime, – mi fa sentire insopportabilmente sola. E tu sei uno sconosciuto. E uno psicologo. Siete vincolati dal segreto professionale, vero?

Mi schiarii la voce. – Sí, per quanto riguarda i pazienti.

– Allora sarò la tua paziente. Vedo che in questo momento hai tempo per una seduta. Qual è la sua parcella, dottore?

– Purtroppo non possiamo fare cosí, Maria.

– Certo che no, immagino che infrangeresti le regole della professione. Però, non potresti semplicemente ascoltarmi come privato cittadino?

– Devi sapere che per me, in veste di psicologo, sorge un problema di natura etica se una persona con propositi suicidi mi fa una confidenza e io non tento di intervenire.

– Non capisci, è troppo tardi per intervenire, sono già morta.

– Come, sei già morta?

– Il contratto è irreversibile, mi uccideranno entro tre settimane. Ti spiegano in anticipo che, una volta apposto il tuo nome sul foglio, non c'è nessun pulsante antipanico: se ci fosse, in seguito potrebbe esserci ogni sorta di controversia giudiziaria. Shaun, sei seduto accanto a un cadavere –. Scoppiasti in una risata, ma adesso era dura e amara. – Non potresti semplicemente farmi compagnia con un drink e limitarti ad ascoltare? – Tendesti un braccio lungo ed esile verso il pulsante del servizio, che emise un *plin* nel buio della cabina, come se provenisse da un sonar.

– D'accordo, – risposi. – Però non ti darò consigli.

– Va bene. E mi giuri che non riferirai a nessuno quello che dirò, nemmeno dopo che sarò morta?

– Giuro, – risposi. – Anche se non vedo come potrebbe avere importanza per te.

– Altroché, se ne avrebbe. Se infrangessi il vincolo di riservatezza del contratto potrebbero citare in giudizio i miei eredi pretendendo un risarcimento esorbitante, e allora resterebbero solo pochi spiccioli all'organizzazione a cui ho lasciato i miei averi.

– Cosa posso servirvi? – la hostess si era materializzata accanto a noi senza fare il minimo rumore. Tu ti sporgesti davanti a me e ordinasti un gin tonic per entrambi. Lo scollo della tua maglia ricadde un po' in fuori, lasciandomi intravedere un pezzetto di pelle nuda e pallida, e allora mi resi conto che non avevi il suo profumo. Il tuo era leggermente dolce, speziato, come la benzina. Sí, benzina. E un albero di cui non ricordo il nome. Era un profumo quasi maschile.

Appena la hostess ebbe spento la lucina del servizio e si fu allontanata, ti togliesti le scarpe scalciando, ti girasti di fianco sul sedile, con agilità felina raccogliesti le gambe contro il tronco e tendesti due esili caviglie fasciate di nylon che ovviamente mi fecero pensare alla danza classica.

– L'agenzia di suicidi ha un'elegante sede a Manhattan, – dicesti. – È uno studio legale, sostengono di essere in regola dal punto di vista giuridico, e non ne dubito. Per esempio, non uccidono persone affette da disturbi mentali, il cliente deve superare un'approfondita valutazione psichiatrica prima di poter firmare il contratto. E deve inoltre aver disdetto eventuali polizze sulla vita, cosí da evitare che l'agenzia possa essere perseguita legalmente dalle compagnie assicurative. Ci sono anche tante altre clausole, ma la piú importante è la dichiarazione di riservatezza. Negli Stati Uniti il diritto contrattuale fra due parti adulte e consenzienti è molto piú ampio rispetto alla maggioranza degli altri Paesi, ma temono che se la loro attività dovesse trapelare e diventare di dominio pubblico, le reazioni spingerebbero i politici a bloccarli comunque. Non si fanno pubblicità, la loro clientela è costituita soltanto da persone che ne sono venute a conoscenza tramite il passaparola.

– Certo, è comprensibile che non vogliano esporsi.

– Naturalmente, anche i loro clienti tengono alla discrezione, dopo tutto il suicidio è associato alla vergogna. Come l'aborto. Le cliniche che praticano l'aborto non fanno nulla di illegale, ma non pubblicizzano la loro attività sopra la porta d'ingresso.

– Vero.

– E l'intero concept si fonda sulla discrezione e sulla vergogna. I clienti sono pronti a pagare somme ingenti per essere fatti fuori con il sistema piú piacevole e inaspettato possibile, sia dal punto di vista fisico che psicologico. Ma innanzitutto deve avvenire in modo che né i familiari, né gli amici, né l'ambiente circostante abbiano motivo di sospettare il suicidio.

– E come si fa?

– Va da sé che non ce lo dicono, ci informano soltanto che dispongono di un'infinità di metodi e che accadrà entro tre settimane dalla firma del contratto. Non ci fanno neppure qualche esempio, perché allora consciamente o inconsciamente eviteremmo determinate situazioni, fatto che scatenerebbe tanta, inutile paura. Si limitano a dirci che sarà indolore e non ne coglieremo nessuna avvisaglia.

– Capisco sia importante per alcuni non far sapere che si tolgono la vita, ma perché lo è per te? Non sarebbe, invece, una maniera di vendicarti?

– Di Robert e Melissa, vuoi dire?

– Se la causa della tua morte fosse inequivocabilmente il suicidio, questo fatto non causerebbe soltanto un senso di vergogna, ma anche di colpa. Robert e Melissa si addosserebbero la colpa, ma anche, piú o meno consciamente, l'addosserebbero l'uno all'altra. Succede in continuazione. Per esempio, hai mai visto la percentuale di divorzi fra coppie il cui figlio si è tolto la vita? O quella dei suicidi tra i genitori?

Ti limitasti a guardarmi.

– Mi spiace, – dissi, sentendomi arrossire un po'. – Ti attribuisco una sete di vendetta solo perché sono sicuro che io la proverei.

– Shaun, adesso pensi di esserti messo in cattiva luce.

– Sí.

Tu facesti una risata dura e breve. – Nessun problema, perché è ovvio che voglio vendicarmi. Ma tu non conosci Robert e Melissa. Se mi suicidassi lasciando una lettera ai miei familiari in cui incolpo Robert di avermi tradita, naturalmente lui negherebbe. Sottolineerebbe che sono stata in cura per depressione, ed è la verità, e che negli ultimi tempi ero anche senza ombra di dubbio paranoica. Lui e Melissa sono stati molto discreti, quindi forse nessuno sa di loro due. Immagino che, per salvare le apparenze, dopo il mio funerale lei per circa sei mesi uscirebbe con qualche altro finanziere dell'ambiente frequentato da Robert. Le sbavano dietro tutti quanti, e lei se l'è sempre cavata, da brava rizzacazzi che è. Poi lei e Robert si mostrerebbero finalmente in pubblico come coppia, spiegando che è stato il lutto comune per la mia perdita a farli incontrare.

– Okay, forse quanto a misantropia mi batti.

– Ne sono sicura. E quello che mi fa davvero vomitare è che in fondo in fondo Robert proverebbe un certo orgoglio.

– Orgoglio?

– Per il fatto che una donna non potesse vivere senza averlo tutto per sé. Lui la vedrebbe cosí. E lo stesso farebbe Melissa. Il mio suicidio non farebbe che aumentare ancora di piú il valore di Robert, e alla fine li renderebbe ancora piú felici.

– Ne sei convinta?

– Sí, assolutamente. Non conosci la teoria di René Girard del desiderio mimetico?

– No.

– Secondo questa teoria, oltre alla soddisfazione dei nostri bisogni fondamentali, non sappiamo quali siano i nostri desideri. Perciò emuliamo chi ci circonda, apprezziamo ciò che gli altri apprezzano. Se senti un numero sufficiente di persone intorno a te dire che Mick Jagger è sexy, finisci per desiderarlo anche se all'inizio ti sembrava orribile. Se io dovessi aumentare il valore di Robert suicidandomi, Melissa lo desidererebbe ancora di piú, e i due sarebbero ancora piú felici insieme.

– Ho capito. E se invece sembrasse che tu sia morta in un incidente o per cause naturali?

– Allora l'effetto sarà il contrario. Io diventerei la donna che il caso o il destino ha portato via. E Robert si farebbe un'altra idea della mia scomparsa e di me come persona. A poco a poco, ma infallibilmente, assurgerei alla condizione di santa. E cosí, il giorno in cui Melissa comincerà a dare sui nervi a Robert – e lo farà – lui di me ricorderà solo le cose belle, rimpiangendo il nostro rapporto. Due giorni fa gli ho spedito una lettera in cui gli dicevo che lo lasciavo perché avevo bisogno di libertà.

– Questo significa che lui non sa che sei al corrente della sua relazione con Melissa?

– Ho letto tutti i loro messaggi sul suo telefono, ma non ne ho fatto parola con nessuno, tranne che con te, adesso.

– E lo scopo della lettera?

– In un primo momento si sentirà sollevato per non essere quello che lascia. Allo stesso tempo risparmierà denaro nell'accordo di divorzio, e farà la figura dell'uomo buono, anche se presto si metterà con Melissa. Ma a poco a poco l'idea seminata dalla lettera germoglierà. Che l'ho lasciato per la libertà. Ma anche perché sicuramente ero certa di poter incontrare qualcuno meglio di lui. Anzi, che forse c'era già qualcuno prima che me ne andassi. E appena Robert lo penserà...

– ... sarai tu ad avere la teoria del desiderio mimetico dalla tua. Ed è per questo che ti sei rivolta all'agenzia di suicidi.

Ti stringesti nelle spalle. – Allora, qual è la percentuale di divorzi tra le coppie il cui figlio si è suicidato?

– Come?

– E quale dei genitori si toglie la vita? La madre, non è vero?

– Se lo dici tu, – ribattei fissando lo schienale davanti a me. Ma sentivo il tuo sguardo posato su di me mentre aspettavi una risposta piú esauriente. Fui salvato da due bicchieri bassi e larghi che come per magia apparvero dal buio finendo sul bracciolo in mezzo a noi.

Mi schiarii la voce. – Non è insopportabile dover aspettare cosí a lungo? Svegliarsi ogni mattina e pensare che forse oggi ti ammazzeranno?

Tu esitasti, non intendevi permettermi di cavarmela tanto a buon mercato. Ma alla fine lasciasti correre e rispondesti: – Non se il pensiero che forse oggi non ti ammazzeranno ti fa stare peggio. Anche se, ovviamente, di quando in quando ci colgono il terrore della morte e un inopportuno istinto di autoconservazione, la paura di morire non è peggio della paura di vivere. In quanto psicologo, ne saprai qualcosa –. Pronunciasti la parola «psicologo» con un'enfasi esagerata.

– Abbastanza, – risposi. – Ma sono stati fatti degli studi su alcune tribú nomadi del Paraguay nelle quali il consiglio supremo dà il suo benestare se un membro è diventato cosí vecchio e debole da costituire un peso eccessivo per gli altri e perciò deve essere ucciso. Anche in questo caso la vittima designata non sa né quando né dove succederà, ma accetta la decisione. Dopo tutto, se la tribú è sopravvissuta in un ambiente povero di cibo e che richiedeva lunghe, impegnative migrazioni, è perché ha sacrificato i deboli per proteggere coloro che avevano diritto alla vita ed erano in grado di portarla avanti. Magari quello stesso neocondannato a morte da giovane ha abbattuto a colpi di clava la gracile prozia in una notte buia davanti alla capanna. Da quegli stessi studi emerge anche che per i membri della tribú l'incertezza comporta uno stress fortissimo e costituisce di per sé una probabile causa di vita piú breve.

– Certo, lo stress c'è, – ammettesti sbadigliando e tendendo il piede fasciato di nylon fino a toccare il mio ginocchio. – Avrei preferito aspettare meno di tre settimane, ma immagino ci voglia un po' per trovare il metodo migliore e piú sicuro. Se, per esempio, deve sembrare un incidente e allo stesso tempo essere discreto, penso sia necessaria una pianificazione accurata.

– Ti restituiranno i soldi se questo aereo dovesse precipitare? – domandai prendendo un sorso di gin tonic.

– No. Hanno detto che siccome devono affrontare spese considerevoli per ciascun cliente e che in sostanza chiunque si rivolga a loro è affetto da tendenze suicide, devono assicurarsi che non li anticipi, volontariamente o involontariamente.

– Mmh. Quindi ti restano al massimo ventun giorni da vivere.

– Presto saranno venti e mezzo.

– Appunto. E come pensavi di impiegarli?

– Facendo cose che non ho mai fatto. Come chiacchierare e bere con gli sconosciuti.

Finisti il tuo drink con un lungo sorso. E il mio cuore cominciò a mugghiare e a martellare come se conoscesse già il seguito. Posasti il bicchiere e mi mettesti una mano sul braccio. – E poi ho voglia di fare l'amore con te.

Non sapevo cosa rispondere.

– Ora vado alla toilette, – dicesti. – Se mi segui fra due minuti, mi troverai ancora lí.

Sentii che mi stava accadendo qualcosa, un'esultanza interiore che non era soltanto desiderio, ma coinvolgeva l'intera natura del corpo, una sorta di rinascita che non provavo da tanto, tantissimo e che, in tutta sincerità, ero convinto non avrei mai provato di nuovo.

– Per inciso, – dicesti. – Non sono tosta fino a questo punto, ho bisogno di sapere se hai intenzione di venire.

Bevvi un sorso per guadagnare tempo. Nell'attesa tu guardasti il bicchiere.

– E se avessi una fidanzata? – dissi notando che la mia voce era roca.

– Non ce l'hai.

– E se non ti trovassi attraente o fossi omosessuale?

– Hai paura?

– Sí. Le donne che prendono l'iniziativa mi terrorizzano.

Mi scrutasti in viso come se cercassi qualcosa. – Okay, – dicesti. – Voglio crederti. Mi spiace, questo comportamento non è proprio da me, ma non ho tempo per menare il can per l'aia. Allora, che si fa?

Mi accorsi che mi stavo calmando. Il cuore mi batteva ancora forte, ma il panico, l'istinto di fuga, sparirono. Girai il bicchiere nella mano. – Prosegui subito con un altro volo da Londra?

Lei annuí: – Reykjavík. Parte un'ora dopo l'atterraggio. Cosa avevi in mente?

– Un albergo a Londra.

– Quale?

– Il *Langdon*.

– Bello, il *Langdon*. Il personale impara il tuo nome a memoria se ti fermi per piú di ventiquattro ore. A meno che non sospetti di avere a che fare con una relazione extraconiugale. In tal caso il cervello gli diventa di teflon. Comunque, non dovremmo fermarci lí per piú di ventiquattro ore.

– Stai dicendo…

– Posso rimandare Reykjavík a domani.

– Sei sicura?

– Sí. Contento?

Verificai. No, non ero contento. – E se… – cominciai, ma mi trattenni.

– Hai paura che entrino in azione mentre sei con me? – domandasti accostando allegramente il tuo bicchiere al mio. – Di ritrovarti un cadavere fra le mani?

– No, – sorrisi. – Volevo dire: e se poi ci innamoriamo? Tu hai firmato un contratto di morte. Un contratto irrevocabile.

– È troppo tardi, – rispondesti posando la mano sopra la mia sul bracciolo.

– È proprio quello che sto dicendo.

– No, intendevo che per l'altra cosa è troppo tardi. Siamo già innamorati.

– Veramente?

– Un pochino. Abbastanza –. Mi stringesti la mano, ti alzasti dicendo che saresti tornata subito. – Abbastanza da essere contenta perché forse mi restano tre settimane.

Mentre eri alla toilette la hostess venne a prendere i nostri bicchieri, e le chiesi se potevamo avere due cuscini in piú.

Quando tornasti ti eri rinfrescata il trucco.

– Non l'ho fatto per te, – dicesti, mi avevi letto negli occhi. – Ti piaceva tutto impiastrato, non è vero?

– Mi piace in entrambe le versioni, – risposi. – E allora, per chi ti sei truccata?

– Secondo te?

– Per loro? – domandai indicando gli altri passeggeri con un cenno del capo.

Scuotesti il capo. – Di recente ho commissionato un'indagine nella quale la maggioranza delle donne ha risposto che si truccava per un senso di benessere. Ma che cosa intendono per benessere? Semplicemente l'assenza di disagio? Il disagio di farsi vedere come sono? Il trucco non è davvero nient'altro che il nostro burqa autoimposto?

– Il trucco non si usa tanto per mettere in risalto quanto per nascondere? – domandai.

– Mettere in risalto qualcosa significa nascondere qualcos'altro. Qualsiasi editing, oltre a essere esplicativo, è un'operazione di copertura. Chi si trucca vuole che il make-up indirizzi l'attenzione su begli occhi affinché nessuno noti un naso troppo grande.

– Ma è sul serio un burqa? Non vogliamo tutti essere visti?

– Non tutti. E nessuno sarà visto com'è davvero. A proposito, lo sapevi che nel corso della loro vita le donne dedicano al trucco il tempo equivalente al servizio di leva degli uomini in certi Paesi?

– No, ma mi sembra un paragone tra informazioni casuali.

– Appunto. Ma non un paragone casuale di informazioni.

– Già, vero?

– Il paragone l'ho scelto io, e ovviamente è di per sé un'asserzione. Una fake news non è per forza un fatto falso, può anche essere un editing manipolatorio. Che cosa rivela questo paragone sulla mia opinione riguardo alle politiche di genere? Sto dicendo che gli uomini devono servire il loro Paese e rischiare la vita, mentre le donne scelgono di farsi belle? Può darsi. Ma basta un editing linguistico impercettibile perché lo stesso paragone dica che le donne hanno tanta paura di essere viste nel loro aspetto naturale quanta ne hanno le nazioni di essere conquistate da potenze straniere.

– Sei una giornalista? – le domandai.

– Lavoro come editor per una rivista che non vale la carta su cui viene stampata.

– Femminile?

– Sí, e nell'accezione peggiore immaginabile del termine. Hai bagagli?

Esitai.

– Volevo dire: quando atterriamo a Londra, possiamo andare direttamente a prendere un taxi?

– Ho solo il bagaglio a mano. Non mi hai detto perché ti sei rifatta il trucco.

Lei levò la mano e mi passò un dito sulla guancia, proprio sotto l'occhio, come se avessi pianto anch'io.

– Un altro paragone tra fatti casuali, – disse. – Ogni anno muoiono piú persone per suicidio che per guerre, terrorismo, omicidi indotti dalla droga, omicidi passionali, anzi, omicidi in generale, messi assieme. Il nostro piú probabile assassino in assoluto siamo noi stessi. Ecco perché mi sono rifatta il trucco. Mi sono vista allo specchio e non sopportavo il viso nudo del mio assassino. Non ora che sono innamorata.

Ci guardammo. E quando levai la mano per prendere la tua, tu mi anticipasti. Le nostre dita si intrecciarono.

– Non c'è niente che possiamo fare? – le bisbigliai, di colpo affannato, come se stessi già fuggendo. – Per esempio, pagare per tirarti fuori da quel contratto?

Lei inclinò leggermente il capo di lato, come per osservarmi da un'angolazione diversa. – Se ci fosse, magari non ci saremmo innamorati, – rispose lei. – Il fatto che siamo irraggiungibili l'uno per l'altra gioca un ruolo importante nell'attrazione, non trovi? È morta anche lei?

– Come?

– Quella di cui non volevi parlare quando ti ho chiesto se avessi moglie e figli. La perdita che ti induce ad aver paura di innamorarti di nuovo di qualcuno che perderai. Il motivo che ti ha fatto esitare alla mia domanda se avessi bagagli. Hai voglia di parlarne?

Ti guardai. Ne avevo?

– Sei sicura di voler…

– Sí, voglio sapere, – rispondesti.

– Quanto tempo hai?

– Ah ah!

Ordinammo un altro giro, e presi a raccontare.

Al termine, fuori dal finestrino stava già facendo giorno, poiché viaggiavamo verso il sole. E tu piangesti di nuovo.

– Che storia triste, – commentasti poggiando il capo sulla mia spalla.

– Già, – dissi.

– Fa ancora male?

– Non sempre. Mi dico che siccome lei non voleva vivere, probabilmente la sua alternativa era la migliore.

– Ne sei convinto?

– Anche tu ne sei convinta, o no?

– Può darsi, – rispondesti. – Ma in fondo non lo so. Sono come Amleto, in dubbio. Forse il regno dei morti è una valle di lacrime ancora peggiore.

– Parlami di te.

– Cosa vuoi sapere?

– Tutto. Tu comincia, poi se voglio saperne di piú ti faccio delle domande.

– Okay.

Cominciasti a raccontare. E l'immagine della ragazza che mi apparve era ancora piú nitida di quella che vedevo appoggiata a me con la mano sotto il mio braccio. A un certo punto l'aereo fu scosso da una lieve, piccola turbolenza, sembrava avanzare su brevi ondine irregolari, e impresse alla tua voce un buffo vibrato che ci fece scoppiare a ridere.

– Possiamo scappare, – proposi appena finisti.

Mi guardasti. – E come?

– Tu prendi una singola al *Langdon*. Stasera lasci un biglietto alla reception per il direttore dell'albergo che si presenterà al lavoro domani. Nel biglietto avrai scritto che sei andata ad annegarti nel Tamigi. Vai là stasera, in un punto dove non ti può vedere nessuno, ti togli le scarpe e le lasci sull'argine. E io ti passo a prendere con un'auto noleggiata. Poi andiamo in Francia, e a Parigi ci imbarchiamo su un volo per Città del Capo.

– Coi documenti come facciamo? – ti limitasti a dire.

– Ci penso io.

– Davvero? – Continuasti a guardarmi. – Di' un po', che genere di psicologo sei in realtà?

– Non sono uno psicologo.

– Ah no?

– No.

– E allora, che cosa sei?

– Secondo te?

– Sei l'uomo che mi deve uccidere, – rispondesti.

– Sí, – ammisi.

– Avevate prenotato il posto accanto al mio prima ancora che arrivassi a New York per la firma.

– Sí.

– Però ti sei davvero innamorato di me?

– Sí.

– E come doveva succedere?

– Nella coda passaporti. Un'iniezione. I principî attivi sarebbero scomparsi completamente o si sarebbero confusi con il sangue nel giro di un'ora. Dopo, dall'autopsia sarebbe soltanto emerso un normale infarto cardiaco. L'infarto cardiaco è stato la causa di morte piú frequente nella tua famiglia e gli esami che abbiamo fatto confermano che sei predisposta.

Annuisti. – Se scappiamo, ti daranno la caccia?

– Sí. Sono in ballo parecchi soldi per tutte le parti coinvolte, compresi noi che eseguiamo gli incarichi. Perciò anche a noi viene imposto di firmare un contratto, ma senza la scadenza di tre settimane.

– Un contratto di suicidio?

– Cosí possono ucciderci in qualsiasi momento senza correre rischi legali. È sottinteso che terranno fede al contratto se dovessimo manifestare un comportamento sleale.

– E non ci troveranno a Città del Capo?

– Seguiranno le nostre tracce, in questo sono molto bravi, che li porteranno fino a Città del Capo. Ma a quel punto noi non saremo piú là.

– E dove saremo?

– Va bene per te se aspetto a dirtelo? Ti garantisco che è un bel posto. Sole e pioggia, né troppo freddo, né troppo caldo. E quasi tutti capiscono l'inglese.

– Perché sei disposto a fare questo?

– Per lo stesso tuo motivo.

– Ma tu non sei un candidato al suicidio, è probabile

che guadagni una fortuna con quello che fai, e adesso sei pronto a rischiare la tua, di vita.

Mi sforzai di sorridere. – Quale vita?

Ti guardasti intorno, ti sporgesti in avanti e mi baciasti delicatamente sulle labbra: – E se non ti piacesse fare l'amore con me?

– In tal caso ti butto nel Tamigi, – risposi.

Ridesti e mi baciasti di nuovo. Un po' piú a lungo, le labbra un po' piú aperte.

– Ti piacerà, vedrai, – mi sussurrasti nell'orecchio.

– Temo di sí.

Ti addormentasti con la testa contro la mia spalla. Abbassai il tuo schienale e ti stesi sopra una coperta. Poi abbassai anche il mio schienale, spensi la luce sopra di noi e cercai di dormire.

All'atterraggio, a Londra, avevo rialzato il tuo schienale in posizione verticale e ti avevo messo la cintura di sicurezza. Sembravi una bambina addormentata la sera della vigilia di Natale, avevi quel sorrisetto sulle labbra. La hostess fece il giro per ritirare i bicchieri dell'acqua che stavano sul bracciolo in mezzo a noi da prima che decollassimo dal Jfk, quando piangendo avevi guardato fuori dal finestrino ed eravamo due sconosciuti.

Mentre ero allo sportello numero sei del controllo passaporti, vidi del personale in giubbotti ad alta visibilità con sopra la croce rossa correre verso i gate spingendo una barella con le ruote. Guardai l'ora. La polvere che avevo versato nel tuo bicchiere d'acqua prima del decollo era lenta a fare effetto, ma affidabile. Ormai eri morta da quasi due ore, e l'autopsia avrebbe rivelato un infarto cardiaco e praticamente nient'altro. Mi venne da piangere, mi succedeva quasi ogni volta. Allo stesso tempo ero felice. Il mio era un lavoro che aveva un senso. Non ti avrei mai dimenticata, eri stata speciale.

– Per favore, guardi nell'obiettivo, – mi disse l'addetto al controllo passaporti.

Dovetti battere le palpebre per scacciare qualche lacrima.

– Benvenuto a Londra, – disse l'addetto.

Gelosia

Guardai fuori dal finestrino l'elica sull'ala dell'aereo da quaranta posti. Sotto di noi, lambita dal mare e dal sole, si stendeva un'isola color deserto. Nessuna vegetazione visibile, solo calcare giallo chiaro. Kalymnos.

Il comandante ci avvertí che forse l'atterraggio sarebbe stato turbolento. Chiusi gli occhi e mi appoggiai allo schienale. Fin da quando ero piccolo, ho sempre saputo che sarei morto precipitando. O, piú esattamente: precipitando dal cielo in mare per infine morire annegato. Ricordo addirittura il giorno in cui avevo avuto questa certezza.

Mio padre era uno dei vicedirettori dell'azienda di famiglia di cui il fratello maggiore, Hector, era il comandante in capo. Noi bambini adoravamo Hector perché ci portava sempre dei regali e ci faceva salire sulla sua auto, che era l'unica Rolls-Royce cabriolet di tutta Atene. Di solito papà rincasava dall'ufficio che io dormivo già, ma quella sera era tornato presto. Aveva l'aria stanca, e dopo cena aveva parlato a lungo al telefono con il nonno nello studio. Dalla sua voce avevo capito che era arrabbiato. Quando ero andato a letto lui era venuto a sedersi sulla sponda; gli avevo chiesto di raccontarmi una favola: lui aveva riflettuto un po' e poi raccontato di Icaro e di suo padre. Abitavano ad Atene, ma si trovavano sull'isola di Creta quando il padre, un artigiano ricco e famoso, costruí un paio di ali con penne e cera per volare in cielo. La gente era fuori di sé dall'entusiasmo per quella prestazione, e il padre e l'intera famiglia godevano di grande rispetto ovunque. Un giorno diede le ali al figlio Icaro, raccomandandogli di fare esattamente come lui, di seguire la stessa rotta, e allora tutto sarebbe andato bene. Ma Icaro voleva volare altrove e ancora piú in alto del padre. E non appena si fu librato in aria, inebriato di trovarsi a un'altezza vertiginosa da terra e dalle persone, Icaro dimenticò che non si trovava lassú grazie al potere sovraumano di volare, ma alle ali che il padre gli aveva dato. Allora, spinto dalla baldanza, volò piú in alto del padre e si avvicinò troppo al sole, il quale sciolse la cera che teneva insieme le ali. E cosí, Icaro precipitò in mare. E annegò.

Da ragazzo ero convinto che la versione leggermente riveduta e corretta di papà del mito di Icaro fosse un avvertimento precoce diretto a me. Poiché Hector non aveva figli, sembrava logico che quando papà si fosse ritirato saremmo stati io e mio fratello maggiore a dirigere l'azienda. Solo una volta diventato adulto venni a sapere che all'epoca l'azienda aveva rischiato di fallire per colpa delle scriteriate scommesse sulle quotazioni dell'oro di Hector, che nonno gli aveva dato il benservito, ma per salvare le apparenze gli aveva lasciato tenere il titolo e l'ufficio. In pratica era stato mio padre a prendere in mano le redini dell'azienda. Non seppi mai se la storia della buonanotte che mi aveva raccontato fosse diretta a me oppure a zio Hector, ma deve aver lasciato il segno, perché da allora ho sempre avuto questo incubo: di precipitare e annegare. Ossia, certe notti il sogno prende la forma di qualcosa di caldo e piacevole, un sonno in cui tutte le cose brutte finiscono. Chi l'ha detto che non si può sognare di morire?

L'aereo vibrò e udii i passeggeri ansimare quando incappammo in due cosiddetti vuoti d'aria. Per qualche istante ebbi la sensazione di essere senza peso, e che fosse arrivato il momento, ma ovviamente non era cosí.

La bandiera greca si tendeva dritta dall'asta accanto al piccolo terminal quando scendemmo dall'aereo. Mentre superavo la cabina di pilotaggio udii uno dei piloti dire alla hostess che l'aeroporto stava per chiudere e che sicuramente non sarebbero potuti tornare ad Atene.

Seguii gli altri passeggeri che sfilavano in direzione del terminal. Un signore in divisa da poliziotto blu con le braccia conserte ci scrutava accanto al nastro trasportatore dei bagagli. Mi diressi verso di lui. L'uomo mi guardò con espressione interrogativa e io annuii in segno di conferma.

– Georgos Kostopoulos, – si presentò tendendomi una manona dal dorso coperto di lunghi peli neri. La stretta era ferma, ma non esagerata, come invece succede a volte quando un collega di provincia pensa di dover misurare le forze con la capitale.

– Grazie di essere venuto con un preavviso cosí breve, signor Balli.

– Diamoci del tu, chiamami pure Nikos.

– Scusa se non ti ho riconosciuto, ma esistono solo poche foto tue, e credevo fossi... ehm, piú vecchio.

Mi era toccato in sorte – probabilmente da parte di mia madre – quel genere di aspetto che non si deteriora con l'età. I capelli erano grigi e i ricci spariti, ma per il resto era intatto, e avevo mantenuto il peso forma di settantacinque chili, benché con una certa riduzione della massa muscolare.

– Cinquantanove anni non sono abbastanza, secondo te?

– Sí, certo! – Impostò la voce assumendo un timbro che immaginai fosse un po' piú profondo di quello naturale, e mi rivolse un sorriso sghembo sotto un paio di baffi del tipo che gli uomini di Atene si erano tolti vent'anni prima. Però il suo sguardo era mite. Georgos Kostopoulos non mi avrebbe dato problemi.

– Forse è soltanto perché sento parlare di te da quando frequentavo l'accademia di polizia, e mi sembra sia passato parecchio tempo. Hai altri bagagli che posso aiutarti a portare?

Guardò la borsa che stringevo nella mano. Tuttavia, per un attimo pensai che si riferisse non solo a quello che avevo con me fisicamente. Non che avrei potuto rispondergli. Forse viaggio con un bagaglio piú pesante della maggioranza, ma è del genere che bisogna portare da soli.

– Solo questo, a mano, – risposi.

– Abbiamo trattenuto alla stazione di Pothia Franz Schmid, il fratello gemello dello scomparso, – disse Georgos mentre uscivamo dal terminal, diretti verso una piccola Fiat coperta di polvere e con il parabrezza macchiato. Immaginai che avesse parcheggiato sotto qualche pino per ripararla dal sole e l'avesse poi ritrovata sporca della dura resina che alla fine bisogna grattare via con un coltello. Cosí è. Se alzi la guardia per proteggerti il viso scopri il cuore. E viceversa.

– Ho letto il rapporto in aereo, – dissi mettendo la borsa sul sedile posteriore. – Ha detto altro?

– No, insiste sulla sua versione. Il fratello Julian ha lasciato la loro stanza alle sei del mattino e non è piú tornato.

– C'è scritto che era andato a fare una nuotata.

– Cosí sostiene Franz.

– Ma tu non gli credi?

– No.

– Immagino che le morti per annegamento non siano tanto insolite su un'isola turistica come Kalymnos.

– No. E avrei creduto a Franz se non fosse per il fatto che la sera prima si erano azzuffati in presenza di testimoni.

– Sí, l'ho letto.

Scendemmo serpeggiando giú per una stretta via piena di buche verso la valle, dove ulivi nodosi e casette bianche in pietra fiancheggiavano quella che doveva essere la strada principale.

– Hanno appena chiuso l'aeroporto, – dissi. – Suppongo che l'abbiano fatto a causa del vento.

– Succede in continuazione, – disse Georgos. – È lo svantaggio di costruire un aeroporto nel punto piú alto di un'isola.

Capii quello che intendeva: non appena ci ritrovammo tra le colline, vidi che le bandiere pendevano flosce lungo le aste.

– Per fortuna il volo che prendo al ritorno parte da Kos, – dissi.

La nostra segretaria della sezione Omicidi aveva controllato l'itinerario prima che il mio capo mi autorizzasse a partire. Nonostante la precedenza concessa ai rarissimi casi riguardanti turisti stranieri, mi aveva dato il benestare a condizione che gli dedicassi un solo giorno lavorativo. Perfino io, il leggendario agente investigativo Balli, che di solito avevo carta bianca, dovevo tener conto dei tagli al budget. E come aveva riassunto il capo: nel caso in questione non c'erano né un cadavere, né pubblicità mediatica, né tantomeno buoni motivi per sospettare un omicidio.

Anche se l'aeroporto fosse stato aperto, da Kalymnos non ci sarebbero stati voli per rientrare in serata, però ce n'erano dall'aeroporto internazionale di Kos, che distava quaranta minuti di traghetto, perciò lui aveva grugnito un sí. Si era limitato a ricordarmi che i rimborsi pasti erano stati ridotti e che avrei dovuto evitare i ristoranti turistici con prezzi maggiorati se non fossi stato disposto a pagare di tasca mia.

– Temo che neanche i traghetti per Kos facciano servizio, con questo tempo, – disse Georgos.

– In che senso, con questo tempo? Il sole splende e non c'è quasi vento, a parte lassú.

– Lo so, visto da qui sembra innocuo, ma prima di arrivare a Kos c'è un tratto di mare aperto, e là ci sono stati parecchi naufragi con un sole come questo. Ti prenoteremo una stanza in albergo. Chissà, magari domani si calma.

Capii da quel «magari domani si calma» – invece del piú tipico, ottimistico per eccesso, «sicuramente si calma» – che le previsioni meteo non erano a mio favore, né a favore del mio capo. Pensai scoraggiato al contenuto insufficiente della mia borsa, e un po' meno scoraggiato al mio capo. Forse sarei riuscito a riposare un po', ne avevo proprio bisogno. Sono il tipo a cui le ferie vanno imposte anche quando mi ci vorrebbero. Forse perché non avendo né moglie né figli sono poco allenato a fare le vacanze, che mi sembrano tempo sprecato e accentuano una solitudine peraltro scelta.

– Che cos'è? – domandai indicando la collina sul lato opposto. Completamente circondato da dirupi, s'ergeva quello che sembrava un paesino, ma non c'era segno di vita, pareva un modellino che qualcuno aveva scavato nella roccia grigia, un gruppo di casette di Lego, tutto cinto da un muro, tutto dello stesso monotono colore grigio.

– È Paleochora, – rispose Georgos. – Dodicesimo secolo, i Bizantini. Se vedevano avvicinarsi una nave ostile, gli abitanti di Kalymnos fuggivano lassú e si trinceravano. E c'è stato chi ci si è nascosto sia nel 1912, all'arrivo degli italiani, sia sotto i bombardamenti degli alleati, quando Kalymnos era una base dei tedeschi durante la Seconda guerra mondiale.

– Sembra una cosa da vedere, – dissi, evitando di aggiungere che né le case né le fortificazioni avevano un aspetto particolarmente bizantino.

– Be', – disse Georgos, – è piú bello visto da lontano. L'ultima ristrutturazione risale al Sedicesimo secolo, a opera dei cavalieri ospitalieri. Inselvatichisce, si riempie di spazzatura, di capre, e perfino le cappelle vengono usate come gabinetti. Ci si arriva per le scale di pietra, ammesso che si riesca a salirle, ma poco tempo fa c'è stata una frana che rende il percorso ancora piú faticoso. Se ti interessa davvero, posso procurarti una guida in qualsiasi momento. Avrai un paesino di pietra tutto per te, questo è poco ma sicuro.

Naturalmente ero tentato, però scossi il capo. Sono sempre tentato dalle cose che mi respingono. Le versioni inattendibili. Le donne. I problemi di logica. Il comportamento umano. I casi di omicidio. Tutte le cose che non capisco. Sono un uomo con un intelletto limitato, ma una curiosità illimitata. Purtroppo, è una combinazione frustrante.

Come scoprii, Pothia era un vivace labirinto di case basse, di sensi unici stretti e di vicoli. Anche se la stagione turistica era finita da un bel po' e novembre era alle porte, per le strade si vedeva parecchia gente.

Parcheggiammo davanti a un edificio a due piani nel porto, dove pescherecci e yacht non troppo costosi erano ormeggiati fianco a fianco. Un piccolo traghetto per passeggeri e auto e un altro veloce, con sedili sia sul ponte che in coperta, erano attraccati al molo. Piú verso l'interno del molo un gruppo di persone, evidentemente straniere, discuteva con un uomo che indossava una divisa marittima di qualche specie. Alcuni turisti avevano degli zaini con corde arrotolate che spuntavano da entrambi i lati della patta: avevo notato lo stesso particolare in qualche passeggero arrivato con il mio volo. Arrampicatori. Negli ultimi quindici anni, da isola balneare Kalymnos era diventata meta di arrampicatori sportivi da tutta l'Europa, ma era successo dopo che avevo appeso le scarpette al chiodo. L'uomo vestito alla marinara allargò le braccia come per spiegare che poteva fare ben poco e indicò il mare. Qua e là si tingeva di bianco, ma a quanto potevo giudicare non era grosso da far paura.

– Ripeto, il problema è al largo, e da qui non si vede, – disse Georgos, che chiaramente aveva interpretato la mia espressione.

– Una cosa che succede spesso, – sospirai, sforzandomi di accettare la mia temporanea prigionia su quell'isoletta, che chissà perché sembrava ancora piú piccola di quando l'avevo vista dal cielo.

Georgos mi precedette dentro la stazione di polizia, e io salutai a destra e a manca mentre attraversavo un ufficio open space stretto e disordinato dove non solo i mobili ma anche gli schermi dei computer a forma di cassa, il distributore del caffè e l'enorme fotocopiatrice avevano l'aria datata.

– Georgo! – gridò una donna da dietro un divisorio. – Ha telefonato un giornalista dell'«Ī kathīmerinī». Vogliono sapere se è vero che abbiamo arrestato il fratello dello scomparso. Gli ho risposto che ti avrei detto di richiamarli.

– Puoi chiamarli tu, Christina. Digli che non è stato effettuato nessun arresto in concomitanza con le indagini e che per il resto non abbiamo dichiarazioni da fare.

Ovviamente, capii che Georgos voleva lavorare in pace e cercava di tenere lontani giornalisti isterici e altri elementi di disturbo. Oppure, forse voleva solo far vedere a me, il tizio venuto dalla capitale, che anche lí, nella lontana provincia, erano dei professionisti. Di sicuro era meglio per il clima di collaborazione permettergli di farlo, perciò non sarei ricorso alla mia posizione per spiegargli che di solito la capziosità era una pessima strategia con la stampa. D'accordo, era vero che finché Franz Schmid si metteva a disposizione di sua spontanea volontà per essere interrogato dal punto di vista tecnico non era in arresto, anzi, neanche in custodia cautelare. Ma quando si sarebbe diffusa la notizia – e il «se» era escluso – che Franz era stato trattenuto nella stazione per ore e che la polizia dava l'impressione di voler tenere nascosto il fatto, avrebbe creato un terreno fertile per quel genere di illazioni che la stampa aveva trasformato in un mezzo di sostentamento. Allora meglio dare una risposta diplomatica e un po' piú conciliante, per esempio che ovviamente la polizia continuava a parlare con tutte le persone in grado di dare un quadro piú preciso di cosa potesse essere accaduto, compreso il fratello dello scomparso.

– Qualcosa da mangiare e un caffè? – domandò Georgos.

– No, grazie, preferisco cominciare subito.

Georgos annuí e si fermò davanti a una porta. Bisbigliò: – Franz Schmid è lí dentro.

– Okay, – dissi abbassando la voce, ma senza bisbigliare. – La parola «avvocato» è stata menzionata?

Georgos scosse il capo. – Gli abbiamo chiesto se voleva telefonare alla sua ambasciata o al consolato a Kos, ma ha risposto: «Che cosa possono fare per trovare mio fratello?»

– Questo significa che non lo hai informato dei tuoi sospetti?

– Gli ho domandato della zuffa, ma senza fare commenti. A ogni modo, immagino abbia capito che c'è un motivo se gli abbiamo chiesto di aspettare che arrivassi tu.

– E chi gli hai detto che sono?

– Uno specialista di Atene.

– Specialista in cosa? Nel ritrovare persone scomparse? O nel trovare assassini?

– Né l'una né l'altra cosa, e lui non me lo ha chiesto.

Annuii, e Georgos esitò per qualche secondo prima di capire che non avevo intenzione di entrare se non si fosse scansato.

La stanza era all'incirca di tre metri per tre. L'unica luce penetrava da due strette finestre poste sotto il soffitto. La persona che la occupava sedeva a un piccolo tavolo quadrato su cui c'erano una brocca d'acqua e un bicchiere. Il tavolo era alto, e lo era anche l'uomo seduto. Aveva poggiato le braccia sul piano dipinto d'azzurro, piegate ad angolo retto. Quanto poteva essere alto? Un metro e novanta? Era magro, aveva un viso piú segnato di quanto avrebbero potuto giustificare i suoi ventotto anni, e di primo acchito dava l'impressione di avere un'indole sensibile. O forse era perché sembrava calmo, soddisfatto di starsene lí senza far niente, come se la sua testa fosse talmente piena di sentimenti e di pensieri da non avere bisogno di stimoli esterni. Quella testa era coperta da un berretto a righe orizzontali in colori rasta con un piccolo, discreto teschio sul bordo. Da sotto il berretto spuntavano dei riccioli scuri, come quelli che avevo io una volta. Gli occhi erano tanto infossati che non riuscii a decifrarli. E in quel preciso istante mi resi conto che c'era qualcosa di familiare in lui. Il mio cervello impiegò un secondo a disseppellirlo. La copertina di un disco che Monique aveva in camera sua a Oxford. Townes Van Zandt. È a un tavolo simile, quasi nella stessa posizione, anche lui con una faccia inespressiva ma che ciononostante pare cosí sensibile, cosí nuda e indifesa.

– *Kalimera*, – dissi.

– *Kalimera*, – rispose lui.

– Niente male, signor… – Consultai la cartellina che avevo tirato fuori dalla borsa e sistemato sul tavolo davanti a me. – Franz Schmid. Questo significa che lei parla greco? – gli domandai nel mio inglese dal forte accento britannico.

– No, mi spiace.

Con quella domanda speravo di aver fissato il nostro punto di partenza. Che ero una tabula rasa, che non sapevo nulla sul suo conto, che non avevo alcun motivo per nutrire qualche forma di pregiudizio, e che lui – se voleva – poteva cambiare la sua versione per il nuovo ascoltatore.

– Mi chiamo Nikos Balli, e sono un ispettore della sezione Omicidi di Atene. Sono venuto qui nella speranza di escludere qualsiasi sospetto che suo fratello sia stato vittima di un atto criminoso.

– Pensate che lo sia stato? – La sua domanda era priva di calore, priva di tendenza, mi diede l'impressione di un uomo concreto che voleva solo sapere i fatti. O voleva dare proprio quest'impressione.

– Non so che cosa pensi la polizia locale, posso parlare solo per me, e per ora non penso nulla. Comunque, so che gli omicidi sono rari. Ma sono talmente dannosi per la Grecia in quanto meta turistica che, quando si verificano, siamo tenuti a essere molto accurati per far vedere e capire al mondo circostante che non li prendiamo alla leggera. È come per gli incidenti aerei, bisogna trovare la causa e risolvere il mistero, perché si sa che tante compagnie sono andate fallite per colpa di un solo incidente irrisolto. Le dico questo per spiegare perché forse mi capiterà di farle delle domande su particolari che potrebbero sembrare di un'irrilevanza irritante, soprattutto a uno che ha appena perso il fratello. E che potrei dare l'impressione di essere convinto che lei o qualcun altro lo abbia ucciso. Ma sappia che io, nella mia veste di investigatore di omicidi, ho il compito di verificare l'ipotesi che sia stato commesso un omicidio, cosa che riuscirò a fare in egual misura se potrò scartarla. E, a prescindere dall'esito, forse ci avvicineremo di un passo al ritrovamento di suo fratello. Va bene?

Franz Schmid fece un sorriso sghembo che non gli arrivò agli occhi. – Lei parla come mio nonno.

– Prego?

– Metodo scientifico. Programmazione dell'obiettivo. Faceva parte del gruppo di scienziati tedeschi che scappò da Hitler e aiutò gli Stati Uniti a mettere a punto la bomba atomica. Noi... – Si interruppe e si passò la mano sul viso. – Mi scusi, le faccio perdere tempo, ispettore. Vada pure avanti.

Franz Schmid incrociò lo sguardo col mio. Aveva l'aria stanca, ma anche piú concentrata. Non so in quale misura avesse capito il mio gioco, ma se non altro il suo era uno sguardo sveglio che rivelava – a quanto potevo giudicare – intelligenza. Quando aveva detto «programmazione dell'obiettivo», evidentemente mirava a farmi dire che era nel suo interesse collaborare: se lo avesse fatto avrebbe potuto aiutarci a trovare il fratello. Si trattava di ordinaria, prevedibile manipolazione. Ma sospettavo che Franz Schmid avesse anche colto la manipolazione piú subdola che fa parte del metodo dell'interrogante per indurre l'interrogato ad abbassare la guardia: ovvero, che se quasi mi scusavo in anticipo per l'aggressività dell'interrogatorio che lo aspettava, la colpa era del cinismo economico delle autorità greche. Lo scopo era di presentarmi come il ragazzo gentile e sincero. Uno con cui Franz Schmid poteva confidarsi in tutta sicurezza.

– Bene, cominciamo da ieri mattina, dalla scomparsa di suo fratello.

Mentre ascoltavo il suo racconto osservai il linguaggio non verbale di Franz Schmid. Aveva un atteggiamento paziente, non si era sporto in avanti parlando troppo veloce e a voce troppo alta come fanno le persone quando inconsciamente credono che la loro deposizione sia la chiave per risolvere un caso che vogliono venga risolto, oppure per provare la loro reale innocenza. Ma non era neanche il contrario, non si muoveva in punta di piedi come se camminasse in un campo minato, non esitava, pronunciava le parole in un flusso tranquillo, regolare. Forse perché si era esercitato nella sua deposizione parlando con altri. Comunque, non mi diceva granché, spesso la versione di un colpevole è piú precisa e persuasiva di quella di un innocente. Forse perché il colpevole è preparato e ha la sua versione pronta, mentre l'innocente butta fuori una storia non riveduta e corretta, sciorina tutto quello che gli viene in mente lí per lí. Quindi, anche se osservavo e interpretavo, il linguaggio non verbale era di importanza secondaria. La mia materia, la mia specialità, sono i racconti.

Sebbene mi concentrassi sul suo, di racconto, ovviamente il mio cervello traeva delle conclusioni basate anche su altre osservazioni. Per esempio, che nonostante fosse sbarbato, Franz Schmid sembrava appartenere a un certo tipo di hipster, quelli che indossano un berretto di lana e una pesante camicia di flanella al chiuso, anche se fa caldo. Sul gancio alle sue spalle era appesa una giacca che, a giudicare dalla taglia, doveva essere sua. Le maniche della camicia erano arrotolate e gli avambracci muscolosi rispetto al resto del corpo. Mentre parlava, di quando in quando si scrutava i polpastrelli e si premeva con delicatezza le nocche, che erano piú grosse del normale. L'orologio al polso sinistro era un Tissot T-Touch che, come sapevo, era dotato di altimetro e di barometro. In altre parole, Franz Schmid era un arrampicatore.

Dalla documentazione risultava che Franz e Julian Schmid erano entrambi cittadini statunitensi, residenti a San Francisco, celibi, che Franz lavorava come programmatore in un'azienda di informatica e Julian come addetto marketing di un noto marchio di attrezzature da arrampicata. Mentre lo ascoltavo pensai al fatto che il suo inglese americano aveva conquistato la supremazia mondiale. Che la mia nipote quattordicenne sembrava uscita da un teen movie americano quando parlava con le amiche straniere della scuola internazionale di Atene.

Franz Schmid raccontò di essersi svegliato alle sei del mattino nella stanza che aveva affittato insieme al fratello in una casa sulla spiaggia di Massouri, un abitato a un quarto d'ora di auto da Pothia. Julian era già in piedi e stava uscendo, era stato lui a svegliarlo. Come al solito Julian andava a fare una nuotata fino all'isolotto di Telendos, una pratica fissa ogni mattina: ottocento metri, avanti e indietro. Lo faceva cosí presto innanzitutto perché dopo i due avevano a disposizione un numero sufficiente di ore per arrampicare, prima che, da mezzogiorno in poi, il sole battesse sulle pareti rocciose migliori. In secondo luogo, perché Julian preferiva nuotare nudo e cominciava a fare giorno solo verso le sei e mezzo. E in terzo luogo perché a detta di Julian le correnti infide del braccio di mare erano piú deboli prima che sorgesse il sole e si levasse il vento. Di solito Julian tornava pronto per fare colazione alle sette, ma quel giorno non era piú ricomparso.

Franz aveva sceso la scala del molo di pietra mezzo distrutto che si trovava in una caletta riparata proprio sotto la casa. Il grande telo da bagno che il fratello di solito aveva con sé stava all'estremità del molo, fermato da un sasso per evitare che il vento lo portasse via. Franz lo aveva tastato. Era asciutto. Aveva scrutato il mare, e gridato a un peschereccio che traversava sbuffando lo stretto, ma nessuno a bordo pareva averlo sentito. Poi era tornato su di corsa e aveva chiesto al padrone di casa di telefonare alla polizia di Pothia.

Per prima era arrivata la squadra del soccorso montano, un gruppo di uomini in camicia arancione che, con un misto di serietà professionale e di tono amichevole e allegro reciproco, aveva calato immediatamente in acqua due barche dando inizio all'operazione di ricerca. Poi erano arrivati i sommozzatori. E infine la polizia. Gli agenti avevano chiesto a Franz di controllare che non mancassero indumenti del fratello, e avevano ricevuto conferma che, mentre Franz faceva colazione al piano di sotto, Julian non era tornato nella stanza senza esser visto per vestirsi e andare via.

Dopo aver battuto la spiaggia dalla parte di Kalymnos, Franz e alcuni amici arrampicatori avevano noleggiato una barca e avevano raggiunto Telendos. La polizia aveva perlustrato il tratto costiero dove le onde si infrangevano contro degli scogli aguzzi, mentre Franz e i suoi amici si erano aggirati fra le case sparse sul fianco della collina chiedendo se qualcuno avesse visto un nuotatore nudo uscire dall'acqua.

Quando erano tornati senza aver concluso nulla, Franz aveva passato il resto della serata a telefonare alla famiglia e agli amici per spiegare l'accaduto. Lo avevano chiamato anche dei giornalisti, alcuni tedeschi, e aveva rilasciato delle brevi dichiarazioni. Che avrebbero sperato fino all'ultimo eccetera. Quella notte non aveva quasi chiuso occhio, e all'alba gli aveva telefonato la polizia chiedendogli di presentarsi in stazione per dare una mano. Ovviamente lo aveva fatto, e – Franz Schmid consultò il suo Tissot – da quel momento erano trascorse otto ore e mezzo.

– La zuffa, – dissi. – Mi racconti della zuffa dell'altra sera.

Franz scosse il capo. – È stato solo uno stupido litigio. Eravamo al bar dello *Hemisphere* e stavamo giocando a biliardo. Eravamo tutti un po' ubriachi. E allora Julian ha detto delle cazzate e io ho ribattuto con altre cazzate, e a un tratto gli ho lanciato una biglia colpendolo in fronte. È caduto lungo per terra e appena ha ripreso conoscenza gli è venuta la nausea e ha vomitato. Ho pensato a una commozione cerebrale. Allora l'ho caricato in macchina per portarlo all'ospedale di Pothia.

– Fate spesso a botte?

– Quando eravamo piccoli, sí. Adesso no –. Si passò una mano sulla ricrescita di barba del mento. – Ma non sempre reggiamo bene l'alcol.

– Ho capito. Però è stato un gesto fraterno da parte sua accompagnarlo all'ospedale.

Franz sbuffò dal naso. – Puro egoismo. Volevo farlo controllare per sapere se avremmo potuto affrontare la via lunga che avevamo in programma per ieri.

– Quindi siete andati all'ospedale.

– Sí. Anzi, no.

– No?

– Appena ci siamo lasciati alle spalle Massouri, Julian ha insistito col dire che si sentiva meglio e che dovevamo tornare indietro. Io ho detto che non guastava fare un controllo, ma lui ha risposto che a Pothia rischiavamo di imbatterci nella polizia, che gli agenti avrebbero subito fiutato guida in stato di ebrezza vedendo come portavo la macchina e mi avrebbero messo al fresco e lui sarebbe rimasto senza compagno di arrampicata. E poiché avevo difficoltà a replicare siamo tornati indietro.

– Qualcuno vi ha visti tornare?

Franz si grattò di nuovo il mento. – Probabile. Era notte fonda, ma abbiamo parcheggiato sulla via principale, dove ci sono tutti i ristoranti e c'è sempre gente.

– Bene. Avete incontrato qualcuno che secondo lei potrebbe aiutarci ad avere una conferma da terzi?

Franz allontanò la mano dal mento. Non so se perché avesse capito che quel gesto poteva essere interpretato come un segno di nervosismo, oppure perché semplicemente non gli prudeva piú. – Non abbiamo incontrato nessuno che conoscevamo, mi pare. A pensarci bene, credo che fosse quasi deserto. Forse il bar dello *Hemisphere* era ancora aperto, ma immagino che i ristoranti avessero chiuso. Ormai, con l'autunno a Massouri ci sono quasi soltanto climber, e quelli vanno a letto presto.

– Quindi nessuno vi ha visti.

Franz si raddrizzò sulla sedia. – Sono sicuro che lei sappia il fatto suo, ispettore, ma mi può dire che cosa c'entra questo con la scomparsa di mio fratello?

Parlava ancora con voce controllata, eppure per la prima volta nella sua espressione notai qualcosa che somigliava allo stress.

– Certo, – risposi. – Ma sono sicuro che può arrivarci da solo –. Con un cenno del capo indicai la cartellina che stava davanti a me sul tavolo. – Qui c'è scritto che il padrone di casa è stato svegliato dalle grida di una o piú voci provenienti dalla vostra stanza e dal rumore di gambe di sedie che grattavano sul pavimento. Avete continuato a litigare?

Scorsi un lieve fremito sul viso di Franz Schmid. Era perché gli avevo ricordato che le ultime parole scambiate con il fratello erano state astiose?

– Ripeto, non eravamo completamente sobri, – disse sottovoce. – Ma ci siamo addormentati in pace.

– Perché avevate litigato?

– Per una sciocchezza.

– Sentiamo.

Afferrò il bicchiere d'acqua che aveva davanti come se fosse un salvagente. Bevve. Una procrastinazione che gli dava il tempo di decidere cosa raccontare e cosa no. Incrociai le braccia e aspettai. Ovviamente intuivo a cosa stesse pensando, ma sembrava abbastanza sveglio da capire che se non mi avesse dato lui quell'informazione, l'avrei ottenuta dai testimoni del litigio. Non sapeva che Georgos Kostopoulos l'aveva già avuta da uno di quei testimoni. E che era stata proprio quella a spingere Georgos a telefonare alla sezione Omicidi di Atene. E quindi il caso era finito sulla mia scrivania. La scrivania dell'uomo della gelosia.

– *A dame*, – rispose Franz.

Mi sforzai di interpretare quale significato – se ce n'era uno – avesse dato a quella parola. Nell'inglese britannico *dame* era un titolo onorifico, nobiliare, «donna». In americano, invece, *a dame* era gergo chandleriano, che equivaleva a femmina, *a broad*, *a chick*, non apertamente dispregiativo, ma neanche una definizione rispettosa al cento per cento. Una donna che un uomo poteva sedurre, da cui al limite stare in guardia. Nella prima lingua di Franz, invece, *Dame* era un termine del tutto neutro, secondo la mia interpretazione di *Gruppenbild mit Dame* di Heinrich Böll.

– La donna di chi? – domandai per arrivare subito al sodo.

Di nuovo quell'abbozzo di sorriso, una contrazione e poi piú niente. – Immagino fosse questo l'argomento della discussione.

– Ho capito, Franz. Potrei avere anche i dettagli?

Lui mi guardò. Esitò. Lo avevo già chiamato per nome, che è un modo garantito ed efficacissimo di conquistare la fiducia della persona che interroghi. E a quel punto gli rivolsi lo sguardo e il linguaggio non verbale che inducono i sospettati di omicidio ad aprire il proprio cuore all'uomo della gelosia, a Phthonos.

La Grecia è un Paese con un tasso basso di omicidi. Cosí basso che molti si chiedono come sia possibile, in una nazione in crisi con un alto tasso di disoccupazione, corruzione e disordini sociali. Secondo una risposta umoristica i greci, piuttosto che uccidere qualcuno che odiano, preferiscono lasciarlo vivere in Grecia. Secondo un'altra non abbiamo una criminalità organizzata perché non siamo capaci di organizzare. Però abbiamo il sangue caldo. Abbiamo il delitto passionale. E io sono l'uomo che chiamano quando c'è il sospetto che dietro l'omicidio ci sia il movente della gelosia. Dicono che sento l'odore della gelosia. Ovviamente, non è vero. La gelosia non ha né un odore, né un colore, né un suono particolare. Però ha una storia. E proprio ascoltando quella storia, sia il detto che il taciuto, riesco a stabilire se mi trovo davanti a un animale disperato, ferito. Ascolto e capisco. Capisco perché cerco di sentire me stesso, Nikos Balli. Capisco perché sono anch'io un animale ferito.

E Franz raccontò. Raccontò perché questo – questo frammento di verità – è sempre una cosa che fa bene raccontare. Tirare fuori, comunicare l'ingiusta sconfitta e l'odio che ne sono la conseguenza naturale. Perché non è affatto perverso sentirci pronti a uccidere l'ostacolo che ci impedisce di eseguire il nostro compito principale di esseri biologici: accoppiarci per tramandare i nostri geni unici. A essere perverso è il contrario: lasciarsi fermare da una morale che veniamo indottrinati a credere un dono della natura o di Dio, ma alla fin fine non è altro che una serie di regole pratiche dettate dalle esigenze sempre attuali della collettività.

Un giorno di riposo, in cui non arrampicavano, Franz aveva fatto un giro con il motorino preso a noleggio fino al versante nord di Kalymnos, e nel paesino di Emporios aveva conosciuto Elena, che faceva la cameriera nel ristorante del padre. Per lui era stato amore a prima vista e, vincendo la propria naturale timidezza, si era fatto dare il suo numero di telefono. Sei giorni e tre appuntamenti dopo, Franz e Elena avevano fatto l'amore tra i ruderi del castello di Paleochora. Dato che i suoi le avevano proibito severamente di familiarizzare con i clienti in generale e i turisti stranieri in particolare, Elena aveva insistito che si incontrassero da soli e in gran segreto, perché nella parte nord di Kalymnos tutti conoscevano suo padre. Perciò erano stati discreti, ma Franz aveva tenuto il fratello aggiornato nei minimi particolari dopo il loro incontro al ristorante; ogni frase che si erano scambiati, ogni sguardo, ogni sfioramento, il primo bacio. Franz aveva mostrato a Julian alcune foto di lei, un video in cui guardava il tramonto seduta sulle mura.

Facevano cosí fin da quando erano piccoli, condividevano ogni avvenimento nei minimi dettagli, in modo che l'esperienza di uno diventasse anche dell'altro. Per esempio, Julian, che a detta di Franz era sempre stato il piú estroverso dei due, qualche giorno prima gli aveva mostrato un video che aveva girato di nascosto mentre faceva sesso con una ragazza nell'appartamento di lei a Pothia.

– Julian mi ha proposto per scherzo di andare dalla ragazza facendomi passare per lui, cosí, tanto per vedere se si accorgeva della differenza tra noi due come amanti. Un'idea interessante, certo, ma…

– Ma gli ha detto di no.

– Avevo conosciuto Elena, ero già cosí innamorato che pensavo solo a lei, parlavo solo di lei. Perciò forse non c'è da stupirsi se anche Julian era rimasto affascinato da Elena. E poi se n'è innamorato.

– Senza neanche averla incontrata?

Franz annuí adagio. – Almeno, io credevo che non lo avesse fatto. Avevo detto a Elena che avevo un fratello, ma non che eravamo gemelli monozigotici. Di solito non lo facciamo.

– E perché no?

Franz fece spallucce. – A qualcuno fa un effetto inquietante sapere che sei nato in due copie. Perciò normalmente aspettiamo un po' a dirlo o a presentare l'altro.

– Ho capito. Vada avanti.

– Tre giorni fa di colpo il mio telefono è sparito. L'ho cercato come un disperato, ho il numero di Elena solo lí e ci mandavamo in continuazione messaggi, avevo paura che pensasse che l'avevo mollata. Avevo deciso di andare a Emporios, ma l'indomani mattina ho ritrovato il telefono. Stava vibrando nella tasca di Julian, che era a nuotare. Era un sms di Elena in cui ringraziava per la sera prima e aggiungeva che sperava di potermi rivedere presto. E allora ho capito che cos'era successo.

Franz notò la mia espressione sconcertata, probabilmente mal recitata.

– Julian aveva preso il mio smartphone, – continuò in tono quasi impaziente, dato che sembravo ancora non capire. – Aveva trovato il numero di Elena e lo aveva usato per chiamarla facendole credere che fossi io. Si sono dati appuntamento, e neanche quando si sono incontrati lei ha capito che quel ragazzo non ero io, ma Julian.

– Ah, – dissi.

– Ho messo Julian di fronte al fatto non appena è rientrato dalla nuotata, e lui ha ammesso ogni cosa. Ero furibondo, perciò sono andato ad arrampicare con delle altre persone. Ci siamo rivisti solo la sera in quel bar, e allora Julian ha detto che nel frattempo aveva chiamato Elena e le aveva spiegato tutto, che lei lo aveva perdonato per averla ingannata ed erano innamorati. Ovviamente, io sono andato in bestia e... be', abbiamo ricominciato a litigare.

Annuii. La sua esposizione franca si prestava a piú letture. Era possibile che il peso interiore della gelosia fosse cosí grande da avergli tirato fuori a forza quella verità umiliante, anche se lui doveva sapere che lo faceva apparire sospetto ora che il fratello era scomparso senza lasciare tracce. In tal caso – e se aveva davvero ucciso il fratello – il peso della colpa e la mancanza di autocontrollo avrebbero presto condotto a un unico risultato: avrebbe confessato.

Secondo l'interpretazione piú complessa, lui supponeva che avrei letto la sua franchezza proprio cosí, ossia che non riusciva a resistere a quel peso interiore, e quindi, se dopo le sue ammissioni non fosse crollato confessando l'omicidio, sarei stato piú propenso a credere alla sua innocenza.

Infine, l'interpretazione piú ovvia. Che era innocente e perciò non aveva bisogno di pensare alle conseguenze se avesse raccontato tutto.

Un riff di chitarra. Lo riconobbi subito. *Black Dog*, Led Zeppelin.

Senza alzarsi dalla sedia Franz Schmid si girò ed estrasse un cellulare dalla giacca appesa alla parete alle sue spalle. Guardò il display mentre il riff cedeva alla variazione dopo la terza ripetizione, quella in cui le battute della batteria di Bonham e della chitarra di Jimmy Page non coincidono affatto e allo stesso tempo coincidono alla perfezione. Trevor, il mio vicino di stanza a Oxford, aveva scritto una tesina di matematica sulle complesse figure ritmiche in *Black Dog*, sul paradosso John Bonham, il batterista dei Led Zeppelin, che era piú famoso per la capacità di bere e di sfasciare le stanze d'albergo che non per la sua intelligenza, paragonandolo al genio degli scacchi rozzo e apparentemente stupido della *Novella degli scacchi* di Stefan Zweig. Franz Schmid era un batterista del genere, uno scacchista del genere? Premette il dito sul display, il riff cessò e si portò il telefono all'orecchio.

– Sí? – disse. Rimase in ascolto. – Un momento –. Mi porse il telefono. Lo presi.

– Ispettore Balli, – dissi.

– Sono Arnold Schmid, lo zio di Franz e Julian, – disse una voce gutturale in un inglese con il forte, spesso parodiato, accento tedesco. – Sono un avvocato. Mi chiedevo su quali basi stiate trattenendo Franz.

– Non lo stiamo trattenendo, signor Schmid, è stato lui a dirsi disponibile ad aiutarci nelle ricerche del fratello, e ce ne avvarremo finché lui lo vorrà.

– Mi ripassi Franz.

Il giovane rimase in ascolto per un po'. Poi toccò di nuovo il display e posò il cellulare sul tavolo tra di noi coprendolo con la mano. La guardai mentre lui diceva che era stanco e che sarebbe tornato a casa subito, ma di chiamarlo se fosse emerso qualcosa.

Per esempio una domanda? pensai. Oppure un cadavere?

– Il telefono, – dissi. – Le dispiace se gli diamo un'occhiata?

– L'ho dato al poliziotto con cui ho parlato. Insieme al pin.

– Non mi riferivo a quello di suo fratello, ma al suo.

– Il mio? – Le dita robuste ghermirono come artigli l'aggeggio nero sul tavolo. – Ehm, ci vorrà molto tempo?

– Non con il telefono vero e proprio, – risposi. – Capisco che ne ha bisogno, considerate le circostanze. Perciò le chiedo se è disposto a concederci l'autorizzazione formale per l'accesso alle conversazioni e agli sms arrivati e partiti da questo telefono negli ultimi dieci giorni. Abbiamo solo bisogno della sua firma su un modulo standard per procurarci queste informazioni presso l'operatore telefonico –. Sorrisi, un po' dispiaciuto. – Mi aiuterebbe a depennarla dall'elenco delle piste da verificare.

Franz Schmid mi guardò. E nei raggi di sole che si riversavano dentro dalle finestre su in alto vidi le sue pupille dilatarsi. La dilatazione delle pupille, il fatto di voler far entrare piú luce, può essere dovuta a diversi motivi, quali la paura o il desiderio. In quel caso credo che fosse dovuta semplicemente alla concentrazione acuita. Come quando nel gioco degli scacchi l'avversario fa una mossa che non ti aspettavi.

Mi sembrava di sentire i pensieri mulinare dentro la sua testa.

Immaginava che avremmo controllato il suo telefono, perciò aveva cancellato il registro delle conversazioni e i messaggi che non voleva vedessimo. Ma forse, aveva pensato, l'operatore telefonico non cancellava niente. Certo, poteva rifiutarsi. Poteva chiamare subito lo zio per farsi confermare che su quel punto non c'era nessuna differenza tra la legge greca e quella americana o tedesca, non era tenuto a dare alla polizia un bel niente finché non avessimo ottenuto l'autorizzazione del giudice per esigerlo. Ma che impressione avrebbe dato se avesse fatto il difficile? In tal caso era improbabile che lo avrei depennato dall'elenco, pensò forse. Nel suo sguardo colsi qualcosa che somigliava alle prime avvisaglie del panico.

– Ma certo, – disse, – dove devo firmare?

Le pupille già cominciavano a restringersi. Il suo cervello aveva scansionato i messaggi. Nulla di problematico, probabilmente. Non mi aveva mostrato le carte, ma se non altro per un momento rivelatore aveva perso l'espressione impassibile.

Uscimmo dalla stanza insieme e stavamo attraversando l'ufficio open space alla ricerca di Georgos quando un cane, un golden retriever dall'aria paciosa, sbucò tra due divisori e guaendo allegramente saltò addosso a Franz.

– Ehilà! – sbottò lui con spontaneità, si accovacciò e grattò il cane dietro un orecchio con l'abituale disinvoltura che contraddistingue le persone che amano sul serio gli animali. E che gli animali sembrano riconoscere d'istinto: per questo doveva aver scelto Franz e non me. La coda del cane girava come la pala di un elicottero mentre cercava di leccare Franz in faccia.

– Gli animali sono meglio delle persone, non trova? – disse lui guardandomi. Era raggiante in viso, di colpo sembrava un'altra persona rispetto a quella che prima era seduta davanti a me.

– Odin! – risuonò una voce severa tra i divisori, era la stessa che aveva riferito a Georgos della telefonata del giornalista. La donna arrivò e afferrò il cane per il collare.

– Mi dispiace, – disse in greco. – Lo sa che non deve comportarsi cosí.

La donna dimostrava una trentina di anni, era piccola e robusta e aveva un'aria atletica nella divisa con la cintura bianca della polizia turistica. Levò lo sguardo. Aveva gli occhi orlati di rosso, e non appena ci scorse le sue guance si tinsero dello stesso colore. Le unghie di Odin grattarono sul pavimento quando lei lo trascinò uggiolante dietro i divisori. La udii tirar su col naso.

– Ho bisogno di aiuto per stampare un modulo di procura per verificare il contenuto di un telefono, – dissi rivolto al divisorio. – Si trova nella home page di…

La voce della donna mi interruppe. – Si accomodi alla stampante che è in fondo al corridoio, signor Balli.

– Allora? – domandò Georgos Kostopoulos quando mi affacciai tra i divisori che circondavano la sua scrivania.

– Il sospettato sta tornando a Massouri con il motorino, – risposi tendendogli il foglio con la firma di Franz Schmid. – Temo abbia intuito che gli stiamo addosso e che gli venga voglia di scappare.

– Nessun pericolo. Siamo su un'isola, e secondo le previsioni il vento aumenterà. Questo significa che tu...

– Sí, penso che abbia ucciso il fratello. Mi mandi per e-mail i tabulati appena li ricevi dall'operatore telefonico?

– Devo chiedergli di mandare anche i messaggi e l'elenco delle chiamate del cellulare di Julian Schmid?

– Purtroppo, per questo ci vuole l'autorizzazione del giudice finché non sarà confermata la sua morte. Ma tu hai il suo telefono?

– Sí, certo, – rispose Georgos aprendo un cassetto.

Lo presi, mi sedetti sulla sedia davanti alla sua scrivania e digitai il pin che era scritto sul post-it sul retro. Scorsi il registro delle telefonate e gli sms.

Non trovai nulla che fosse di evidente interesse per l'indagine. Solo un messaggio su una via di arrampicata «fatta», che nel gergo degli arrampicatori significa che è stata scalata e mi fece automaticamente sudare le mani. Congratulazioni in entrata e in uscita. Appuntamenti per cena, in quale ristorante la «gang» si sarebbe riunita e l'ora. Ma, a quanto sembrava, né conflitti né romanticherie.

Trasalii quando il cellulare iniziò a vibrare nello stesso istante in cui un vocalist intonò una canzone con il pathos straziato e il falsetto incrinato che lo collocavano nel segmento mainstream della musica pop anni 2000. Esitai. Se avessi risposto probabilmente avrei dovuto spiegare a un amico, collega o parente che Julian era scomparso e, purtroppo, forse annegato durante una vacanza di arrampicata in Grecia. Inspirai e pigiai l'icona «rispondi».

– Julian? – sussurrò una voce femminile prima che riuscissi ad aprire bocca.

– Qui è la polizia, – risposi in inglese e tacqui. Volevo lasciare quella frase in sospeso. Dare il tempo alla mia interlocutrice di assimilare che era successo qualcosa.

– Mi spiace, – riprese la voce in tono rassegnato. – Speravo che mi rispondesse Julian, ma... Ci sono novità?

– Con chi parlo?

– Sono Victoria Hässel. Un'amica di arrampicate. Non volevo importunare Franz e... be'. Grazie.

La donna chiuse la comunicazione, e mi annotai mentalmente il numero.

– Quella suoneria, – dissi, – che cos'era?

– Non ne ho idea, – rispose Georgos.

– Ed Sheeran, – risuonò la voce della proprietaria del cane dietro il divisorio. – *Happier*.

– Grazie, – gridai di rimando.

– C'è altro che possiamo fare? – domandò Georgos.

Incrociai le braccia e riflettei. – No, anzi, sí. Lui, di là, ha bevuto da un bicchiere. Potresti rilevare le impronte digitali? E il Dna, se c'è della saliva sull'orlo.

Georgos si schiarí la voce. Sapevo che cosa stava per dire. Che in tal caso occorreva il benestare dell'interessato o l'autorizzazione del giudice.

– Ho il sospetto che il bicchiere possa essersi trovato sulla scena di un crimine, – dissi.

– Come, scusa?

– Se nel rapporto non colleghi il materiale genetico a una persona specifica, ma solo al bicchiere, alla data e al luogo, allora non c'è problema. Forse non potrà essere usato in un processo, ma potrà tornare utile a te e a me.

Georgos inarcò un sopracciglio riottoso.

– È cosí che facciamo ad Atene, – mentii. La verità era che a volte capita che *io* faccia cosí ad Atene.

– Christina? – disse lui.

– Sí? – Una sedia stridette e la ragazza con la divisa della polizia turistica si sporse sopra il divisorio.

– Puoi far mandare ad analizzare il bicchiere che c'è nella stanza degli interrogatori?

– Ah! Abbiamo l'autorizzazione del…?

– Si tratta della scena di un crimine, – rispose lui.

– Scena di un crimine?

– Sí, – rispose Georgos senza togliermi gli occhi di dosso. – A quanto pare è cosí che facciamo ora.

Erano le sette di sera e me ne stavo disteso sul letto della stanza d'albergo di Massouri. Gli hotel di Pothia erano tutti pieni, probabilmente a causa del maltempo. Non avevo nulla in contrario, dato che mi trovavo piú vicino al cuore degli eventi. Sopra di me, sul fianco della collina dall'altra parte della strada, svettavano rocce di calcare giallo paglierino. Di una bellezza e un'attrattiva magiche nel chiaro di luna. L'estate prima c'era stato un incidente mortale sull'isola, ne avevano parlato i giornali. Mi ero rifiutato di leggere la notizia, ma poi lo avevo fatto lo stesso.

Sul lato opposto del piccolo albergo, la falesia si gettava piú o meno dritto nel mare.

Il secondo giorno di ricerche era finito, le acque dello stretto tra Kalymnos e Telendos erano state piú calme che al largo. Ma, come mi dissero, stando alle previsioni del tempo l'indomani non ci sarebbe stato un terzo giorno. Comunque, le ricerche non durano piú di quarantott'ore quando si ritiene che il mare si sia preso qualcuno, americano o no. Il vento scuoteva le imposte della finestra e riuscivo a sentire le onde infrangersi contro gli scogli.

Il mio compito – fare la diagnosi, stabilire se sotto ci fosse una gelosia omicida – era stato eseguito. Il passo successivo – le indagini operative e tecniche – non era il mio punto forte, di quello si sarebbero occupati i colleghi di Atene. Ora il maltempo aveva procrastinato il cambio della guardia, e questo fatto evidenziava, anzi, metteva a nudo la mia inadeguatezza come investigatore di omicidi. Non ero assolutamente capace di immaginare in che modo avesse potuto procedere un assassino per uccidere una persona e cancellare le proprie tracce. Il capo diceva che era perché quel di piú che possedevo in sensibilità mi mancava in fantasia concreta. Per questo mi chiamava investigatore in gelosia, per questo venivo mandato in avanscoperta e ritirato non appena davo il via libera o l'alt.

Nelle indagini di omicidio esiste quella che è chiamata la «regola dell'ottanta per cento». Nell'ottanta per cento dei casi il colpevole ha un rapporto stretto con la vittima, nell'ottanta per cento di questi il colpevole è il marito o il fidanzato, e nell'ottanta per cento di questi il movente è la gelosia. Perciò, quando alla sezione Omicidi rispondiamo al telefono e sentiamo pronunciare la parola «uccisa» o «ucciso» all'altro capo, sappiamo che c'è il cinquanta per cento di probabilità che il movente sia la gelosia. E questo fa di me, a dispetto dei miei limiti, un uomo importante.

Sono in grado di datare con estrema precisione il giorno in cui imparai a leggere la gelosia nelle persone. Fu quando capii che Monique amava un altro. Passai per tutti i tormenti della gelosia, dall'incredulità alla disperazione e alla collera, all'autodisprezzo e infine alla depressione. E forse perché in vita mia non avevo mai patito una simile tortura emotiva, scoprii che anche se il dolore era totalizzante, avevo l'impressione di osservarmi dall'esterno. Ero il paziente che giaceva sul tavolo operatorio senza anestesia e al contempo uno spettatore nella galleria, un giovane studente di Medicina che riceveva la prima lezione introduttiva su cosa accade quando a una persona viene estratto il cuore dal petto. Può sembrare strano che un sentimento soggettivo come la gelosia possa andare a braccetto con un'oggettività tanto fredda. L'unica spiegazione di cui sono capace è che in preda alla gelosia feci delle cose in cui non mi riconoscevo tanto da costringermi a diventare un osservatore spaventato di me stesso. Avevo vissuto abbastanza da vedere comportamenti autodistruttivi negli altri, ma non ero mai stato sfiorato dall'idea di avere in me il medesimo veleno. Ma mi sbagliavo. E il fatto sorprendente era che la curiosità e la fascinazione erano forti quanto l'odio e l'autodisprezzo. Come un lebbroso che si vede disfare il viso, vede la carne marcia, vede il proprio interno venir fuori in tutto il suo orrore grottesco, allegro e tremebondo. Nel mio caso, avevo superato la lebbra. Con vari danni permanenti, certo, ma anche immune. Non potrò mai essere di nuovo geloso, non in quella maniera. Non so se questo significhi pure che non potrò amare nessuno, non cosí, può darsi che nella mia vita ci siano state altre cose oltre alla gelosia a far sí che dopo io non abbia mai piú provato per nessuna quello che provavo per Monique. Del resto: è stata lei a farmi diventare quello che sono nella vita lavorativa. L'uomo della gelosia.

Fin da piccolo ho sempre posseduto una spiccata capacità di immedesimarmi nei racconti. I miei familiari e amici la definivano in tutti i modi possibili, da straordinaria e commovente a patetica e poco virile. Per me era un dono. Non partecipavo alle avventure di Huckleberry

Finn, ma *ero* Huckleberry Finn. E Tom Sawyer. E Ulisse, ovviamente, quando cominciai ad andare a scuola e dovevo imparare a diventare greco. Comunque sia, non devono essere per forza grandi racconti della letteratura mondiale, ne basta e avanza uno semplicissimo, magari anche abborracciato, di gelosia, reale o immaginaria non importa. Ed eccomi subito dentro la storia, ne faccio parte fin dalla prima frase, è come accendere un interruttore. Cosí riesco anche a svelare immediatamente eventuali note false. Non perché sia un campione in materia di linguaggio non verbale, di toni di voce e delle nostre strategie difensive retoriche inconsce. Il mio forte è il racconto. Anche in un carattere descritto in modo grossolano e soggettivo e mendace riesco a individuare i tratti principali, il probabile movente e il posto della persona in questione, e in base a tali particolari so cosa fa emergere spietatamente cosa in quel carattere. Perché ci sono passato anch'io. Perché la nostra gelosia elimina la differenza tra te e me, i nostri comportamenti cominciano a somigliarsi trasversalmente al ceto, al genere, alla religione, al titolo di studio, al Qi, alla cultura, all'educazione, cosí come i comportamenti dei tossicomani incalliti si somigliano, siamo tutti dei morti viventi che barcollano per le strade spinti da un unico scopo: riempire il grande buco nero che abbiamo dentro di noi.

E ancora. La capacità di immedesimazione non coincide con l'empatia. «Solo perché non me ne frega niente non vuol dire che non capisco», come dice Homer. Homer Simpson, intendo. Nel mio caso, però, purtroppo le due cose coincidono. Soffro, soffro tantissimo insieme alla persona gelosa. E perciò odio il mio lavoro.

Il vento scosse l'imposta, voleva aprirla. Voleva mettersi in mostra.

Mi addormentai e sognai cadute da grandi altezze. E un'ora dopo fui svegliato da un impatto con la terra, per cosí dire.

Un'e-mail aveva annunciato il suo arrivo sullo smartphone con un *tic*. Conteneva una stampata degli sms cancellati e i tabulati delle conversazioni telefoniche di Franz Schmid. Stando ai tabulati, la notte prima della denuncia di scomparsa del fratello aveva chiamato otto volte una certa Victoria Hässel senza ottenere risposta. Controllai il numero ed ebbi conferma che evidentemente si trattava della stessa Victoria con cui avevo parlato al cellulare di Julian. Insieme alla sensazione che qualcuno precipitasse al suolo da una grande altezza, arrivò il lieve tremito, il rumore di carne contro pietra che non dimentichi mai, mai piú, ma arrivò soltanto quando lessi l'sms che Franz aveva inviato a un numero greco che apparteneva a Elena Ambrosia.

«Ho ucciso Julian».

Emporios era un grappolo di case all'estremità nord di Kalymnos, dove la strada principale di punto in bianco finiva. La ragazza che si avvicinò al mio tavolo nel ristorante mi ricordò Monique. C'era stato un tempo, durato diversi anni, in cui vedevo Monique dappertutto, in ogni lineamento e sguardo di donna, nella schiena inarcata di ogni ragazza, la sentivo in ogni parola che mi rivolgeva una sconosciuta. Ma pian piano il fantasma era sbiadito nella persistente luce diurna del tempo. E dopo qualche anno potevo alzarmi e uscire per le strade di Atene sapendo che mi avrebbe lasciato in pace. Fino a quando sarebbe ritornato il buio.

Anche questa ragazza era bella, ma ovviamente non quanto Monique. Anzi, sí, lo era. Snella, le gambe lunghe, i movimenti di una grazia naturale. Occhi bruni e miti. Ma la pelle era deturpata da impurità, e le mancava il mento. Che cosa mancava a Monique? Non lo ricordavo piú. La decenza, forse.

– *How can I be of service, sir?*

Quell'espressione di cortesia – che ero stato abituato a sentire pronunciata con una punta di degnazione ironica da camerieri inglesi – ebbe un effetto commovente per il suo candore in bocca alla giovanissima greca. C'eravamo soltanto io e lei quella mattina nella piccola, accogliente trattoria a conduzione familiare.

– Lei è Elena Ambrosia?

Arrossí appena mi sentí parlare in greco, e rispose con un cenno affermativo del capo. Mi presentai, spiegando che ero venuto per la scomparsa di Julian Schmid e vidi il terrore crescere sul suo viso mentre raccontavo quello che sapevo del suo rapporto con Franz Schmid. A intervalli regolari lei si guardava alle spalle come per accertarsi che nessuno uscisse dalla cucina e ascoltasse il nostro colloquio.

– Sí, sí, ma questo cosa c'entra con la scomparsa di Julian? – bisbigliò Elena rapidamente, arrabbiata e rossa per la vergogna.

– Lei è stata con entrambi.

– Che cosa? No! – Perse le staffe e alzò la voce, ma poi la riabbassò in un sussurro furibondo: – Chi lo dice?

– Franz. Quando si è vista con il fratello gemello nella città di pietra, Julian si è fatto passare per Franz.

– Gemello?

– Monozigotico, – aggiunsi.

La confusione le si leggeva in faccia. – Ma… – La vidi analizzare mentalmente tutto il corso degli eventi, vidi la confusione cedere all'incredulità e poi al raccapriccio.

– Sono… sono stata con due fratelli? – balbettò.

– Non lo sapeva?

– Come facevo a saperlo? Se è vero che sono due, sono identici –. Si premette le mani sulle tempie, quasi a impedire alla testa di scoppiare.

– Quindi Julian mentiva quando ha detto al fratello di averle telefonato e spiegato tutto già il pomeriggio dopo quella notte nella città di pietra, e che lei lo aveva perdonato?

– Da allora non ho piú parlato con nessuno dei due!

– E che mi dice del messaggino che le ha mandato Franz? «Ho ucciso Julian».

Lei batté ripetutamente le ciglia. – Non l'ho capito. Franz mi aveva detto di avere un fratello, ma non che era il suo gemello e che si chiamava Julian. Quando ho letto l'sms ho pensato che fosse il nome di una via che aveva fatto, o il nome che aveva dato a una blatta nella sua stanza, qualcosa del genere, e che di sicuro mi avrebbe chiarito in un secondo momento. Ma quella sera avevamo appena chiuso il locale ed ero occupata a sparecchiare, perciò mi sono limitata a rispondergli con un emoji sorridente.

– Ho guardato i messaggi che lei ha mandato al telefono di Franz. Sono tutte risposte molto brevi a messaggi lunghi. Quello che ha scritto la mattina dopo l'incontro con Julian è l'unico in cui è lei a prendere l'iniziativa, l'unico in cui percepisco un certo… affetto, da parte sua?

Lei si morsicò il labbro inferiore. Annuí. Aveva i lucciconi agli occhi.

– Quindi, anche se era falso che Julian le aveva detto di non essere Franz, è vero che si è innamorata solo nel momento in cui ha incontrato Julian?

– Io… – Fu come se le forze la abbandonassero, e piú che sedersi crollò sulla sedia di fronte a me. – Quando ho conosciuto quello… quello che si chiama Franz, sono rimasta molto colpita. E lusingata, immagino. Ci siamo visti su a Paleochora, là non c'è quasi mai nessuno, o almeno nessuno di qui che conosce la mia famiglia. Era una cosa molto innocente, ma all'ultimo appuntamento gli ho permesso di darmi il bacio della buonanotte. Anche se non ero innamorata, non veramente.

«Poi lui... cioè, doveva essere Julian, mi ha messaggiato chiedendomi di vederci, e io ho risposto di no. Avevo deciso di chiudere finché facevo ancora in tempo. Ma lui ha insistito come... come non aveva mai fatto prima. Era spiritoso, autoironico. Perciò ho accettato di vederlo per un ultimo, breve incontro. E quando ci siamo visti a Paleochora, sembrava tutto diverso. Lui, io, il modo in cui parlavamo, il modo in cui mi stringeva. Era rilassato, allegro. E mi ha contagiata. Ridevamo molto di piú. E ho pensato che fossimo meno tesi perché ormai ci conoscevamo meglio.

– Lei e Julian avete fatto sesso?

– Noi... – Il suo viso si fece teso e rosso. – Devo rispondere a questa domanda?

– Non deve rispondere a niente, Elena, ma piú informazioni abbiamo, piú facile sarà per me risolvere il caso.

– E trovare Julian?

– Sí.

Chiuse gli occhi. Parve concentrarsi. – Sí. Sí, lo abbiamo fatto. Ed è stato... molto bello. Quando sono rientrata quella sera mi sono resa conto che mi ero sbagliata, che ero sul serio innamorata e che dovevo rivederlo. E adesso lui è...

Elena si coprí il viso con le mani. Si udí un singhiozzo da dietro le dita. Dita lunghe ed esili, esattamente come quelle di Monique, che soleva alzarle dicendo che sembravano zampette di ragno.

Feci parecchie domande a Elena, che mi rispose con chiarezza e sincerità.

Non aveva piú visto né Franz né nessuno che si facesse passare per lui dopo l'ultimo appuntamento su al castello: confermò di aver mandato un messaggino al numero di Franz il mattino dopo essere stata con Julian, dicendo che sperava di rivederlo presto, ma non aveva ricevuto risposta. Solo la sera le era arrivato quel breve messaggio, «Ho ucciso Julian», al quale aveva, appunto, risposto con una faccina sorridente. Il motivo per cui non aveva provato a ricontattarlo dopo essere stata l'ultima a mandare un messaggino era ovvio.

Io annuii, stupito del fatto che a quanto pareva le regole del gioco della mia giovinezza valevano ancora, e dal modo in cui lei rispondeva mi fu chiaro che non aveva nulla da nascondere. O, per meglio dire: non nascondeva nulla. Aveva la mancanza di vergogna propria degli innamorati, convinti che l'amore sia al di sopra di ogni cosa. In effetti, l'innamoramento è la piú dolce delle psicosi, ma nel suo caso era diventato anche la peggiore delle torture. Aveva avuto giusto il tempo di intravederlo che le era stato strappato via.

Le diedi il mio numero di telefono, e lei promise di chiamarmi se le fosse venuto in mente qualcos'altro, o se uno dei fratelli l'avesse cercata. Vidi il suo viso illuminarsi quando le diedi la speranza che forse Julian era vivo, ma appena andai via lei scoppiò di nuovo a piangere.

– Victoria –. La voce era affannata. Come quella di qualcuno che è appena stato calato giú dopo aver completato una via e ha corso fino allo zaino dove il telefono sta squillando.

– Nikos Balli, ispettore di polizia, – mi presentai mentre sterzavo con l'auto noleggiata per schivare un gregge di capre che si era accomodato sull'asfalto alla periferia di Emporios. – Ieri ci siamo parlati al telefono di Julian Schmid. Vorrei farle qualche domanda.

– Purtroppo, in questo momento mi trovo in falesia. Può aspettare che…

– Quale falesia?

– La chiamano Odyssey.

– La raggiungo, se per lei va bene.

Mi diede indicazioni. Tra Arginonta e Massouri, una stradina sulla sinistra subito prima di un tornante. Dovevo parcheggiare alla fine dello sterrato, dove c'erano i motorini degli arrampicatori. Poi seguire il sentiero – o altri arrampicatori – su per la collina, otto, dieci minuti di cammino fino ai piedi della falesia, e là avrei visto lei e il compagno di arrampicata su una cengia larga a cinque-sei metri da terra. Una serie di gradini naturali nella pietra mi avrebbe condotto lassú.

Venti minuti dopo mi ritrovai sul sentiero lungo un pendio con un paio di cespugli di timo come unica vegetazione. Mi asciugai il sudore e levai lo sguardo verso una falesia di calcare larga centinaia di metri e alta quaranta, cinquanta, che si apriva come un muro sghembo nella falda. Dai piedi della parete, vidi pendere in ordine sparso almeno venti corde che passavano dagli assicuratori nel punto di partenza della via agli arrampicatori. Stavano facendo arrampicata sportiva, che, in parole semplici, si svolge cosí: prima che la cordata composta da due persone inizi, quella che deve arrampicare assicura un capo della corda all'imbragatura, alla quale ha anche agganciato il numero di moschettoni che le occorreranno, di solito una dozzina. Sparsi lungo la via nella parete sono conficcati degli spit di metallo. Quando l'arrampicatore ne raggiunge uno, prima assicura il moschettone allo spit, poi infila la corda nel moschettone. L'altro componente della cordata, l'assicuratore che si trova giú sullo stacco, ha un bloccante fissato all'imbragatura dentro il quale passa la corda, grosso modo come una cintura di sicurezza passa nell'arrotolatore. L'assicuratore libera con prudenza altra corda via via che l'arrampicatore sale, proprio come bisogna allentare lentamente la cintura di sicurezza per evitare che si blocchi. A meno che il compagno che fa sicura non abbia aperto completamente il bloccante, la corda vi scorrerebbe dentro a una tale velocità che il meccanismo la bloccherebbe, se l'arrampicatore dovesse cadere. Quindi, in caso di caduta, l'arrampicatore cadrebbe solo poco piú giú rispetto all'ultimo moschettone che ha fissato alla corda, dove verrebbe arrestato dal freno bloccante e dal peso dell'assicuratore. Questo genere piú diffuso di arrampicata è, in altre parole, relativamente sicuro se lo si paragona, per esempio, al free solo, una forma di arrampicata senza corda né altri tipi di assicurazioni. Nel free solo – al contrario dell'arrampicata sportiva – la speranza di vita di chi lo pratica è piú breve di quella di un eroinomane, che peraltro è un paragone tutt'altro che stupido. Comunque, rabbrividii lo stesso all'istante. Perché nulla è sicuro al cento per cento, e quel che può andare storto prima o poi lo farà. Qualcuno è convinto che questa sia un'impertinenza formulata come legge di Murphy, ma non è vero. È pura matematica e logica. Accadrà fino all'ultima cosa permessa dalle leggi fisiche, è solo questione di tempo. Percorsi il tratto finale di salita sino alla parete e trovai la cengia, dove una donna in piedi teneva una corda che saliva fino a un arrampicatore sulla falesia dieci metri sopra di lei. Salii strisciando carponi.

– Victoria Hässel? – le chiesi affannato.

– Benvenuto, – rispose lei senza distogliere lo sguardo dal compagno.

– Grazie per avermi permesso di disturbare –. Tenendomi aggrappato a una profonda crepa nella parete, mi sporsi con cautela e guardai giú. Appena sei metri, ma ebbi lo stesso un senso di vuoto allo stomaco.

– Paura delle altezze? – domandò Victoria Hässel, senza che mi fossi accorto che mi aveva guardato.

– Non ce l'hanno tutti? – domandai.

– Alcuni piú di altri.

Levai lo sguardo verso l'arrampicatore. Un ragazzo che sembrava molto piú giovane di lei. E – se dovevo giudicare in base alla sua mancanza di lavoro di piedi e alla presa sicura della donna intorno al freno e alla corda – aveva piú lui da imparare in materia di arrampicata da lei che non viceversa. L'età di Victoria Hässel, invece, era difficile da indovinare: poteva benissimo avere fra i trentacinque e i quarantacinque anni. Comunque, sembrava molto forte. Quasi magra, longilinea, ma con la schiena muscolosa sotto l'aderente top sportivo. Avambracci robusti, mani coperte di magnesite, pantaloni da arrampicata. Guardò con una certa disapprovazione il mio abito completo e le scarpe di pelle. Mi rendevo conto che i miei capelli svolazzavano di qua e di là. I suoi li teneva raccolti sotto un berretto di maglia.

– Parecchi arrampicatori, – dissi indicando la falesia con un cenno del capo.

– Normalmente ce ne sono di piú, – rispose Victoria portando di nuovo lo sguardo sul compagno. – Ma oggi c'è troppo vento, molti se ne stanno seduti nei caffè –. Con un cenno del capo indicò il mare crestato di bianco.

Da lassú riuscivamo a vedere quasi tutto. La strada principale, le auto, il centro di Massouri, le persone che sembravano tante piccole formiche nere. Sul fianco spoglio della collina sotto di noi scorsi degli arrampicatori che venivano su per il sentiero.

– Forse non ci crederà, – disse Victoria. – Ma con un

vento come questo le corde possono volare dritte su in cima e incastrarsi.

– Se lo dice lei, ci credo.

– E fa bene, – disse. – Di che si tratta, signor Balli?

– Possiamo aspettare che il suo arrampicatore sia sceso.

– È una via facile, parli pure, avanti.

– Mi pare di aver sentito che esiste una regola secondo la quale bisogna concentrarsi sull'arrampicatore quando si fa sicura.

– Grazie della dritta, – rispose lei con un sorriso sghembo. – Ma lasci queste valutazioni a me, okay?

– Va bene, – risposi. – Mi permette di segnalarle che il suo arrampicatore ha appena inserito a rovescio la corda del rinvio nell'ultimo moschettone?

Victoria Hässel mi lanciò un'occhiata penetrante. Levò lo sguardo verso il moschettone che le avevo indicato. Concluse che avevo ragione, la corda passava per il verso sbagliato. Se l'arrampicatore fosse caduto e fosse stato sfortunato, la corda avrebbe potuto sfilarsi dal moschettone senza bloccarlo.

– L'ho visto, – mentí lei. – Fra poco inserirà la corda nel moschettone successivo, e allora sarà al sicuro.

Mi schiarii la voce. – A quanto pare sta per affrontare il tratto piú impegnativo, e a me dà l'impressione che potrebbe trovarsi in difficoltà. Se cade in quel punto e il moschettone non arresta la caduta, quello successivo si trova talmente in basso che non lo fermerà prima che si schianti al suolo. D'accordo?

– Alex! – gridò lei.

– Sí?

– Hai infilato la corda a rovescio nel penultimo moschettone. Non continuare la salita, ma cerca di scendere e inseriscila per il verso giusto!

– Preferisco continuare a salire fino al prossimo spit e moschettonare bene lassú!

– No, Alex, non…

Alex, però, si era già allontanato dalle tacchette buone e aveva raggiunto un grosso piattone che a lui doveva sembrare sicuro, ma un occhio piú esperto avrebbe notato che c'era troppa magnesite perché altri arrampicatori passati prima di lui avevano cercato di afferrare dappertutto senza riuscirci. E dal punto in cui era sospeso adesso non c'era nessuna possibilità di ritirata. I pantaloni gli svolazzavano intorno alle gambe. Non per colpa del vento, ma della reazione da stress che gli arrampicatori chiamano «macchina da cucire» e che prima o poi colpisce tutti. Vidi Victoria recuperare quanta corda poteva per ridurre la caduta al minimo, ma non bastava: Alex sarebbe precipitato sulla nostra cengia.

– Alex, c'è un appoggio in alto alla tua destra! – gridò Victoria, che a sua volta aveva capito cosa stava per accadere. Ma era troppo tardi. Ad Alex stavano anche venendo le alette di pollo: i gomiti si alzarono, un segno inequivocabile che aveva esaurito le forze.

– Il ragazzo sta per cadere, lei deve saltare, – dissi sottovoce.

– Alex! – gridò lei ignorandomi. – Tira su quel piede, e ce la farai!

Afferrai Victoria per l'imbragatura con entrambe le mani.

– Ma che cazzo… – disse lei fra i denti girandosi leggermente verso di me.

Tenni lo sguardo fisso su Alex. Lui gridò. E cadde. Tirai Victoria all'indietro, come un lanciatore di martello la feci ruotare intorno a me e la spinsi giú dalla cengia. Il suo breve, acuto grido coprí quello prolungato di Alex. La logica era semplice: dovevo farle raggiungere subito un punto piú basso in modo che il suo peso bloccasse la caduta di Alex prima che toccasse il suolo.

Sia il tratto di corda che saliva sia quello che scendeva si tesero, poi di colpo calò il silenzio. Le grida, le battute tra gli altri arrampicatori, e perfino il vento, sembravano trattenere il respiro.

Levai lo sguardo.

Alex era sospeso alla corda piú su a ridosso della parete. Alla fine, il moschettonaggio sbagliato lo aveva fermato. Bene, quel giorno non avevo salvato nessuna vita. Raggiunsi l'orlo della cengia e guardai Victoria Hässel giú in basso. Spenzolava attaccata alla corda con il freno e l'imbragatura due metri sotto di me e mi fissava con gli occhi neri per lo choc.

– Mi spiace, – dissi.

– Grazie, – dissi a Victoria, che aveva versato il caffè dal thermos in due bicchieri di plastica e me ne porgeva uno.

Eravamo seduti sulla cengia. Victoria aveva mandato Alex da un'altra cordata piú lontano.

– Sono io che devo ringraziare, – disse lei.

– E per cosa? Il moschettone ha tenuto la corda, perciò sarebbe andata bene comunque, e lei ha sbattuto il ginocchio.

– Però la sua reazione è stata corretta.

Mi strinsi nelle spalle. – È questa la nostra consolazione, non è vero?

Fece un sorriso sghembo e soffiò sul caffè. – Quindi, lei arrampica?

– Lo facevo, – risposi. – Sono quasi quarant'anni che non mi aggrappo a una roccia.

– Quarant'anni sono tanti. Cosa accadde?

– Già. Cosa accadde? A proposito, cos'è accaduto qui? Ho letto che c'è stato un incidente mortale.

Nonostante la sgradevolezza dell'argomento, Victoria Hässel colse di nuovo al volo l'occasione per parlare di qualcosa che sapeva non costituire il motivo per cui l'avevo cercata.

– Si è trattato dell'errore classico. Avevano dimenticato di confrontare la lunghezza della via con quella della corda, e non avevano nemmeno fatto il nodo al capo. Durante la discesa l'assicuratore si è accorto solo troppo tardi che la corda non bastava. Senza il nodo la corda si è sfilata dal bloccante, e cosí il compagno si è trovato in caduta libera. Otto metri: si sarebbe pensato che ce l'avrebbe fatta. Ma ha sbattuto la testa contro la roccia, e in questo caso di metri ne bastano due.

– Errore umano, – dissi.

– Non si tratta sempre di questo? Quand'è stata l'ultima volta che ha sentito dire che si è spezzata la corda o uno spit si è staccato dalla parete?

– Ha ragione.

– È una maledizione –. Scosse il capo. – Ma anche no. Da qualche parte ho letto che nei punti in cui si verificano incidenti mortali, spesso il numero di arrampicatori aumenta notevolmente.

– Davvero?

– Non sono in molti a dirlo a voce alta. Ma se non fosse perché c'è di mezzo una certa dose di rischio, non ci sarebbero tanti arrampicatori.

– Adrenalinomani?

– Sí e no. Secondo me, piú che una dipendenza dalla paura sviluppiamo una dipendenza dal controllo. La sensazione di dominare i pericoli e il nostro destino, di avere un controllo che non abbiamo sul resto della nostra vita.

Siamo un po' eroi perché non commettiamo errori in situazioni critiche.

– Fino al giorno in cui perdiamo il controllo e commettiamo l'errore, – dissi, e bevvi un sorso di caffè. Era buono. – Sempre ammesso che sia un errore.

– Già, – disse lei.

– Franz l'ha chiamata otto volte la notte in cui ha litigato con Julian. Il giorno dopo Julian è sparito. Che cosa voleva da lei?

– Non lo so. Concordare un'arrampicata, forse? Forse non aveva piú un compagno dopo che avevano litigato.

– Secondo i suoi tabulati lei non lo ha richiamato. Però ha fatto il numero di Julian il giorno dopo. Perché?

La donna si infilò un maglione di pile e si scaldò le mani con il bicchiere di caffè. Annuí lentamente. – Sono uguali, Franz e Julian. E allo stesso tempo diversi. È piú facile parlare con Julian. Ma l'ho chiamato soltanto per verificare se a tutti fosse sfuggita la possibilità piú ovvia, ossia che Julian si trovasse da qualche parte e avesse portato con sé il telefono.

– Ho capito, – dissi. – Certo che sono uguali e diversi. È evidente che hanno gusti musicali differenti. I Led Zeppelin e... – Avevo già dimenticato il nome del cantante sdolcinato. – Però sono attratti dalla stessa ragazza.

– Pare di sí.

La guardai. Il mio radar della gelosia non captò nessun segnale. Non si trattava di avventure sentimentali, lei non era innamorata di Julian né aveva una storia con lui. Franz non aveva cercato Victoria per chiederle di aiutarlo a mettere i bastoni tra le ruote a Julian e a Elena. E allora, cosa c'era sotto?

– Secondo lei, cosa è successo? – mi domandò. – Julian è stato colto da un malore mentre nuotava? Magari a causa della commozione cerebrale che si era preso al bar?

Capii che mi stava saggiando. Che la mia risposta sarebbe stata determinante per la sua mossa successiva.

– Secondo me no, – risposi. – Secondo me Franz lo ha ucciso.

La guardai. E come un po' mi aspettavo, sembrava meno scioccata di quanto avrebbe dovuto se fosse stata all'oscuro di tutto. Bevve un grosso sorso di caffè, quasi a voler nascondere il fatto che aveva bisogno di deglutire.

– Allora? – domandai.

Lei si guardò intorno. L'altra cordata a quattro, grazie alla distanza e al vento, non ci poteva sentire. – La sera della lite ho visto Franz rientrare.

Ecco.

– Non riuscivo a dormire ed ero seduta nella veranda della mia stanza all'inizio della strada. L'ho visto parcheggiare e scendere dalla macchina da solo. Julian non era con lui. Franz aveva qualcosa in mano, sembravano degli indumenti. Quando ha aperto la porta con la chiave, si è guardato intorno e credo che mi abbia scorto. Credo abbia visto che lo vedevo.

– E lei non ha risposto alle chiamate perché non voleva sentire la sua spiegazione.

– Non volevo essere coinvolta, non prima che ne avessimo saputo di piú, non prima che Julian fosse stato ritrovato.

– Perché non lo ha detto?

Sospirò. – Ho pensato che se non aveste trovato Julian o lo aveste trovato morto, allora sarei venuta da voi per raccontare tutto. Se lo avessi fatto prima avrei solo complicato le cose. Avrei dato l'impressione di accusare Franz di aver commesso un crimine. Siamo un gruppo di amici arrampicatori, ci fidiamo gli uni degli altri. Ogni giorno mettiamo la nostra vita nelle mani gli uni degli altri. Se avessi agito precipitosamente avrei potuto rovinare tutto questo per niente, capisce?

– Sí, capisco.

– Maledizione!

Seguii il suo sguardo giú per le pendici. Qualcuno aveva imboccato il sentiero che portava su dalla strada.

– È Franz, – disse, si alzò e lo salutò agitando la mano.

Strizzai gli occhi. – Sicura?

– Si riconosce dal berretto del movimento gay.

Strizzai di nuovo gli occhi. Movimento gay. La bandiera arcobaleno, non rasta.

– Credevo fosse etero, – dissi.

– Lo sa che non c'è nulla di male a sostenere i diritti di altri oltre ai propri?

– E Franz Schmid lo fa?

– Non lo so, – rispose lei. – A ogni modo, fa il tifo per il St Pauli e segue la Bundesliga.

– Come, scusi?

– Calcio. I suoi nonni provenivano dalla mia città natale, Amburgo, e lí abbiamo due squadre rivali. C'è l'Hsv, che è il club gentile, grande e ricco per cui tifiamo io e Julian. E poi c'è il piccolo, arrabbiato club sinistroide e punk del St Pauli, con il teschio pirata per emblema e sostenitore dichiarato dei diritti gay e di tutto quello che dà sui nervi alla borghesia di Amburgo. A quanto pare Franz ne è attratto.

La figura giú in basso si fermò e levò lo sguardo verso di noi. Mi alzai, per fargli capire che non si trattava di un'imboscata. Lui esitò, parve osservarci. Immagino avesse riconosciuto nella persona che lo salutava con la mano la sua amica di arrampicata Victoria, e si chiedesse chi fosse l'altra. Forse riconobbe l'abito completo. Probabilmente sapeva che mi sarei rifatto vivo a proposito dell'sms in cui aveva scritto a chiare lettere di aver ucciso Julian. Aveva avuto tutto il tempo per inventarsi un pretesto. Mi aspettavo una spiegazione tipo che con quel messaggino aveva voluto destare la curiosità di Elena prima di dirle che aveva esagerato un po', che in fondo aveva soltanto tirato una palla da biliardo in testa al fratello. Ma vedendomi insieme a Victoria, capí che forse non sarebbe bastato.

La figura si riavviò. In discesa.

– Penserà che ci sia troppo vento, – disse Victoria.

– Già, – commentai.

Lo vidi montare nell'auto noleggiata. La polvere si alzò dalla strada sterrata e la macchina sparí. Mi rimisi seduto e scrutai il mare. Il bianco ricordava i fiori di gelo sulle finestre a Oxford. Perfino lassú si sentiva il sapore di sale nelle raffiche di vento. Scappasse pure, tanto non sarebbe andato da nessuna parte.

Ero ancora nella stazione di polizia quando, poco prima di mezzanotte, Franz Schmid mi telefonò.

– Dove si trova? – gli domandai e, raggiungendo il divisorio, feci segno a Georgos che era lui. – Non ha risposto alle mie chiamate.

– Poco campo, – spiegò Franz.

– Cosí pare.

Avevo chiamato il sostituto procuratore di Atene per richiedere un mandato di arresto per Franz Schmid, ma non lo avevamo trovato né là dove aveva preso la stanza in affitto, né sulla spiaggia, né in nessuna trattoria. Nessuno sapeva dove fosse. Georgos disponeva soltanto di due volanti e di quattro agenti, e siccome finché il tempo non fosse migliorato non avremmo ricevuto rinforzi dalla polizia di Kos, avevo proposto di utilizzare le stazioni radio base per localizzare il telefono di Franz. Ma Georgos aveva spiegato che a Kalymnos erano cosí poche che non avrebbero ridotto piú di tanto la zona delle ricerche.

– Sono passato alla trattoria di Elena, – disse Franz. – Ma mi ha accolto il padre, e mi ha detto che non potevo vederla. Lei c'entra qualcosa?

– Sí. Ho detto a Elena e ai suoi di tenersi alla larga da lei finché questa storia non sarà finita.

– Ho detto al padre che le mie intenzioni sono serie, che voglio sposare Elena.

– Lo sappiamo. Ci ha telefonato dopo che lei era passato.

– Vi ha detto che mi ha dato una lettera di Elena?

– Sí, ha menzionato anche quella.

– Vuole sapere cosa mi ha scritto? – Franz cominciò a leggere senza aspettare la risposta: – «Caro Franz, forse esiste una persona destinata a ognuno di noi, che incontreremo almeno una volta nella vita. Tu e io non eravamo destinati l'uno all'altra, Franz, ma prego Dio che tu non abbia ucciso Julian. Ora che so che io e lui siamo fatti l'uno per l'altra, ti supplico in ginocchio: se ne hai il potere, salva Julian. Elena». Ho il dubbio che lei le abbia fatto credere che sono io il responsabile della scomparsa di mio fratello, Balli. Che forse l'ho ucciso. Si rende conto che mi sta rovinando la vita? Io amo Elena piú di quanto non abbia mai amato nessuno, piú di me stesso. Non riesco a immaginare la mia vita senza di lei.

Lo ascoltai. Nonostante il crepitio del vento nel suo telefono, udivo un rumore di onde. Ovviamente, poteva trovarsi in un punto qualsiasi dell'isola.

– Farebbe meglio a costituirsi da noi a Pothia, Franz. Se è innocente, ha tutto da guadagnare.

– E se fossi colpevole?

– Anche in questo caso avrebbe da guadagnarci. A ogni modo, non potrebbe scappare, visto che si trova su un'isola.

Nella pausa che seguí continuai ad ascoltare le onde. Il rumore somigliava a quello che sentivo dalla mia stanza d'albergo, ma qual era la differenza?

– Neanche Julian è innocente, – disse Franz.

Scambiai un'occhiata con Georgos, lo avevamo colto entrambi: «è», e non «era». Ma di simili particolari non c'è da fidarsi, ho sentito diversi assassini parlare delle loro vittime come se fossero ancora vive, e forse per loro lo sono. O, per meglio dire: so che un morto può essere un compagno costante per il suo assassino.

– Julian ha mentito. Ha detto di aver chiamato Elena la sera presto con il suo cellulare, di averle spiegato tutto e che si amavano. Voleva che io rinunciassi a lei senza colpo ferire. So che Julian è un bugiardo e un seduttore, capace di pugnalarti alle spalle per avere quello che vuole, ma stavolta mi ha fatto infuriare. Ma proprio tanto, non ha idea di cosa si provi…

Tacqui.

– Julian mi ha sottratto la cosa piú bella che abbia mai avuto, – riprese Franz. – Sa, signor Balli, io non ho avuto molto. Prendeva sempre tutto lui. Non mi chieda come mai, siamo nati perfettamente identici, eppure lui ha qualcosa che a me manca. Qualcosa che ha ricevuto strada facendo, a un crocevia dove a lui è toccata la luce e a me l'oscurità e ci siamo separati. E allora ha dovuto prendersi anche lei.

Le onde non si infrangevano con la stessa violenza con cui lo facevano contro gli scogli sotto il mio albergo, il rumore era piú prolungato, ecco, la differenza consisteva in questo. Le onde sciabordavano. Franz Schmid si trovava su un arenile.

– Perciò l'ho condannato, – riprese. – Essendo californiano, però, non l'ho condannato a morte ma all'ergastolo. Non le pare una pena ragionevole per aver distrutto una vita? Non è la stessa pena che gli avrebbe inflitto anche lei, Balli? Sí? No? Oppure lei non è contrario alla pena di morte?

Non risposi. Percepii che Georgos mi stava guardando.

– Lascerò marcire Julian nella sua stessa prigione d'amore, – disse Franz. – E ho buttato la chiave. Anche se a vita… la vita che ha adesso non durerà a lungo.

– Dov'è?

– Quello che lei dice, che non ho scampo…

– Dov'è, Franz?

– … non è del tutto vero. Presto me ne andrò via di qui con il volo nove diciannove, perciò addio, Niko Balli.

– Franz, ci dica dove… Franz! Franz!

– Ha riattaccato? – domandò Georgos, che si era alzato.

Scossi il capo. Tesi l'orecchio. Ora sentivo soltanto il vento e le onde.

– L'aeroporto è ancora chiuso? – domandai.

– Ovviamente.

– Hai sentito parlare di un volo nove diciannove?

Georgos Kostopoulos scosse il capo.

– Si trova da solo su una spiaggia, – dissi.

– Kalymnos è piena di spiagge. E quando è notte e c'è burrasca non c'è nessuno.

– Un arenile che digrada dolcemente su acque basse. Sembra che le onde si infrangano in lontananza e poi fluttuino per un lungo tratto.

– Chiamo Christina e chiedo a lei. Fa surf.

L'auto noleggiata a nome di Franz Schmid fu ritrovata l'indomani mattina.

Era su una piazzola vicino a una spiaggia a metà strada tra Pothia e Massouri. Dalla parte del guidatore due serie di orme mezzo coperte di sabbia andavano dritte verso il mare. Sferzati dalle raffiche di vento Georgos e io guardavamo i sommozzatori lottare con i cavalloni. Al capo meridionale, dove finiva l'arenile, le onde sciabordavano contro scogli digradanti e lisci che verso l'interno si levavano a formare una parete verticale, un muro di calcare giallo-bruno che arrivava fino in cima, dove si trova l'aeroporto. Piú in là, Christina camminava lungo la riva insieme al suo golden retriever che fiutava in cerca di orme. Il cane era nato con un solo occhio buono, mi aveva spiegato lei durante una pausa caffè alla stazione di polizia, per questo lo aveva battezzato Odin. E quando le avevo chiesto perché avesse scelto Odin invece di qualche monocolo della nostra mitologia, per esempio Polifemo, mi aveva risposto: «Odin è piú corto».

A detta di Georgos Odin era un bravo cane da fiuto. Christina lo aveva portato nella stanza di Franz e Julian per fargli capire quale usta seguire e, arrivati alla spiaggia, era corso dritto all'auto e si era fermato abbaiando finché Georgos non aveva scassinato la portiera. Nell'abitacolo avevamo trovato i vestiti di Franz Schmid: scarpe, pantaloni, biancheria intima, il berretto del St Pauli e la giacca con dentro il telefono e il portafogli.

– Quindi alla fine aveva ragione lui, – disse Georgos. – È riuscito a scappare.

– Già, – confermai mentre scrutavo le mugghianti onde coperte di spuma. Georgos si era rivolto a due sub del circolo locale, e ora uno stava facendo segnali all'altro con una mano e tentando di gridare qualcosa, ma il fragore del mare copriva la sua voce.

– Secondo te ha buttato anche il corpo di Julian in questo punto? – domandò Georgos.

– Può darsi. Ammesso che lo abbia ucciso.

– Pensi a quello che ha detto a proposito di condannare invece il fratello al carcere a vita?

– Forse. O forse no. Forse ha messo Julian in una condizione in cui sapeva che non solo sarebbe morto, ma avrebbe anche sofferto prima.

– Per esempio?

– Non saprei. La collera della gelosia è, come l'innamoramento, una forma di pazzia che spinge la gente a fare cose che non si sarebbe mai sognata.

Volsi lo sguardo verso gli scogli. Franz Schmid doveva aver pensato la stessa cosa: che gli scogli erano abbastanza digradanti e levigati dalle onde per poterli raggiungere dal mare, uscire dall'acqua in un punto dove non avrebbe lasciato orme e scappare. Con il volo nove diciannove? Che significava? Per arrivare su all'aeroporto avrebbe dovuto tornare sulla strada oppure arrampicarsi direttamente. Senza corda.

In free solo.

Non riuscii a scongiurarlo, chiusi gli occhi e vidi Trevor precipitare.

Li riaprii subito per evitare di vederlo precipitare al suolo.

Mi concentrai.

Forse anche Franz Schmid si era fermato in quel punto vedendo e pensando ciò che avevo visto e pensato io. Che l'aeroporto era chiuso. Che tutte le vie di scampo erano chiuse. Eccetto una: questa. Quella finale. Ma è difficile nuotare verso il largo e lasciarsi annegare, ci vuole tempo, ci vuole forza di volontà per non cedere all'istinto di sopravvivenza e tornare indietro.

– Abbiamo trovato questa a riva.

Georgos e io ci voltammo. Era uno dei sub. Con una mano tendeva una pistola.

Georgos la prese, la girò e rigirò. – Sembra vecchia, – commentò toccandola sotto il calcio dove c'era il caricatore.

– Luger, Seconda guerra mondiale, – dissi sfilandogli l'arma di mano. Non c'erano segni di ruggine e le perline formate dall'acqua rivelavano che era ancora impregnata di olio, quindi non era rimasta in mare a lungo. Premetti il pulsante di sgancio accanto al ponticello, presi il caricatore e lo tesi a Georgos. – Otto, se è pieno.

Georgos tirò fuori le pallottole. – Sette, – disse.

Annuii. Mi sentii invadere da una tristezza infinita. Il meteo aveva annunciato che il vento sarebbe calato l'indomani sera e il sole avrebbe continuato a splendere; per me, invece, rannuvolò. Di solito capivo se fosse in arrivo una cosa passeggera oppure un altro periodo pesante. Ma lí per lí non lo sapevo.

– Volo nove diciannove, – dissi.

– Come?

– È il calibro delle pallottole che hai in mano.

Quando telefonai al capo della sezione Omicidi e feci rapporto, mi disse che la stampa di Atene gli dava addosso, che svariati giornalisti e fotoreporter erano già arrivati a Kos e aspettavano solo che il tempo si rimettesse abbastanza da permettere a una barca di traghettarli.

Tornai al mio albergo a Massouri e ordinai una bottiglia di ouzo da portare in camera. Bevo tutte le marche eccetto l'ormai purtroppo commerciale e annacquata Ouzo 12, ma mi rallegrò scoprire che avevano la mia marca preferita, la Pitsiladi.

Mentre bevevo, pensai alla stranezza di tutta quella storia. Un caso di omicidio con due morti, ma nessun cadavere. Niente stampa insistente, niente capi sotto pressione né squadre investigative stressate. Niente tecnici della

Scientifica e medici legali vaghi, niente parenti isterici. Soltanto tempesta e quiete. Sperai che quella tempesta durasse per sempre.

Dopo aver bevuto quasi mezza bottiglia scesi al bar dell'albergo per evitare di bere il resto. Scorsi Victoria Hässel seduta a un tavolo insieme ad altri della cordata che avevo visto il giorno prima. Mi sedetti al banco e ordinai una birra.

– Scusi?

Accento britannico. Mi voltai. Un uomo sorridente, camicia a scacchi, capelli bianchi, ma in gran forma per la sua età, intorno alla sessantina. Là avevo visto diversi tipi simili, arrampicatori inglesi della vecchia scuola. Erano cresciuti con la cosiddetta arrampicata tradizionale, ossia vie senza spit fissi nella roccia, dove dovevano inserire i propri ancoraggi nelle fessure e nei buchi. Sul calcare del Peak District, dove le vie erano graduate non solo in base alla difficoltà di arrampicata ma anche alla pericolosità. Dove pioveva o faceva troppo freddo, oppure cosí caldo che si schiudevano le uova di certe zanzare particolarmente assetate di sangue che ti mangiavano vivo. Gli inglesi l'adoravano.

– Si ricorda di me? – mi domandò l'uomo. – Eravamo nella stessa cordata nei dintorni di Sheffield. Sarà stato nell'85 o nell'86.

Scossi il capo.

– Ma sí, – rise lui. – Non ricordo il suo nome cosí, su due piedi, però ricordo che arrampicava insieme a Trevor Briggs, un tipo del posto. E a quella ragazza francese che volava su per le vie che a noi costavano una gran fatica –. Di colpo la sua espressione si fece seria come se gli fosse venuto in mente qualcosa. – A proposito, che dispiacere per Trevor.

– Temo che mi scambi per qualcun altro, sir.

Per un attimo l'inglese rimase piantato a bocca aperta e con un'espressione di lieve stupore. Riuscivo a vedere la sua testa sfogliare febbrile avanti e indietro l'album dei ricordi alla ricerca dell'errore. Poi, come se l'avesse trovato, annuí adagio. – Mi scusi.

Mi voltai di nuovo verso il bar, e nello specchio vidi l'uomo sedersi con i compagni arrampicatori e le loro mogli arrampicatrici. Disse alcune parole e poi mi indicò con un cenno del capo. Ripresero la conversazione e si passarono la guida locale delle vie di arrampicata. Sembrava una vita piacevole.

Vagai con lo sguardo verso un altro tavolo, e incrociai quello di Victoria Hässel.

Se ne stava seduta con indosso la mise da sera degli arrampicatori: capi da arrampicata puliti. I suoi capelli, che ore prima portava coperti da un berretto, erano biondi e sciolti. Era rivolta verso di me, e sembrava essersi temporaneamente ritirata dalla conversazione. Trattenne il mio sguardo. Non so se aspettasse qualcosa. Un segnale. Informazioni sul caso Schmid. O soltanto un cenno di riconoscimento.

La vidi fare per alzarsi, ma avevo già lasciato un euro sul banco e la anticipai. Scesi dallo sgabello e uscii. Tornato in camera chiusi la porta a chiave.

Nel cuore della notte fui svegliato da uno schianto, come un colpo di pistola. Mi tirai su a sedere sul letto con il cuore che mi batteva all'impazzata. Era l'imposta della finestra che sbatacchiava: alla fine una raffica di vento doveva averla staccata dal fermo. Rimasi disteso sveglio a pensare a Monique. A Monique e a Trevor. Mi addormentai solo quando cominciò ad albeggiare.

– Il meteo prevede un calo del vento, – mi informò Georgos versandomi del caffè. – Vedrai che riesci ad arrivare a Kos domani.

Annuii e guardai fuori dalla finestra della stazione di polizia. La vita del porto sembrava stranamente insensibile al fatto che per il quinto giorno di fila in pratica l'isola era tagliata fuori dal mondo. Ma cosí è, la vita continua, anche – o forse soprattutto – se pensi che sia invivibile.

Christina e un agente entrarono e ci raggiunsero.

– Avevi ragione, Georgo, – disse lei. – Marinetti ha venduto la Luger a Schmid. Lo ha riconosciuto dalla foto e ha detto che è passato al suo negozio il pomeriggio del giorno prima che fosse denunciata la scomparsa di Julian. Ha avuto l'impressione che Franz fosse un collezionista, almeno ha comprato la Luger e un paio di manette italiane, anche quelle risalenti alla guerra. Ovviamente Marinetti giura che era convinto che la Luger fosse disattivata.

Georgos annuí con un'espressione piú soddisfatta che contrariata. Quando avevo espresso il mio dubbio su come e perché Franz si fosse portato un'arma leggera sul volo dalla California, Georgos aveva proposto di chiedere a Marinetti, che aveva un negozio di antiquariato a Pothia. A detta di Georgos, la cantina di Marinetti era talmente piena di reperti bellici, dopo la lunga occupazione, italiana prima e tedesca poi, di Kalymnos, che nemmeno lui aveva il controllo della situazione.

– Allora possiamo considerare il caso risolto? – domandò Christina.

Georgos si voltò verso di me come per passarmi la domanda.

– Concluso, – dissi, – ma non risolto.

– Ah no?

Mi strinsi nelle spalle. – Per esempio, non abbiamo cadaveri che possano confermare quello che supponiamo sia accaduto. Magari in questo stesso momento i due fratelli sono seduti su un volo per gli Stati Uniti e se la ridono di noi dopo la beffa del secolo.

– Ma se non ci credi, – ridacchiò Georgos.

– Assolutamente no. Ma finché esisteranno questa e altre possibilità, resterà sempre un dubbio. Il fisico Richard Feynman diceva che non sappiamo nulla per certo, ma solo con diversi gradi di verosimiglianza.

– Ma se resta un dubbio, che cosa facciamo? – domandò Christina. Sembrava agitatissima.

– Niente, – risposi. – Ci accontentiamo di un grado accettabile di verosimiglianza e passiamo al caso successivo.

– Non la fa sentire... – Christina si interruppe, come convinta di essere stata sul punto di spingersi troppo in là.

– Frustrato? – domandai.

– Sí!

Non riuscii a trattenere un sorriso. – Si ricordi che sono l'uomo della gelosia. Di solito partecipo alla prima o alla seconda giornata di un'indagine di omicidio, sono l'uomo con la bacchetta da rabdomante, quello che indica il suolo nel punto in cui si può trovare l'acqua e poi cede il compito di scavare ad altri. Sono allenato a lasciarmi alle spalle i casi a cui non ho trovato risposta.

Christina mi scrutò. Capii che non mi credeva.

– Sono gelosa? – domandò portandosi le mani sui fianchi e assumendo un'espressione di sfida.

– Non lo so. Per avere una risposta, avrebbe dovuto raccontarmi qualcosa.

– Per esempio?

– Che cosa, secondo lei, avrebbe potuto renderla gelosa, per esempio.

– E se non volessi? E se facesse troppo male?

– Allora non potrei saperlo, – risposi, poi battei le mani. – Gente, che ne dite andare a mangiare?

– Sí! – esclamò Georgos, ma Christina continuò a guardarmi. Immagino che avesse capito che avevo capito. Il racconto degli occhi arrossati. Era gelosa.

Trascorsi il resto della giornata a camminare lungo gli stretti sentieri che risalivano la collina sul versante sud della spiaggia, dove avevamo trovato l'auto e la pistola di Franz Schmid. Le alte, inavvicinabili pareti di calcare che incombevano su di me mi fecero venire in mente le volte della cattedrale di Christ Church a Oxford che, con la sua severità inglese, scura, era cosí diversa, per esempio, dalla chiara, variopinta cattedrale Mitropoli di Atene. Forse per questo, nonostante fossi ateo, mi sentivo piú a mio agio nella Christ Church. Parlai con il capo al telefono. Mi disse che se l'indomani il vento fosse calato avrebbero mandato un agente investigativo e due tecnici della Scientifica, e che voleva che tornassi: era stata uccisa una donna a Tzitzifies e il marito non aveva un alibi. Gli chiesi di passare l'incarico a qualcun altro.

– I familiari della vittima insistono per avere te, – disse il capo.

– Be', questo lo decidiamo noi.

Lui mi fece il nome della famiglia. Una dinastia di armatori. Riagganciai con un sospiro. Amo la mia patria, ma certe cose non cambiano mai.

Il mio sguardo colse uno strapiombo ripidissimo. O, per meglio dire: lo strapiombo colse il mio sguardo. Vidi una una via di arrampicata evidente e bellissima, che partiva da un attacco sgombro a ridosso della parete. Qua e là il metallo di uno spit rifletteva la luce del sole. A causa dello strapiombo non vedevo la catena che contrassegnava la vetta alla fine di un percorso, e poiché la parete si gettava in mare proprio accanto al sentiero e all'attacco, non potevo sporgermi di piú. Ma doveva essere una via lunga, come minimo quaranta metri.

Mi scostai di un passo dal sentiero fino all'orlo, e guardai giú per cinquanta o sessanta metri, verso il punto in cui le onde si infrangevano contro gli scogli. Quando l'arrampicatore veniva calato dalla catena doveva cercare di dondolare per centrare l'attacco ed evitare di continuare la discesa finendo dritto in mare. Ma era una via bellissima! Man mano che spostavo lo sguardo verso l'alto, il mio cervello cominciava automaticamente ad analizzare, a figurarsi i movimenti che le prese e la conformazione avrebbero richiesto. Era come inserire la chiave di accensione in una macchina diseppellita dalle rovine dopo tanti anni. Funzionava ancora? Girai la chiave, diedi gas. Il motore dell'arrampicata si lamentò recalcitrante, tossí, protestò. Ma alla fine partí. Invece di protestare, i muscoli ricordarono ed esultarono mentre il cervello mimava l'arrampicata. Non vidi altre vie nei paraggi, perciò pensai che la maggior parte degli arrampicatori fosse dell'idea che era una scarpinata troppo lunga per farne una sola, per quanto spettacolare. Io, invece, l'avrei fatta, fosse anche stata l'ultima via della mia vita. Soprattutto se fosse stata l'ultima via della mia vita.

La sera avevo ancora appiccicata addosso l'arrampicata immaginaria. Avevo ordinato un'altra bottiglia di Pitsiladi in camera. Il vento era già calato un pochino, le onde battevano con meno forza contro il calcare e, in qualche improvvisa sacca di silenzio assoluto, riuscivo a sentire la musica salire dal bar. Supponevo che Victoria Hässel fosse laggiú. Rimasi seduto. Alle dieci ero abbastanza ubriaco da potermi coricare.

Quando l'indomani mi svegliai, non sentivo piú il vento e le note disarmoniche di flauto nelle fessure, nei tubi e nelle tegole alle quali mi ero abituato.

Spalancai le imposte. Il mare era azzurro senza bianco e non infuriava piú, ansimava. Pompava lunghe onde morte verso il corpo della Terra, come un amante dopo l'orgasmo. Il mare era stanco. Come me.

Tornai a letto e chiamai la reception.

Il traghetto aveva ripreso servizio, mi informò il receptionist, la prossima partenza era di lí a un'ora e con quella avrei fatto comodamente in tempo a prendere il volo per Atene, che partiva fra tre. Doveva prenotarmi un taxi?

Chiusi gli occhi. – Vorrei... – cominciai.

– A che ora?

– No, non un taxi. Due bottiglie di Pitsiladi.

Seguí un breve silenzio.

– Purtroppo, abbiamo terminato quella marca, signor Balli. Però abbiamo l'Ouzo 12.

– Grazie, no, – dissi e riagganciai.

Rimasi disteso per un po' ad ascoltare il mare prima di richiamare giú.

– Me le mandi, – dissi.

Bevvi piano, ma a sorsi regolari. Seguii con lo sguardo le ombre di Telendos, che si spostavano e si accorciavano per poi, nel pomeriggio, riallungarsi in un gesto di vittoria. Pensai a tutte le storie che avevo ascoltato sul lavoro. Era vero, una confessione è un racconto che aspetta solo un pubblico.

Quando calò la sera, scesi al bar. Come mi aspettavo, ci trovai Victoria Hässel.

Avevo conosciuto Monique a Oxford. Anche lei studiava Lettere e Storia, ma aveva iniziato un anno prima di me e perciò non frequentavamo gli stessi corsi e le stesse lezioni. Tuttavia, in posti simili gli stranieri si attirano a vicenda e si cercano, e ben presto ci eravamo incontrati in tante di quelle occasioni conviviali che trovai il coraggio di invitarla fuori per una birra.

Lei fece una smorfia. «In tal caso dovrà essere una Guinness».

«Ti piace la Guinness?»

«Penso di no, detesto la birra. Ma se dobbiamo bere birra, allora dovrà essere una Guinness. Pare che sia la peggiore, ma prometto di essere piú positiva di quanto non sembri adesso».

Secondo la logica di Monique, bisognava provare di tutto e farlo a mente aperta, per poi poter respingere l'esperienza senza rimorsi e con una comprensione arricchita. Questa regola valeva per ogni campo: idee, letteratura, musica, cibo e bevande. E me, mi è venuto da pensare a posteriori. Perché non avremmo potuto essere piú diversi. Monique era la ragazza piú dolce e affascinante che avessi mai conosciuto. Traboccava di buonumore ed era cosí gentile con tutte le persone intorno a lei che non ti restava altro da fare che cedere su due piedi e accontentarti del ruolo del poliziotto cattivo. Assolutamente non influenzata dalle sue origini altoborghesi, dalla sua intelligenza superiore e dalla sua bellezza perfetta, quasi irritante, non ti lasciava scelta: dovevi arrenderti e fartela piacere malgrado tutto. Se poi ti *guardava*, non potevi far altro che cedere, e basta. Cedere, smetterla di opporti e innamorarti perdutamente. Trattava i suoi numerosi corteggiatori con un dolce misto di sollecitudine piena di tatto e blando rifiuto, in una maniera che ti induceva a pensare che dietro il suo principio di provare qualunque cosa ci fosse dell'altro, dell'altro che era natura e non principio. Monique si conservava per quello giusto. Non era vergine per convinzione, ma per indole.

Quanto a me, era vero il contrario. Disprezzavo la mia indole promiscua, ma non riuscivo a resistere. Nonostante fossi timido, tetro, a detta di qualcuno, e con i miei modi un po' affettati, rigidi, potessi sembrare piú inglese che greco, il mio aspetto attirava l'altro sesso. Soprattutto le ragazze inglesi perdevano la testa per quello che chiamavano il mio aspetto alla Cat Stevens, cioè ricci scuri e occhi castani. Per giunta – e credo non fosse solo l'aspetto a indurle ad aprire la porta sia del cuore che della camera da letto – possedevo la capacità di ascoltare. O, per meglio dire: mi interessava ascoltare. Per me, che vivevo e respiravo per qualunque storia non fosse la mia, non era un grosso sacrificio ascoltare i lunghi monologhi di giovani donne su un'adolescenza privilegiata, su un rapporto difficile con la madre, sui dubbi riguardo l'orientamento sessuale, sull'ultima pena d'amore, sull'appartamento di Londra di cui non potevano piú disporre perché il padre ci aveva sistemato l'amante loro coetanea, sui dilemmi di chirurgia plastica e su quelle perfide intriganti di certe amiche che erano andate a Saint-Tropez senza informarle. Eventualmente – se avevo un po' piú di fortuna – su propositi suicidi, ossessioni esistenziali e segrete ambizioni letterarie. Dopo, molte volevano fare sesso con me, specie se non avevo quasi aperto bocca. Il silenzio sembrava sempre risolversi a mio favore, interpretato nella maniera piú propizia. Ma quegli intermezzi sessuali non aumentavano la mia fiducia in me stesso, anzi, rafforzavano il mio autodisprezzo. Quelle ragazze venivano a letto con me perché la mia indole taciturna permetteva loro di immaginarmi come volevano. Avevo soltanto da perderci nel mostrare chi ero sul serio: un puttaniere senza fiducia in sé stesso, senza spessore né spina dorsale, solo un paio di occhi castani e due orecchie grandi. Poco dopo percepivano anche che la mia tetraggine, la mia cupezza naturale spegneva la luce nella stanza, e sentivano il bisogno di uscire, di andare via. Non le biasimo.

Con Monique tutto questo cambiò. Io cambiai. Per esempio, parlavo. Fin da quando ci aiutammo a vicenda a bere la prima, disgustosa Guinness, ci dedicammo a fare conversazione, proprio *con*-versazioni, senza i monologhi cui ero abituato. Anche gli argomenti erano diversi. Parlavamo o di cose che non ci riguardavano direttamente, come i meccanismi di autoconservazione della povertà, il convincimento dell'uomo che la morale – per essere piú precisi: la morale personale – rappresenti grandezze fisse. Oppure, di come, in modo piú o meno consapevole, evitiamo di ricercare forme di conoscenza che potrebbero far vacillare le nostre idee politiche e religiose. Libri che avevamo letto, non letto, avremmo dovuto leggere perché erano belli. O sopravvalutati. O solo istruttivamente brutti.

Nella misura in cui parlavamo di noi stessi e della nostra vita, lo facevamo sempre con riferimento al generale, a un'idea o a un concetto di *condition humaine*, come diceva Monique, alludendo non al mio autore francese preferito, André Malraux, ma alla filosofa politica Hannah Arendt. Ci sbattevamo in faccia a vicenda questi e altri autori in quella che non era una competizione, ma la possibilità di collaudare il pensiero autonomo su una persona di cui ti fidavi abbastanza da avere il coraggio di sbagliare e di ammetterlo. A volte ci trovavamo in estremo disaccordo, e fu proprio una di queste accese divergenze di opinioni a spingerla una sera tardi e dopo qualche bicchiere di vino in camera sua a prendermi a ceffoni, poi ad abbracciarmi. Dopo di che ci demmo il primo bacio.

L'indomani mi diede un ultimatum. Se non volevo essere il suo ragazzo non avremmo potuto piú vederci. Non perché fosse disperata o mi amasse, spiegò, ma perché un simile accordo imponeva un'esclusiva sessuale reciproca, una condizione per lei imprescindibile dal momento che aveva una paura patologica delle malattie veneree, anzi, una paura tale che con tutta probabilità avrebbe deteriorato e abbreviato la sua vita piú di qualsiasi malattia venerea. Scoppiai a ridere, e rise anche lei, e accettai il suo ultimatum.

Fu Monique a introdurmi all'arrampicata. Suo padre, fin da quando lei era piccola, la portava con sé nelle località classiche per la moderna arrampicata sportiva, Verdon e Céüse.

In Inghilterra, a dire il vero, non è che ci sia tanta roccia su cui arrampicare, tantomeno a Oxford e dintorni, ma il mio co-fan dei Led Zeppelin e vicino di stanza Trevor Biggs, il figlio paffutello, cortese e dai capelli rossi di un operaio di Sheffield, mi raccontò di amici che arrampicavano nel Peak District, nelle vicinanze della sua città natale. Trevor divenne una sorta di mio gregario fisso. Con la sua indole socievole e il suo humor affabile attirava gente – tanto ragazzi quanto ragazze – che si univa alla nostra compagnia, e spesso dopo un po' le ragazze volgevano l'attenzione su di me. Trevor disponeva anche di un consumato ma perfettamente funzionante furgone Toyota HiAce, il cui attributo principale erano gli scalda-sedili, e quando gli proposi di combinare un'arrampicata con una visita ai suoi, con il vantaggio aggiuntivo di avere due persone con cui dividere le spese per la benzina, non esitò ad accettare.

Fu l'inizio di tre anni di gite del fine settimana e arrampicate. Il viaggio durava appena due ore e mezzo, ma per arrampicare il piú possibile nei fine settimana ci fermavamo a dormire in tenda, in macchina o – se il tempo era proibitivo – a casa dei genitori di Trevor.

Il primo anno divenni abbastanza in fretta piú bravo di Trevor, forse perché mi impegnavo di piú e mi premeva fare colpo su Monique, o almeno non deluderla. Lei ci surclassava e continuò a surclassarci. Non perché fosse particolarmente forte, ma il suo piccolo fisico leggero volava su per le pareti con la tecnica di una ballerina classica, lavoro di piedi ed equilibrio, e con un senso dell'arrampicata che Trevor e io potevamo solo sognarci. Soltanto quando cominciammo a trovare grotte dove potevamo arrampicare su soffitti e cenge, ed era necessaria piú forza muscolare bruta, cominciai – e a poco a poco, anche Trevor – a fare una figura migliore. Ma erano le dritte di Monique, i suoi incoraggiamenti e la sua capacità di partecipare alle nostre gioie e ai nostri piccoli trionfi, a spingere me e Trevor a continuare. E quando la sua allegra risata argentina riecheggiava fra le pareti perché Trevor o io cadevamo per l'ennesima volta, ritrovandoci appesi alla corda a bestemmiare disperati, le chiedevamo di calarci giú. Non perché ci dessimo per vinti, ma per rifare tutta la via daccapo.

Di tanto in tanto – forse perché convinta che lui ne avesse piú bisogno di me – Monique dava l'impressione di essere piú generosa con i complimenti se Trevor riusciva in qualcosa. Ma non avevo nulla in contrario, l'amavo tanto proprio perché era fatta cosí.

Il terzo anno capii che Trevor cominciava a prendere l'arrampicata sul serio. Sopra la porta della stanza avevo appeso un cosiddetto *hangboard* per aumentare la forza delle dita, che Trevor non aveva voluto nemmeno toccare. Adesso, invece, lo vedevo spesso appeso all'attrezzo. A volte, avevo addirittura l'impressione di coglierlo in flagrante, la sensazione che avrebbe preferito ignorassi che si allenava tanto. Ma il suo fisico lo tradiva. Con il sole, sulle pareti del Peak District faceva talmente caldo che Trevor e io ci toglievamo la t-shirt, e vedevo che il suo torso un tempo un po' ciccio era ancora, sí, di un bianco abbacinante, ma senza un filo di grasso. E muscoli scolpiti si avvolgevano come cavi d'acciaio sotto la sua pelle quando con movimenti simili a quelli di un robot saliva a forza su per le vie a strapiombo, dove capitava che perfino Monique dovesse darsi per vinta. Io avevo ancora un vantaggio su di lui sulle vie verticali perché ero stato attento a emulare la tecnica di Monique, ma senza dubbio la competizione fra Trevor e me era diventata piú equilibrata. Perché era diventata proprio questo: una competizione.

In quel periodo cominciai a far baldoria un po' troppo spesso. Cosa che ovviamente è solo un sinonimo di bere in compagnia. Mio padre era un alcolizzato che non beveva piú, lo sapevo sin da piccolo, e lui mi aveva messo in guardia. Ma mi aveva messo in guardia dal bere quando ero triste, non quando ero felice. Comunque, la combinazione di tante arrampicate, tanta Monique e tanta «baldoria» cominciò a ripercuotersi sugli studi. Fu Monique a farmelo notare, e divenne il motivo scatenante del nostro primo litigio. Che vinsi io. Perlomeno, lei se ne andò in lacrime dopo che ebbi pronunciato le ultime parole offensive.

L'indomani le chiesi scusa, diedi la colpa alle norme sociali greche per l'uso di termini di una durezza esagerata, e arrivai a prometterle che avrei fatto meno baldoria e studiato di piú.

Per un po' mantenni la promessa. Saltai perfino un weekend nel Peak District per studiare. Fu dura, ma dovevo farlo, l'esame era dietro l'angolo e sapevo che mio padre si aspettava dei risultati che fossero come minimo uguali a quelli di mio fratello maggiore, che aveva iscritto a Yale e ora era nel consiglio di amministrazione dell'azienda di famiglia. Eppure, quello sgobbo forzato mi fece quasi odiare le cose che in effetti amavo, specie la letteratura. Invidiai con tutto me stesso i giorni liberi di Monique e di Trevor, e fui quasi sollevato quando tornarono già il sabato sera a causa della pioggia e mi dissero di aver arrampicato sí e no un metro.

Continuai a dare la precedenza agli studi, addirittura tanto da vedere Monique cosí di rado che a un certo punto si lamentò. La cosa mi fece piacere, ma era un piacere strano, che portò a un risultato ancora piú strano. Fin dall'inizio sentivo che aveva piú potere Monique su di me che io su di lei. Accettavo questa realtà attribuendola al fatto che lei costituiva una conquista piú grande per me che io per lei, e perciò ero in vantaggio e vincevo anche su quel fronte. Il particolare interessante era che meno tempo le concedevo e piú mi sembrava di eguagliare il rapporto di potere tra di noi. Perciò mi isolai, preparai una tabella di marcia adeguata, e quando arrivò il gran giorno dell'esame e uscii dall'aula dopo cinque ore, sapevo che il test che avevo consegnato non solo avrebbe riempito d'orgoglio il docente e mio padre, ma anche Monique. Comprai una bottiglia di champagne da pochi soldi e corsi verso la sua stanza, che era al primo piano di un grazioso studentato all'interno del campus. Quando bussai, *Whole Lotta Love* dei Led Zeppelin suonava a volume talmente alto che lei non mi udí. Pazzo di felicità – infatti, ero stato io a regalarle quel disco, e se c'era qualcosa che sentivo in quel momento era *a whole lotta love*! – mi precipitai nel cortile sul retro. Perfino con la bottiglia di champagne in una mano riuscii ad arrampicarmi con agilità sull'albero che cresceva davanti alla sua finestra. Arrivato abbastanza in alto da poter guardare dentro, agitai la bottiglia e feci per chiamarla e gridarle che l'amavo, ma le parole mi si bloccarono in gola.

Monique urlava sempre a squarciagola che era un piacere quando facevamo l'amore, e le pareti tra le stanze degli studenti erano cosí sottili che di solito mettevamo la musica per coprire i suoni.

Vidi Monique, ma lei non vide me. Aveva gli occhi chiusi.

Neanche Trevor mi vide, perché era girato di schiena. Quella schiena bianchissima, ora muscolosa. I suoi fianchi si muovevano avanti e indietro, pompando quasi a tempo con *Whole Lotta Love*.

Mi risvegliai dalla trance solo quando udii uno schianto, guardai giú e vidi la bottiglia di champagne spiaccicata sull'acciottolato del cortile. Schegge di vetro spuntavano in una pozza bianca ribollente. Non so perché all'idea che qualcuno mi scoprisse mi feci prendere dal panico, fatto sta che piú che calarmi scivolai giú. Appena i miei piedi toccarono terra, mi misi a correre, fuggii.

Tornai di corsa fino al negozio dove avevo comprato lo champagne, presi due bottiglie di Johnny Walker con gli ultimi soldi che mi aveva mandato mamma e mi precipitai al mio studentato. Arrivato, mi chiusi a chiave in camera e cominciai a bere.

Era calato il buio quando Monique bussò. Non le aprii, e le gridai che ero a letto: potevamo parlarne domani? Lei rispose che mi doveva dire una cosa, ma io ribattei che ero malato e non volevo contagiarla. Terrorizzata com'era dei contagi, se ne andò dopo avermi chiesto da dietro la porta come fosse andato l'esame.

Bussò anche Trevor. Gli gridai che ero malato; lui mi chiese se avessi bisogno di qualcosa, e io bisbigliai: «Di un amico». Mi girai nel letto e gridai: «No, grazie».

«Spero che ti rimetterai per l'arrampicata di venerdí», disse Trevor.

Venerdí. Avevo tre giorni. Tre giorni per sprofondare in un'oscurità che non sapevo di avere. Tre giorni nella morsa della gelosia. A ogni espirazione la morsa si stringeva impercettibilmente, rendendomi piú difficile inspirare aria fresca. Perché la gelosia è questo: un boa. Quando ero piccolo e papà mi aveva portato al cinema a vedere la versione Disney del *Libro della giungla*, e mi si erano confuse le idee perché nel romanzo di Rudyard Kipling, che mamma mi aveva letto un'infinità di volte, il serpente Kaa era gentile! Papà mi aveva risposto che tutti gli esseri hanno due facce, solo che non sempre riusciamo a vedere l'altra, nemmeno in noi stessi. Io, invece, cominciai a vedere l'altra mia faccia. Perché via via che nel corso di quei tre giorni la mancanza di ossigeno mi distruggeva il cervello, cominciai a concepire pensieri che neanche immaginavo di albergare, ma in effetti dovevano essere rimasti in letargo nella melma in fondo alla mia personalità. E vidi l'altra faccia di Kaa, il serpente gentile. La gelosia che allettava, manipolava, ipnotizzava con incredibili fantasie di vendetta, da cui si sprigionavano piacevoli brividi nel corpo, non aveva bisogno d'altro che di essere attutita con l'ennesimo sorso dalla bottiglia di whisky.

Il venerdí mi scrollai di dosso la tristezza, annunciai di essere guarito e mi alzai come dal regno dei morti: non ero piú il Nikos Balli di prima. Nessuno se ne accorse, neppure Trevor e Monique, quando all'ora di pranzo li salutai come se nulla fosse accaduto, dicendo che le previsioni del tempo erano ottime, che secondo me sarebbe stato un fine settimana fantastico. Mentre mangiavamo non ascoltai Trevor e Monique che parlavano in codice tra loro convinti che non capissi, ascoltavo le due amiche dalla parte opposta del lungo tavolo chiacchierare di un tizio che si era messo con una terza amica. Mi concentrai sul loro frasario, sull'aggettivo un po' troppo forte, la reazione un po' troppo gongolante di una quando l'altra descrisse la comune amica con disapprovazione, la collera che rendeva le frasi piú brevi, piú sincopate, senza la fluidità conferita da un pensiero tranquillo. Erano gelose. Elementare. E non basai la mia nuova intuizione sulla psicoanalisi, bensí sulla semplice, concreta analisi del testo. No, non ero lo stesso di prima. Ero stato in un posto, e avevo visto. Visto e imparato. Ero diventato l'uomo della gelosia.

– Gran brutta storia, – disse Victoria Hässel mentre si rimetteva le mutandine e cominciava a cercare il resto dei suoi vestiti. – Voi due siete rimasti insieme?

– No, – risposi, mi girai nel letto, dal comodino presi prima una bottiglia vuota, poi una quasi vuota di Ouzo 12 e versai gli avanzi nel bicchierino. – Per Monique era l'ultimo anno e aveva l'esame finale pochi giorni dopo. A quanto pare non andò molto bene, poi tornò in Francia, e né Trevor né io la rivedemmo piú. Si sposò con un francese, ebbe dei figli. A quel che mi risulta vivono in Bretagna da qualche parte.

– E tu, che avevi studiato Lettere e Storia, sei diventato poliziotto?

Mi strinsi nelle spalle. – Mi mancava ancora un anno a Oxford, ma quando ci tornai in autunno, la baldoria riprese il sopravvento.

– Pene d'amore?

– Forse. Forse fu semplicemente la presenza dei ricordi a diventare troppo forte. A ogni modo, mi sembrava che l'unica cosa sensata da fare fosse intontirmi con l'alcol. Per un periodo accarezzai anche l'idea del volo nove diciannove.

– Come, scusa?

– Nei momenti peggiori stringevo la pietra che avevo raccolto da terra nel Peak District –. Alzai il pugno a mo' di illustrazione. – Mi concentravo per trasmettere il dolore alla pietra, lasciare che lo assorbisse.

– Ti fu d'aiuto?

– Se non altro, non presi il volo nove diciannove –. Vuotai il bicchierino. – Invece mollai a metà il semestre autunnale e salii su un volo per Atene. Lavorai per un periodo nell'azienda di mio padre e poi iniziai a frequentare l'accademia di polizia. Papà e altri familiari pensavano che il mio fosse un caso di ribellione giovanile a scoppio ritardato. Ma io sapevo di aver ricevuto qualcosa, un dono o una maledizione, che forse avrei potuto usare a fin di bene. Senza contare che la disciplina e l'allenamento all'accademia mi aiutarono a stare lontano da... – Con un cenno del capo indicai la bottiglia di ouzo. – Ma basta parlare di me. Raccontami di te.

Victoria Hässel si alzò ai piedi del letto e si abbottonò un paio di pantaloni da arrampicata freschi di bucato guardandomi incredula. – Tanto per cominciare, adesso devo andare ad arrampicare. E poi, ieri al bar mi hai fatto parlare di me e soltanto di me per oltre quattro ore. Possibile che te ne sia dimenticato?

Scossi il capo sorridendo mentre mi sforzavo inutilmente di ricordare. – Volevo solo sapere di piú, – mentii, e capii che lei aveva capito.

– Carino da parte tua, – disse, fece il giro del letto e mi diede un bacio in fronte. – Piú tardi, forse. Hai addosso il mio profumo, tanto per avvisarti.

– Ho un pessimo olfatto.

– E io eccellente. Ma non temere, vado via con un bel lavaggio. Ci vediamo piú tardi? *Yassou.*

Soppesai l'idea di dirle che finalmente, due giorni dopo che i traghetti e gli aerei avevano ripreso servizio da Kalymnos, avevo prenotato il volo per Atene. Ma non avrebbe cambiato nulla, solo imposto di continuare la commedia.

– *Yassou*, Victoria.

Come concordato, Georgos mi passò a prendere un'ora prima del volo. Il tragitto era appena di dieci, dodici minuti e anche stavolta avevo soltanto il bagaglio a mano.

– Di nuovo in forma? – mi domandò quando montai in macchina.

Avevo telefonato ad Atene comunicando che ero malato, che dovevano incaricare qualcun altro del caso di Tzitzifies. Mi strofinai la faccia.

– Sí, – risposi, ed era la verità, mi sentivo benissimo. Forse l'Ouzo 12 ha un pessimo sapore, ma non provoca i tremendi postumi da sbornia del Pitsiladi, questo bisogna concederglielo. E avevo pure strabevuto. Le nuvole erano state scacciate via per un po'.

Gli chiesi di andare piano. Volevo godermi la vista di Kalymnos per l'ultima volta. Era veramente bellissima.

– Dovresti venire in primavera, allora; è tutta in fiore e ci sono piú vita e colori sulle colline.

– Mi piace cosí, – dissi.

Quando arrivammo su al terminal, Georgos concluse che il volo da Atene era in ritardo, dal momento che non c'erano aerei sulla pista. Parcheggiò e propose di rimanere in macchina, in attesa di veder atterrare il mio.

Restammo in silenzio a guardare in direzione di Paleochora, la città di pietra.

– Lo sai che era abitata addirittura fino al 1812? – disse lui.

– Come mai? – gli chiesi. – All'epoca non c'erano potenze straniere che minacciavano Kalymnos.

– I pirati. Gli isolani si rifugiavano lassú. Gli assedi potevano durare settimane, mesi. Di notte dovevano scendere di nascosto fino ai pozzi mimetizzati per attingere acqua. Dicono che a Paleochora siano stati concepiti e nati dei bambini. A ogni modo, era una vera e propria prigione.

Un sibilo nell'aria sopra di noi. Un sibilo nella mia testa. L'aereo e l'idea arrivarono nello stesso momento.

– La prigione dell'amore, – dissi.

– Come?

– Sia Franz che Julian si incontravano con Elena in uno degli edifici di Paleochora. Franz ha detto di aver condannato il fratello all'ergastolo nella sua stessa prigione dell'amore. Questo potrebbe significare…

La mia voce fu coperta dal breve rombo dell'aereo nel momento in cui le eliche furono angolate dopo l'atterraggio alle nostre spalle, ma dall'espressione di Georgos mi fu chiaro che aveva già capito dove volevo andare a parare.

– Immagino significhi, – disse, – che non prenderai questo volo per Atene?

– Chiama Christina e dille di portare Odin.

Da lontano Paleochora sembrava davvero una città fantasma. Grigio-nera, inanimata, pietrificata, qualcosa su cui fosse caduto lo sguardo di Medusa. Ma ora, da vicino – come succede anche nei casi di omicidio – emergevano i particolari, le sfumature e i colori. E il tanfo.

Georgos e io ci affrettammo tra i ruderi verso una casa che era ancora piú o meno integra. Christina indugiava sul vano della porta trattenendo Odin, che abbaiava come un ossesso e voleva entrare. Lei e due uomini del soccorso montano erano arrivati per primi e avevano comunicato con Georgos e con me tramite i walkie-talkie. Appena informati del ritrovamento, avevamo allungato il passo, ma ci restava ancora da percorrere un centinaio di metri in salita. Avevano fatto la scoperta in quella che probabilmente era l'unica cantina di Paleochora. In seguito, venni a sapere che era stata scavata per conservare i cadaveri durante gli assedi, perché all'interno delle mura fortificate non c'era terra sufficiente per seppellire i morti.

Il primo particolare che mi colpí quando Georgos e io chinammo il capo ed entrammo nella cantina dal soffitto basso, e le mie pupille non si erano ancora dilatate abbastanza da permettermi di vedere, fu il fetore.

Forse i miei vecchi occhi hanno bisogno di un po' piú di tempo che in passato per abituarsi all'oscurità, forse fu questo il motivo per cui riuscii a trattenere le emozioni alla vista di Julian Schmid che emergeva a poco a poco. Il corpo nudo era parzialmente nascosto da una lurida coperta di lana. Un uomo del soccorso montano gli stava accovacciato accanto, ma poteva fare ben poco. Le braccia di Julian erano tese sopra la testa con le mani giunte, come in preghiera, e incatenate con un paio di manette a una spranga di ferro battuto conficcata nel muro di pietra.

– Aspettiamo Theodoros, – bisbigliò Georgos, neanche assistessimo all'ispezione esterna di un cadavere o a una funzione religiosa. – Sta arrivando con gli attrezzi per tagliare le manette.

Guardai in terra. Una pozza di escrementi, vomito e urina. Era quella, l'origine del fetore.

L'uomo disteso sul pavimento tossí. – Acqua, – disse con un fil di voce.

Evidentemente il soccorritore gli aveva già dato quella che aveva, perciò mi feci avanti e portai la mia bottiglia alle sue labbra secche. Era come vedere l'immagine riflessa di un Franz esausto. O meglio: Julian Schmid sembrava piú magro del fratello gemello, e la voce era diversa. Il fatto che Julian fosse la sua copia era il motivo per cui Franz non se l'era sentita di ucciderlo? Avevo i miei motivi per pensarlo.

– Franz? – bisbigliò Julian.

– Non c'è, – risposi.

– Come, non c'è?

– Scomparso.

– E Elena?

– È al sicuro.

– Qualcuno... qualcuno di voi potrebbe avvisarla? Che sto bene?

Georgos e io ci scambiammo un'occhiata. Annuii a Julian.

– Grazie, – disse lui, e bevve ancora. E, quasi l'acqua gli scorresse di traverso nel cranio, dai suoi occhi cominciarono a colare lacrime. – Non lo ha fatto di proposito.

– Che cosa?

– Franz. È... ha semplicemente perso la testa. Lo so. A volte gli capita.

– Può darsi, – dissi.

Il walkie-talkie gracchiò e Georgos uscí.

Un attimo dopo si riaffacciò. – L'ambulanza è arrivata e aspetta giú sulla strada –. Sparí di nuovo. Il fetore era fortissimo.

– Secondo me, in fondo in fondo Franz voleva che venisse ritrovato, – dissi sottovoce.

– Davvero? – domandò Julian.

Allora capii che sapeva che Franz era morto. E capii che quella era la preghiera che sembrava recitare, prima: che gli dicessi ciò che aveva bisogno di sapere. Ciò che aveva bisogno di sentire per ritornare intero. Quindi la esaudii.

– Si è pentito, – dissi. – In effetti, mi ha detto chiaro e tondo che era qui. Voleva che la salvassi. Però non poteva sapere che sono cosí tardo di comprendonio.

– Fa tanto male, – disse lui.

– Lo so.

– Che si fa in questi casi?

Mi guardai intorno. Raccolsi una pietra grigia da terra e gliela premetti nella mano. – Deve stringerla. E pensare che assorba tutto il dolore.

Le tenaglie arrivarono, e Julian fu portato via.

Telefonai a Elena per informarla che Julian era stato ritrovato, vivo. Mentre parlavo mi resi conto che nella mia veste di agente investigativo non avevo mai dato a nessuno la notizia che una persona cara era stata ritrovata viva. Ma la reazione di Elena non fu diversa da quelle a cui ero solito assistere quando comunicavo la morte ai parenti: qualche secondo di silenzio, intanto che con tutta probabilità il cervello cercava la causa del malinteso, la ragione per la quale non poteva assolutamente essere vero. E – siccome il cervello non trovava nulla – il pianto nell'istante in cui cominciavano ad assimilare la notizia. Perfino chi in un secondo momento si sarebbe rivelato il colpevole geloso si metteva a piangere, spesso piú forte di un innocente sotto choc. Ma il pianto di Elena era diverso. Un pianto di gioia. Pioggia con il sole. Destò qualcosa dentro di me, un vago ricordo, e mi fece venire un groppo in gola. E quando con la voce rotta dai singhiozzi mi ringraziò, dovetti fare il raschio per risponderle con voce ferma.

Nel pomeriggio raggiunsi l'ospedale di Pothia, e trovai Elena seduta al capezzale che stringeva la mano di un Julian già piú vispo. Doveva essere convinta che fosse stata la mia mente brillante ad averlo salvato, e non accennai al fatto che la mia mancanza di immaginazione per poco non lo aveva ammazzato.

Chiesi di poter parlare a quattr'occhi con Julian, e prima di lasciarci Elena mi prese la mano e la baciò.

L'esposizione del corso degli eventi di Julian corrispondeva abbastanza con le mie ipotesi.

Mentre erano diretti all'ospedale dopo la zuffa al bar, il litigio con Franz si era rinfocolato. – Gli ho mentito, – disse Julian. – Gli ho detto che avevo parlato con Elena raccontandole tutto, e che lei mi aveva perdonato e mi aveva detto che mi amava. Che lui doveva lasciar perdere e dimenticarla piú in fretta possibile. Già, era una bugia, però pensavo di chiamare Elena dopo, e che comunque alla fine sarebbe andata come gli avevo detto. Ma Franz si è messo a urlare che non era vero, ha accostato l'auto, aperto il vano portaoggetti e tirato fuori una pistola.

– Lo aveva mai visto in quelle condizioni?

– L'ho visto furibondo, ed è capitato che ci azzuffassimo, però non lo avevo mai visto cosí, non cosí... pazzo –. Julian aveva gli occhi lucidi. – Ma non lo biasimo. Mi sono innamorato di quella ragazza perché lui me ne aveva parlato, mi aveva mostrato delle foto, l'aveva portata alle stelle e abbellita. E allora l'ho rubata. Non c'è altro modo per dirlo. Ho tradito sia lui che lei. Io avrei fatto lo stesso. Anzi, no, avrei sparato, avrei ucciso. Invece, lui mi ha costretto a guidare fino a Chora e di lí a proseguire a piedi fin su a Paleochora con la pistola puntata alla schiena. Evidentemente, quando ci era stato, aveva dato un'occhiata in giro scoprendo la cantina. Una volta arrivati mi ha incatenato con delle manette.

– E poi l'ha lasciata lí a morire?

– Mi ha detto che ci sarei rimasto fino a marcire, ed è andato via. Ero inorridito, ovvio, ma in quel momento avevo piú paura per Elena che per me. Perché lui tornava sempre.

– Che cosa intende dire?

– Da piccoli facevamo a botte, e lui era sempre un po' piú forte di me. Ogni tanto mi rinchiudeva. In una stanza, in un armadio. Perfino in una cassapanca. Mi diceva che sarei morto là dentro. Ma tornava sempre. Ed era dispiaciutissimo, anche se non se ne rendeva conto. Ero sicuro che anche questa volta sarebbe andata cosí. Fino a due o tre giorni fa. Mi sono svegliato all'improvviso e... – Mi guardò. – Certo, non sono uno che crede allo spiritismo, ma considerando le esperienze che io e Franz abbiamo avuto, mi piacerebbe sapere che cosa si sarà scoperto sulla telepatia dei gemelli fra cent'anni. A ogni modo, ero certissimo che gli fosse successo qualcosa. E quando le ore e i giorni hanno continuato a passare senza che lui tornasse, ho cominciato a pensare che sarei davvero morto lassú. Lei mi ha salvato, ispettore Balli. Le sarò eternamente grato.

Julian tirò fuori una mano da sotto la coperta e prese la mia. Contro il palmo sentii la pietra che gli avevo dato. – Nel caso anche lei dovesse provare dolore, – disse.

Mentre mi dirigevo verso l'uscita dell'ospedale, Elena mi fermò nel corridoio per invitarmi a cena nella trattoria dei suoi. La ringraziai spiegandole che dovevo prendere l'ultimo volo per Atene.

Siccome avevo due ore a disposizione prima che partisse il traghetto, accompagnai Christina a recuperare dei vestiti per Julian nella sua stanza a Massouri.

Dalla strada, accanto all'auto della polizia, ammirai lo splendido tramonto dietro Telendos mentre Christina entrava nella casa. Una signora attempata con indosso un abito a fiori e due sacchetti della spesa in mano mi si avvicinò barcollando e si fermò.

– Ho saputo che avete trovato uno dei gemelli, – disse. – Quello gentile.

– Gentile?

– Faccio le pulizie e cambio la biancheria là dentro ogni mattina alle nove –. Con un cenno del capo indicò la casa. – A quell'ora sono andati già tutti ad arrampicare, ma mi è capitato di svegliare quei due. Uno si arrabbiava sempre, mentre l'altro si limitava a sorridere e a ridacchiare dicendomi di rimandare al giorno dopo. Quello gentile si chiamava Julian, me lo ha detto lui. Non ho mai saputo come si chiamasse l'altro.

– Franz.

– Franz –. Ci pensò su.

– È un nome tedesco, – aggiunsi.

– Be', a parte quel Julian, i tedeschi non mi piacciono. Ci hanno trattato di merda durante la guerra e continuano a trattarci di merda adesso. Ci trattano come se fossimo degli inquilini inaffidabili della loro Europa che non pagano l'affitto da parecchio tempo.

– Non male come immagine, – dissi, pensando tanto alla mia patria quanto alla Germania.

– Fingono di essere cambiati, – sbuffò l'anziana. – Un capo donna e compagnia bella. Ma sono e restano nazisti –. Scosse il capo. – Una mattina ho visto delle manette sul comodino. Non so che ci facesse quel Franz, ma per forza qualcosa di fascista, ne sono convinta. È morto?

– Forse, – risposi. – Probabilmente. Anzi, quasi sicuramente.

– Quasi? – La donna mi guardò con una punta dello stesso disprezzo che aveva per i tedeschi. – Non è compito della polizia sapere le cose?

– Sí, – risposi. – E non sappiamo niente.

La donna si riavviò barcollando, e udii una risatina proveniente dal lato opposto della strada.

Mi voltai, e là – in una veranda sotto un gruppo di cipressi – scorsi Victoria seduta con i piedi sulla balaustra e una sigaretta all'angolo della bocca.

La raggiunsi e mi fermai sotto la veranda.

– Pesante, eh? – rise lei soffiando il fumo nel crepuscolo senza vento.

– Capisci il greco?

– No, ma capisco il linguaggio non verbale –. Fece cadere la cenere della sigaretta con un movimento lento, placido. – Non hai avuto la stessa impressione?

Ripensai alla notte con lei. Durante quelle ore non ero ubriaco. Era stato bellissimo. Eravamo stati dolci l'uno con l'altra. Un po' rudi, ma soprattutto dolci. – Sí, penso di sí.

– Ci vediamo al bar piú tardi?

Scossi il capo. – Stasera torno ad Atene.

– Vuoi che ti venga a trovare?

Dalla sua espressione capii che la domanda le era semplicemente scappata di bocca. E lei capí – o fraintese – la mia esitazione nel rispondere.

– Lascia perdere, – rise prendendo una lunga boccata dalla sigaretta. – Ad Atene hai tanto di moglie, figli e cane. Non vuoi casini, e non li avrai.

Mi resi conto che non mi aveva chiesto nulla sulla mia vita attuale e che io le avevo raccontato soltanto l'unica cosa che abbia importanza per me: il passato.

– Non ho paura dei casini, – ribattei. – È che sono vecchio. Mentre tu hai la vita davanti.

Victoria scoppiò in una fragorosa risata. – Già, sono un affare migliore io per te di quanto lo saresti tu per me.

– Ci avrei guadagnato, – dissi con un sorriso.

– *Yassou* di nuovo, Niko.

– *Yassou* di nuovo, Monique.

Solo mentre salivo in macchina mi resi conto di essermi tradito.

Era mezzanotte passata quando aprii la porta del mio appartamento.

– Sono a casa, – gridai al buio, posai la borsa sul pavimento dell'ingresso, mi diressi verso la zona cucina della grande stanza dalle pareti di vetro con vista su Kolonaki, uno dei quartieri piú esclusivi del centro di Atene. Tirai fuori l'unica scatola che avevo in tasca, l'aprii, e guardai la pietra grigia che conteneva, come un gioiello nel cofanetto di un orafo.

Presi un bicchiere e aprii il frigo. La luce lambí il parquet fino alla libreria e alla massiccia scrivania di teak con l'enorme schermo Apple.

Soldi ereditati.

Riempii il bicchiere con la spremuta fresca fatta dalla mia collaboratrice domestica, raggiunsi il Mac e toccai la tastiera. Apparve una grande foto di tre giovani davanti a una parete del Peak District.

Cliccai sulle icone delle pagine web dei giornali piú importanti. Davano tutti un'ampia copertura agli sviluppi dell'omicidio di Kalymnos. Nessuno citava il mio nome. Bene.

Mi baciai l'indice e lo posai sulla guancia della ragazza tra i due ragazzi sullo schermo e dissi ad alta voce che andavo a dormire.

In camera sistemai la scatola con la pietra grigia sulla mensola sopra il letto, accanto alle altre pietre. Il letto era enorme e vuoto, le lenzuola di seta cosí fresche che stendendomi ebbi la sensazione di avviarmi a nuoto in mare.

Due settimane dopo mi telefonò Georgos Kostopoulos.

– È stato rinvenuto un cadavere in mare non lontano dalla spiaggia dove è scomparso Franz, – disse. – O meglio, in effetti è a riva. Era infilzato in uno scoglio nel punto in cui si infrangono le onde. È una zona sferzata dal vento e di rado c'è qualcuno, ma c'è una via di arrampicata che inizia da un sentiero circa cinquanta, sessanta metri sopra gli scogli. È stato un arrampicatore a chiamarci.

– Credo di sapere qual è il punto, – dissi. – Il cadavere è stato identificato?

– Non ancora. È talmente maciullato... anzi, mi meraviglia che l'arrampicatore abbia capito che si trattava di un cadavere. In un primo momento l'ho scambiato per un delfino morto. La pelle, il viso, le orecchie, i genitali, non ci sono piú. Però ha un buco nel cranio che è sicuramente il foro di una pallottola.

– Potrebbe anche essere un migrante di un barcone.

– Sí, certo, l'anno scorso ne sono sbarcati diversi qui, ma ne dubito. Ho mandato un campione di Dna del cadavere e avrò la risposta nel giro di un paio di giorni. Però mi chiedo...

– Sí?

– Se dovesse corrispondere al profilo genetico della saliva sul bicchiere d'acqua di Franz Schmid, che diciamo?

– Diciamo che l'identificazione è riuscita.

– Però quel materiale genetico ce lo siamo procurati... ehm, in modo non regolamentare.

– Come? A quanto ricordo lo abbiamo chiesto a Franz Schmid e lui ce lo ha dato di sua spontanea volontà.

All'altro capo calò il silenzio.

– È cosí... – cominciò lui.

– Sí, – dissi. – È cosí che facciamo ad Atene.

Tre giorni dopo arrivò la risposta.

Il profilo genetico del cadavere maciullato sugli scogli corrispondeva a quello che secondo il rapporto della polizia Franz Schmid aveva dato spontaneamente quando aveva rilasciato la sua dichiarazione agli investigatori a Pothia. Il mio nome non era citato.

Lessi la notizia tenendo il telefono sotto l'orlo della tovaglia, per non distrarre la donna che mi stava dicendo che, secondo lei, l'overdose del marito si doveva al fatto che aveva scambiato la medicina per il cuore con le altre pillole, forse perché al lavoro era molto confuso dalla giovane stagista che si era messa in testa di fargli lasciare la famiglia per lei.

Soffocai uno sbadiglio e pensai alla via di arrampicata a sud della spiaggia. Mi ero procurato alcune guide delle arrampicate a Kalymnos e avevo scoperto che la via si chiamava Dove osano le aquile, grado 7b. Perfino nella foto sembrava fantastica. Se volevo tornare in forma per affrontarla, avrei dovuto allenarmi e buttare giú qualche chilo. E se volevo trovare il tempo per farlo, la gente avrebbe dovuto prendersi una pausa dall'ammazzarsi a vicenda. Oppure avrei dovuto prendermi una pausa io. Una lunga pausa.

Cinque anni dopo.

Guardai fuori dal finestrino dell'aereo: l'isola sotto di noi era la stessa. Un blocco giallo di calcare, gettato in mare da Poseidone per far tremare la Terra.

Ma il cielo era coperto.

Ora, in primavera, il tempo era piú variabile, spiegò il tassista guidando verso Emporios. Era meglio venire in autunno. Sorrisi mentre guardavo i cespugli di oleandro, che erano in pieno fiore sulle pendici delle colline, e inspirai il profumo di timo.

Quando scesi dal taxi trovai Elena e Julian sui gradini della trattoria insieme al piccolo Ferdinand. Julian mi rivolse un gran sorriso, mentre Elena mi abbracciò e quasi non mi lasciava piú. Ci eravamo scritti per e-mail con regolarità. O, meglio: lei mi raccontava come andavano le cose, e io leggevo. Leggevo allo stesso modo in cui ascoltavo, e rispondevo con stringatezza, per lo piú ponendo domande di approfondimento, come ero solito fare nelle conversazioni.

All'inizio era stato tutto fuorché semplice, mi aveva scritto. Julian era piú segnato dall'accaduto di quanto non fosse sembrato in un primo momento. Una volta passata l'euforia per essere stato salvato e di stare con lei, era diventato cupo, chiuso, scontroso, addirittura un altro uomo rispetto a quello di cui si era innamorata, o cosí le pareva. E poi parlava tanto del fratello. Lo giustificava, dava l'impressione di tenerci tantissimo che lei, e anche i suoi genitori, capissero che Franz non era stato cattivo, ma solo molto, molto, innamorato.

La situazione era arrivata al punto che Elena aveva accarezzato l'idea di lasciarlo, ma poi era successa una cosa che aveva cambiato tutto: era rimasta incinta.

E da quel giorno Julian sembrava essersi svegliato, ridiventando il Julian che lei ormai ricordava a mala pena dall'unica notte che avevano trascorso insieme prima che fosse denunciata la sua scomparsa. Contento, buono, gentile, cordiale, affettuoso. Forse non era piú tornato cosí pieno di vita e folle come lei lo ricordava da quella notte, ma che importava? Probabilmente ogni donna pensa che il marito fosse un po' piú interessante all'inizio. E cosa si può pretendere di piú da un uomo se non che sia fedele, affettuoso e lavori sodo per la famiglia? Perfino il padre di

Elena aveva dovuto riconoscere che la figlia si era trovata un marito capace di darci dentro e corretto, un uomo al quale avrebbe potuto affidare fiducioso la responsabilità della trattoria quando fosse arrivato il momento.

Il giorno in cui Ferdinand era venuto al mondo, a detta di Elena Julian aveva pianto a sua volta come un bambino. Era un padre che irradiava amore sincero. «Sembra una stufa, – aveva scritto lei, – e non c'è niente di meglio quando le tempeste invernali si abbattono su Kalymnos».

– Quindi pensi di essere pronto per Dove osano le aquile, – disse Julian sorridendo dopo che mi ero sistemato nella stanza e stavamo pranzando nella trattoria. Il polpo alla griglia, la loro specialità, era squisito. Notai che Julian non mangiava, e pensai che forse c'entrava la leggenda secondo la quale i polpi si nutrono di cadaveri. Che ovviamente non è una leggenda, tutti gli animali marini si nutrono degli annegati se ne hanno l'occasione.

– Non lo so, – dissi, – però ho arrampicato un po' sulle falesie nei dintorni di Atene.

– Allora si parte domani mattina presto.

– La via è lunghissima, – dissi. – Quaranta metri.

– Nessun problema, ho una corda da ottanta.

– Perfetto.

Partí la suoneria del suo cellulare. Julian fece per rispondere, ma si bloccò e mi fissò.

– Sei diventato pallidissimo, Niko. Tutto bene?

– Sí, certo, – mentii riuscendo a mala pena a sorridere. Il mio stomaco si stava per rivoltare e mi sentii imperlare di sudore da capo a piedi. – Rispondi pure.

Lui mi scrutò. Forse credeva che fosse stato il pensiero di una via cosí lunga la causa della mia reazione.

Prese il telefono, e finalmente la melodia cessò.

Whole Lotta Love.

La solita storia. Non solo quella canzone mi catapultava oltre quarant'anni indietro, su un albero in un cortile di Oxford, ma mi faceva star male fisicamente.

Julian doveva aver capito che la causa non era l'arrampicata. – Non ti è piaciuta la musica? – domandò dopo aver finito di parlare al telefono.

– È una lunga storia, – risposi ridendo non appena ebbi avuto il tempo di riprendermi. – Ma non pensavo che ti piacessero i Led Zeppelin. Mi pare di ricordare che avessi qualcosa di piú soft sul tuo smartphone.

– Sul serio?

– Sí, un certo Ed. Ed Cheap. Ed Sheep…

– Ed Sheeran! – gridò Elena.

– Ecco chi era, – dissi guardando Julian.

– Adoro Sheeran! – rise Elena.

– E tu, Julian?

Julian Schmid levò il bicchiere d'acqua. – Immagino che si possano apprezzare sia i Led Zeppelin che Sheeran –. Prese un lungo sorso senza staccarmi gli occhi di dosso.

– Mi è venuta in mente una cosa, – disse quando infine riposò il bicchiere. – Secondo il meteo domani potrebbe piovere, ma da queste parti è impossibile sapere per certo se gli acquazzoni colpiranno o mancheranno l'isola. Anche se la via è a strapiombo il vento sospingerebbe cosí tanta pioggia da bagnare la falesia, perciò che ne dici di andare adesso? Almeno siamo sicuri al cento per cento che riesci a provare la via prima di tornarci dopodomani.

– Già, sarebbe un peccato se fossi venuto fin qui solo per conoscere Ferdinand, – rise Elena.

Sorrisi.

Ci alzammo da tavola e io salii in camera a cambiarmi. Mentre preparavo lo zaino vidi dalla finestra Julian che giocava con Ferdinand. Il bambino correva ridendo intorno al padre, e ogni volta che lui lo acchiappava e faceva vola vola, il piccolo perdeva il berrettino bianco e azzurro e strillava dalla contentezza. Sembrava una danza. Una danza che io non avevo mai fatto con mio padre. Oppure sí? In tal caso me ne ero dimenticato.

– Emozionato? – domandò Julian quando, dopo un tragitto silenzioso in auto, parcheggiò nel punto in cui avevamo ritrovato la macchina di Franz.

Annuii mentre spaziavo con lo sguardo lungo la spiaggia. Quanto era diversa, adesso. Niente sole. Onde che si limitavano a mormorare pacifiche correvano verso la battigia senza frangersi.

Dopo venti minuti di camminata veloce raggiungemmo il promontorio e levammo lo sguardo verso Dove osano le aquile. Incuteva ancora piú timore, con le nubi grigio acciaio che incombevano dall'alto. Ci infilammo le imbragature, e Julian mi porse due fasci di rinvii.

– Immagino che tu voglia provare a farla a vista, – disse.

– Grazie, tu mi sopravvaluti, ma mi spingerò fin dove mi sarà possibile –. Fissai i rinvii all'imbragatura, mi legai la corda addosso, mi infilai le vecchie ma comode scarpette che usavo nel Peak District e affondai le mani nel sacchetto di magnesite che era appeso con una corda intorno alla pancia. Invece di fare il paio di passi fino alla parete, mi spinsi sull'orlo del sentiero e guardai in basso.

– Lo hanno trovato laggiú, – dissi indicando con un cenno del capo i frangenti. Anche quelli erano docili, e notai che il rumore arrivava fino a noi con un lieve ritardo. – Ma probabilmente lo sapevi già.

– Certo, – disse la voce alle mie spalle. – Da quanto tempo lo sai?

– So, cosa?

Mi voltai verso di lui. Era pallido. Forse era solo colpa della luce, ma il suo viso quasi bianco per un attimo mi fece venire in mente Trevor. Mi capitava piuttosto spesso di pensare a Trevor.

– Niente, – rispose lui, inespressivo sia in viso sia nella voce, e infilò la corda nel secchiello Atc fissato alla sua imbragatura. Poi ripassò la lista di rito: – Tu sei a posto, moschettone avvitato, la corda è abbastanza lunga e il tuo nodo è perfetto.

Annuii.

Puntai il piede contro la parete aggettante e afferrai la prima presa ovvia. Mi allungai e appoggiai l'altro piede.

I primi dieci metri di salita andarono benone. Mi muovevo con leggerezza, i chili persi e i muscoli recuperati avevano dato frutti. E la psiche da arrampicata era buona, nell'ultimo anno ero caduto parecchie volte su vie attrezzate con estrema parsimonia, e quando dopo otto, dieci metri la corda bloccava il volo, non provavo neanche sollievo, solo una leggera delusione per non essere riuscito a fare la via senza cadere. Qui, invece, gli spit fissi erano numerosi e un'eventuale caduta sarebbe stata breve. In effetti, cominciavo a chiedermi se avessi portato abbastanza rinvii man mano che li fissavo agli spit e moschettonavo la corda.

Udii il garrito di un gabbiano nello stesso istante in cui la sottile scaglia di calcare a cui ero aggrappato si ruppe. Caddi. Durò un attimo appena, lo stato che tanto spesso ed erroneamente viene descritto come privo di peso. Poi, con un forte strappo, sentii la corda e l'imbragatura stringersi intorno alla vita e alle cosce. Una breve, brusca caduta. Guardai Julian giú a terra, in piedi con la corda tesa dal secchiello fissato all'imbragatura.

– Mi spiace, – gridò. – È successo cosí in fretta che non ho avuto il tempo di ammortizzare la caduta.

– Nessun problema, – gli gridai, e siccome non riuscivo ad avvicinarmi alla parete strapiombante, cominciai a tirarmi su lungo la corda con la sola forza delle braccia. Anche se si trattava appena di tre metri e Julian sfruttava il peso del suo corpo per tenderla, la corda era cosí scivolosa e sottile che io ero stremato quando, infine, raggiunsi lo spit a cui era fissata. Mi osservai le mani. Mi si era già staccata parecchia pelle.

Dopo una sosta proseguii. Dovetti combattere per fissare un rinvio alla chiave, il punto piú difficile della via, ma a parte questo sentii rinascere la fluidità: non dovevo pensare, i piedi e le mani sembravano risolvere il flusso di equazioni a una o due incognite completamente da soli. E quando, dopo quindici metri, arrivai in vetta e infilai la corda nella catena, lo feci con una silenziosa ma profonda soddisfazione interiore. Non avevo fatto la via senza cadere, ma era stata ugualmente un'esperienza magica. Mi voltai a guardare il panorama. A detta di Georgos, in una giornata serena da Kalymnos si poteva vedere la costa turca, ma allora vidi soltanto il mare, me stesso, la via. E la corda che scendeva fino all'uomo che avevo salvato e mi doveva salvare.

– Fatta! – gridai. – Calami pure giú!

Scesi nell'aria del pomeriggio immobile e soffocante. La luce del giorno cominciava già ad affievolirsi. Una volta che Julian si fosse cimentato con la via, dovevamo tornare indietro se volevamo evitare di camminare al buio sul sentiero pietroso che costeggiava le falde ripide. Ma qualcosa mi disse che Julian non avrebbe fatto nessun tentativo quando, dopo pochi metri di discesa, vidi una macchia scura sulla corda gialla passarmi davanti agli occhi diretta verso la catena.

Il segno di metà corda.

– La corda è troppo corta! – urlai.

Anche se c'era calma di vento, potevano benissimo essere i frangenti, i garriti dei gabbiani o la semplice distrazione a impedirgli di sentirmi. A ogni modo, continuò a calarmi.

– Julian!

Ma lui continuò a dare corda, e ancora piú forte.

Guardai il mare giú in fondo, guardai il sentiero dove l'ultimo giro di corda saliva snodandosi come un cobra che danzi alla musica del flauto. Ed ecco che lo vidi: al capo libero della corda non c'era nessun nodo.

– Julian! – gridai ancora, ormai ero cosí vicino a lui che riuscivo a vedere la sua espressione spenta.

Mi avrebbe ucciso, era solo questione di secondi e il capo della corda sarebbe scivolato senza intoppi attraverso il secchiello e io sarei caduto.

– Franz!

Quando fu bloccata, la corda elastica si tese verso il baratro. L'imbragatura mi si premette contro i lombi. La discesa era terminata, ballonzolavo su e giú nel vuoto. Mi mancavano soltanto due o tre metri per raggiungere Julian, ma poiché ero appeso in linea verticale dalla catena sarei precipitato dietro di lui e poi per tutti i cinquanta, sessanta metri fino agli scogli dove le onde spumeggiavano come il contenuto di una bottiglia di champagne rotta.

– A quanto pare in effetti la corda è piú corta di ottanta metri, – disse Julian. – Mi dispiace, sbagliare è umano –. Il suo viso non esprimeva affatto dispiacere.

Mi teneva letteralmente sulla corda, e per giunta aveva il controllo del capo che era vitale proprio adesso. E quel capo si trovava venti centimetri sotto il suo secchiello e la sua mano, ed era l'unica cosa che mi tratteneva. Grazie all'angolazione e alla frizione del secchiello, lui non faceva molta fatica a tenermi cosí, ma, d'altro canto: non avrebbe potuto farlo in eterno. E quando avesse lasciato la presa non sarebbe sembrato un omicidio, ma un incidente di arrampicata fin troppo comune: corda corta.

Annuii. – Hai ragione, Franz...

Lui non rispose.

– ... sbagliare è umano.

Ci scrutammo a vicenda. Franz mezzo in piedi sul sentiero e mezzo seduto contro l'imbragatura e la corda, io dondolante proprio di fronte a lui sopra il precipizio.

– Paradosso, – disse infine lui. – È una parola greca, vero? Ferdinand ha paura del buio quando deve fare la nanna, e vuole che papà gli racconti delle favole finché non si addormenta. Ma pretende che siano favole raccapriccianti. Non è forse un paradosso?

– Forse, – risposi. – Forse no.

– Comunque, come vedi, il buio sta arrivando; chissà, adesso dovresti raccontare una di quelle favole raccapriccianti, Niko. Magari cosí tu e io avremo meno paura.

– Non dovremmo prima risolvere questa situazione?

Lui allentò la presa intorno alla corda lasciandola scivolare di qualche centimetro verso il secchiello.

– Secondo me, – rispose, – la soluzione si troverà nella favola che racconterai.

Deglutii. Guardai giú. Non ci metti molto tempo a precipitare per sessanta metri. Tre secondi e mezzo, per la precisione. Ma in quell'attimo riesci a pensare a tante cose. Purtroppo, riesci anche a raggiungere una velocità di 123,5 chilometri orari. Se fossi finito in mare, forse sarei sopravvissuto alla caduta per poi morire annegato? Oppure avrei sbattuto contro gli scogli e sarei morto sul colpo e senza soffrire? Avevo assistito da vicino a quest'ultimo caso. Il silenzio e l'assenza di dramma erano stati i particolari piú impressionanti, perfino nei secondi dopo che lui era precipitato al suolo, prima che tutti si mettessero a gridare e a correre. Anche se cominciava a fare freddo, sentivo il sudore colare come cera fusa. Non avevo pianificato di smascherare il falso Julian in quel modo, mentre la mia vita era letteralmente nelle sue mani. D'altro canto, era logico. Sí, in un certo senso rendeva ogni cosa piú semplice. L'ultimatum sarebbe stato piú chiaro.

– Bene, – dissi. – Sei pronto?

– Sí, sono pronto.

– C'era una volta, – feci un respiro profondo. – C'era una volta un uomo di nome Franz, il quale divenne cosí geloso che uccise il suo gemello Julian per avere la bella Elena tutta per sé. Portò il fratello su una spiaggia, gli sparò in testa e gettò il cadavere in mare. Ma quando Franz capí che Elena amava Julian e soltanto Julian, e che di lui non voleva proprio saperne, Franz fece credere che fosse stato lui e non il gemello a finire in mare con una pallottola in testa. Poi si incatenò in una cantina, e quando lo trovarono si spacciò per Julian e affermò di essere rimasto sempre là. Nessuno dubitò che fosse davvero Julian, e cosí Franz ebbe la sua Elena e visse felice e contento sino alla fine dei suoi giorni. Larga è la foglia, stretta la via... Soddisfatto?

Lui scosse il capo. Ma teneva ancora la corda con la mano. – Non mi sembri bravo a raccontare, Niko.

– È vero.

– Per esempio, non hai nessuna prova.

– Che cosa te lo fa pensare?

– Se le avessi avute non saresti venuto qui da solo, e io sarei stato arrestato parecchio tempo fa. E si dà il caso che sappia che non lavori piú in polizia. Ormai passi le giornate alla biblioteca nazionale a leggere libri, non è vero?

– No, – dissi. – Le passo alla biblioteca Gennadios.

– Allora, a cosa si deve la tua visita? Si tratta del vecchio che è venuto a cercare prove sul caso che non gli dà pace perché non è piú tanto sicuro di essere arrivato alla verità?

– Che non ho pace è vero, – risposi, – ma la colpa non è di questo caso. E non è vero che sono venuto a cercare prove, perché quelle le ho già.

– Bugiardo –. Le nocche della mano che stringevano la corda sbiancarono.

– No, – ribattei. – Quando il profilo genetico del cadavere combaciò con quello che avevamo dall'interrogatorio di Franz, ci convincemmo di aver trovato una risposta certa. Ma ovviamente c'era un'altra possibilità. Siccome i gemelli identici provengono da un unico ovulo e condividono tutto il patrimonio genetico, hanno anche lo stesso profilo Dna. Quindi, il cadavere che abbiamo rinvenuto in teoria avrebbe potuto essere tanto quello di Julian quanto quello di Franz.

– E allora? Questa possibilità non prova che non fosse Franz!

– Vero. La prova l'ebbi soltanto nel momento in cui mi mandarono le impronte digitali che tu, Franz, avevi lasciato sul bicchiere durante il nostro colloquio alla stazione di polizia di Pothia. Le ho confrontate con quelle che avevo a casa ad Atene.

– Ad Atene?

– Piú esattamente, in una scatola sulla mensola sopra il mio letto. Sulla pietra che mi desti in ospedale. Sí, la parola «paradosso» viene dal greco, e in questo caso il paradosso è che anche se i gemelli hanno un profilo genetico identico, le loro impronte digitali non lo sono.

– Non è vero. Le abbiamo confrontate e sono uguali.

– Quasi uguali.

– Se abbiamo lo stesso Dna, com'è possibile?

– Perché le impronte digitali non sono determinate al cento per cento dalla genetica, ma vengono formate dall'ambiente circostante all'interno dell'utero. Dalla posizione in cui si trova un feto rispetto all'altro. Dalla differenza di lunghezza del cordone ombelicale, che a sua volta determina una differenza nell'afflusso di sangue e di nutrienti, che a loro volta determinano la velocità di crescita delle dita. Quando, fra la tredicesima e la diciannovesima settimana di gestazione, le tue impronte digitali sono del tutto formate, presentano delle piccole differenze che si possono individuare con un esame accurato. Io ho fatto un esame accurato. E sai una cosa? Le impronte sulla pietra che mi desti all'ospedale quando ti spacciavi per Julian e quelle rilevate sul bicchiere dal quale tu, Franz, bevesti alla stazione di polizia, erano perfettamente identiche. In poche parole, le due persone...

– ... erano una sola.

– Sí, Franz.

Forse era solo colpa del buio incipiente, forse solo del nostro sguardo sempre prevenuto che adatta il suo pregiudizio in base a ogni nuova informazione, ma mi parve di vedere Franz rivelarsi nel personaggio sotto di me, lo vidi gettare la maschera e uscire dal ruolo che aveva recitato per tutti quegli anni.

– E questo lo sai tu e basta? – domandò sottovoce.

– Esatto.

Dal largo risuonò un garrito solitario e offeso.

Era proprio vero, il lavoro di ricostruzione che avevo fatto del crimine e dello scambio di ruoli era avvenuto in totale solitudine e senza altri mezzi che quelle impronte digitali e la mia fragile logica, compensata da un'immaginativa eccezionale.

Aveva ucciso Julian la notte in cui si erano diretti verso l'ospedale, forse mentre ancora litigavano e in preda a un attacco di collera dovuta alla gelosia. Supponevo fosse vero che Julian, in un tentativo di spingere Franz a rinunciare a Elena in modo pacifico, avesse affermato di averla cercata quello stesso giorno, rivelandole di essere il gemello e di averla ingannata, ma che Elena aveva detto di volere invece proprio lui, Julian. Julian aveva mentito a Franz, ed Elena non sapeva di essere stata con due gemelli prima che glielo dicessi io. Eppure, sicuramente Julian sapeva di avere ragione, che Elena avrebbe preferito lui, perché quando si trattava di conquistare il cuore di una donna era superiore al fratello cupo. Immaginavo Franz, furioso e spinto dalla collera della gelosia, estrarre la Luger e uccidere Julian su due piedi. E mandare messaggini a Elena, in preda alla stessa nebbia e senza tener conto delle conseguenze, in cui le annunciava di aver ucciso Julian, al quale credeva che si fosse promessa. Ma poi Franz aveva ritrovato il controllo. E si era reso conto che se avesse giocato le carte nella maniera giusta, Elena sarebbe potuta diventare ancora sua. Aveva trovato un punto da cui raggiungere la spiaggia in macchina, aveva spogliato il cadavere e lo aveva gettato in acqua. Poi era tornato a Massouri, aveva messo i vestiti, il telefono e altri effetti personali di Julian al loro posto nella stanza, e l'indomani mattina aveva denunciato la sua scomparsa, dicendo che era andato a fare una nuotata prima dell'alba. Anche se era plausibile che Julian si fosse allontanato e fosse annegato, Franz sapeva che se fossimo venuti a sapere del litigio della sera precedente, con tutta probabilità avremmo deciso di occuparci piú a fondo di lui, perciò aveva cancellato il messaggio che aveva mandato a Elena in preda all'agitazione. Aveva anche cancellato il registro delle conversazioni in cui risultava che aveva fatto ben otto tentativi di chiamare Victoria, la quale lo aveva visto rientrare da solo quella notte. Probabilmente voleva parlare con lei per rifilarle una scusa e farle promettere di non dirlo alla polizia. Ma dopo il colloquio con me alla stazione di Pothia, aveva capito che ci saremmo procurati i tabulati e il messaggio dall'operatore telefonico. Per giunta era venuto a sapere che avevo parlato con Elena, e mentre era diretto alla falesia a Odyssey mi aveva visto chiacchierare con Victoria. Franz aveva capito che la rete gli si stava stringendo intorno.

E si era fatto prendere dalla disperazione.

L'unica carta che gli restava in mano era il fatto che il cadavere di Julian non era ancora stato trovato. E che lui e Julian avevano lo stesso Dna e quindi, se il cadavere del fratello fosse stato trovato, avremmo potuto essere indotti a credere che fosse di Franz.

L'unica soluzione era che Franz Schmid sparisse, cessasse di esistere. Perciò aveva inscenato il suicidio. Mi aveva telefonato dalla spiaggia annunciando il suo proposito in una maniera che non dava adito a dubbi. Aveva lasciato intendere che forse Julian non era morto, che doveva trovarsi nella «sua prigione dell'amore». Si era espresso in questi termini per avere il tempo di raggiungere Paleochora prima che risolvessimo l'enigma, ma forse non immaginava che ci avrei impiegato diversi giorni. Dopo aver parlato con me al telefono aveva lasciato i vestiti e il cellulare in macchina, si era inoltrato a piedi nudi tra le onde e aveva gettato la Luger, di modo che se l'avessimo trovata avrebbe rafforzato l'ipotesi del suicidio. Si era arrampicato sugli scogli e da lí era salito a Paleochora, sicuramente non ci aveva messo piú di un'ora. Era notte e la tempesta infuriava, sapeva che le probabilità di incontrare qualcuno, o perlomeno qualcuno che si sarebbe ricordato di lui, erano minime.

– Ti eri portato una coperta di lana, però dovevi avere anche dei vestiti e in ogni caso un paio di scarpe per raggiungere Paleochora, – dissi. – Dove te ne sbarazzasti?

Vidi Franz allentare la stretta, e il capo della corda avvolto in nastro adesivo giallo scivolò verso la sua mano.

– A Chora, – rispose lui. – In un cassonetto, sotto le mura. Insieme alle confezioni dell'emetico e dei lassativi che presi per farvi credere che ero incatenato da parecchio quando mi avreste trovato. Raggiunsi la cantina, poi cacai e vomitai come un porco. Perché ero convinto che mi avreste «salvato» molto presto.

– E rimanesti nella cantina per tutto il tempo?

– Di giorno sí, altrimenti avrei rischiato di essere visto da Chora da qualche turista. Di notte, invece, uscivo a prendere una boccata di aria fresca.

E ti incatenasti con le manette solo sentendo arrivare «i soccorsi». La chiave delle manette: dove la nascondesti?

– La ingoiai.

– Fu l'unica cosa che mangiasti mentre eri lassú? Non c'è da stupirsi se mi sembravi dimagrito.

Franz Schmid fece una breve risata. – Quattro chili. Si vedono, se eri già magro prima. Mi disperai quando capii che non avevi colto l'imbeccata, mi misi a gridare aiuto. E quando finalmente udii qualcuno camminare all'esterno, a furia di gridare ero diventato cosí rauco che non avevo piú voce.

– La voce diversa, – dissi. – Eri solo arrochito a furia di gridare.

– Non mi udí nessuno, – disse Franz.

– Non ti udí nessuno, – ripetei.

Feci un respiro. L'imbragatura stringeva, ostacolava la circolazione, le mie gambe stavano già perdendo le forze. Ovviamente, mi rendevo conto che lui poteva avere due motivi per confessare. Uno era che aveva comunque intenzione di precipitarmi nell'abisso. Il secondo che confessare dava sollievo. Scaricare tutto su qualcun altro. Una delle ragioni per le quali la confessione è tra le offerte piú popolari della chiesa.

– Quindi, hai fatto tua la vita di tuo fratello, – commentai.

Franz Schmid si strinse nelle spalle. – Julian e io conoscevamo a memoria l'uno la vita dell'altro, quindi è stato piú facile di quanto si penserebbe. Promisi a Elena che sarei tornato presto e andai a casa. Evitai le persone che ci conoscevano troppo bene, come parenti, amici e i colleghi di Julian. Giustificai il mio isolamento e qualche altro comportamento strano con l'amnesia dovuta al trauma che avevo subito. La situazione piú difficile fu il funerale, quando mamma disse che era convinta che fossi Franz, che la perdita l'aveva fatta impazzire. E i discorsi commemorativi, che mi fecero capire quante persone mi amavano. Dopo il funerale mi licenziai, cioè mi licenziai dal lavoro di Julian, e tornai qui a Kalymnos. Elena e io ci sposammo con una cerimonia intima, da parte mia invitai solo mamma. Ma non volle venire. Era convinta che avessi rubato Elena a Franz e che Elena lo avesse tradito. I nostri contatti sono rimasti ridotti al minimo fino alla nascita di Ferdinand. Ma dopo che le ho mandato alcune sue foto ci siamo sentiti per telefono. Staremo a vedere.

– E Elena… sa qualcosa?

Franz Schmid scosse il capo. – Perché stai facendo questo? – domandò. – Mi dài una corda e ti assicuri all'altro capo, e mi dici che se ti uccido nessuno saprà mai niente.

– È il caso che ti faccia io una domanda, Franz: non ti pesa sopportare questo macigno da solo?

Lui non rispose.

– Se mi uccidi adesso, continuerai a essere solo. Con un omicidio commesso in preda all'ira, anzi, con un omicidio premeditato. È questo che vuoi?

– Ma se non mi hai dato nessuna scelta, Niko.

– C'è sempre una scelta.

– Se si tratta della propria vita, forse. Ma ora ho una famiglia a cui pensare. Una famiglia che amo, ricambiato, e per la quale sono disposto a sacrificare tutto. La mia serenità d'animo. La *tua* vita. Ti sembra tanto strano?

Caddi. Feci in tempo a vedere il capo della corda sparire dentro la mano di Franz, e mi resi conto che era finita. Ma poi mi sentii stringere di nuovo l'imbragatura intorno alle cosce e alla schiena e cominciai a dondolare dolcemente grazie all'elasticità della corda.

– Al contrario, – risposi. Le pulsazioni rallentarono, il peggio era passato, non avevo piú tanta paura di morire. – In effetti, ero venuto per offrirti proprio questo. La serenità d'animo.

– Impossibile.

– Certo, non posso darti una serenità assoluta. Ma posso liberarti dalla paura di essere scoperto, dal doverti sempre guardare alle spalle.

Lui fece una breve risata. – Perché finalmente ora è tutto passato e verrò arrestato?

– Non verrai arrestato. Perlomeno, io non ti denuncerò.

Franz Schmid si reclinò all'indietro. Con il capo della corda stretta nella mano era solo questione di quanto a lungo sarebbe riuscito a trattenerlo. Bene. Ero preparato all'eventualità che finisse cosí. Era uno dei due unici esiti che potevo accettare.

– E perché non vuoi denunciarmi? – domandò Franz.
– Perché voglio la stessa cosa in cambio.
– Come, la stessa cosa?
– La serenità d'animo. Perciò non potrei denunciarti senza prendere a mia volta la stessa direzione.

Vidi i tendini e le vene muoversi sotto il dorso della sua mano. I muscoli del collo contrarsi e il respiro farsi piú pesante. Capii che mi restavano pochi secondi. Pochi secondi, una frase o due per formulare il racconto del giorno che aveva segnato la mia vita per sempre.

«Allora, che programmi hai per l'estate?» domandai a Trevor portandomi il bicchiere del thermos alla bocca.

Trevor, Monique e io eravamo seduti in circolo ciascuno su un sasso. Alle nostre spalle c'era una parete di circa ventidue metri, davanti a noi un paesaggio di campi ondulati. Erano quasi tutti pascoli, qua e là si vedeva qualche mucca. Nelle giornate limpide come quella, dalla cima si vedeva il fumo delle fabbriche sopra Sheffield. Avevamo finito di arrampicare, il sole era già basso e non ci restava che mandar giú il pranzo al sacco prima di rimetterci in viaggio. Il bicchiere caldo del thermos mi bruciava i polpastrelli scorticati, e sembrava anche scivoloso perché mi ero appena spalmato le dita con la Eight Hour Cream della Elizabeth Arden: un cosmetico femminile inventato negli anni Trenta che però, come io e centinaia di arrampicatori avevamo scoperto, è meglio di qualsiasi crema specifica per le arrampicate nell'accelerare la formazione di pelle nuova.

«Non lo so», rispose Trevor alla mia domanda, un po' incurante riguardo ai suoi programmi per l'estate.

Quel giorno avevo avuto difficoltà ad attaccare discorso con lui. E pure con Monique. In macchina da Oxford, e anche mentre arrampicavamo, avevo parlato sempre io, quello con il cuore infranto. In tono frivolo. Allegro. Ovviamente, li vedevo scambiarsi occhiate con cui si chiedevano a vicenda: chi glielo deve dire, tu o io? Ma fui abile a non offrirgli l'occasione per farlo. In macchina riempivo le pause con chiacchiere insulse che di sicuro sarebbero sembrate frenetiche se non avessero riguardato le arrampicate, un argomento in cui tutto sembra frenetico. Quella doveva essere solo una gita in giornata, perché Monique aveva bisogno del resto del weekend per prepararsi all'esame finale. Quindi, forse per parlare avrebbero aspettato che fossimo quasi arrivati, per non dover passare ore in macchina insieme a me dopo aver fatto scoppiare la bomba. D'altro canto, senza dubbio erano impazienti di rivelarlo, di ammettere la loro colpa, di promettere che non sarebbe successo mai piú, di vedere la mia delusione, forse addirittura le mie lacrime. Ma, dopo, di ricevere la mia benedizione, la mia magnanima promessa che, certo, avremmo potuto fingere che non fosse mai successo e continuare come prima. Anzi, forse ci saremmo legati ancora di piú, ora che avevamo capito cosa rischiavamo: di perderci a vicenda.

Avevamo fatto solo vie per tutto il giorno, vale a dire che avevamo dovuto fissare noi gli ancoraggi nei punti in cui la roccia lo permetteva. È un'attività piú pericolosa che seguire percorsi muniti di spit fissi, poiché un cuneo che hai semplicemente infilato in una fessura può staccarsi con facilità se cadi. Comunque, fatto strano, avevo arrampicato bene nonostante fossi sconvolto. E piú diventava difficile fissare ancoraggi buoni, sicuri, piú mi sentivo rilassato, quasi incurante. Quanto a Trevor e a Monique, era vero il contrario, soprattutto per Trevor, che di punto in bianco si era messo in testa di fissare ancoraggi ovunque, anche sulle vie facili, un'operazione lunghissima, snervante.

«E che mi dici dei tuoi, di programmi per l'estate?» mi domandò Trevor dando un morso al suo panino.

«Lavorare un po' nell'azienda di mio padre ad Atene, – risposi. – Guadagnare qualcosa per raggiungere Monique in Francia e finalmente conoscere i suoi».

Sorrisi a Monique, che mi sorrise a sua volta con un'aria tormentata. Doveva essersene dimenticata, erano trascorsi appena tre mesi da quando avevamo studiato la cartina geografica insieme, individuando vigneti e piccole zone di arrampicata, discutendo entusiasti di semplici dettagli pratici quasi fosse una spedizione sull'Himalaya.

«Forse è meglio che te lo diciamo», mormorò Trevor guardando in terra.

Mi sentii raggelare, mi sentii il cuore sprofondare nel petto.

«Anch'io pensavo di fare un viaggio in Francia l'estate prossima». Trevor continuò a masticare.

Che cazzo significava? Non dovevano dirmi cosa era successo? Di quel passo falso che ormai si erano lasciati alle spalle. Monique che si sentiva tanto sola perché la trascuravo, Trevor che in un momento di debolezza aveva ceduto. Certo, non c'erano scuse che tenessero, ma il rimorso che provavano, la promessa che naturalmente non sarebbe accaduto mai piú. Non avrebbero detto nulla di tutto questo? Trevor in Francia. Quei due... avrebbero fatto il viaggio che avevo programmato io insieme a Monique?

Guardai Monique, ma anche lei fissava in terra. E allora capii. Capii che ero stato cieco. Ma ero stato cieco perché mi avevano cavato gli occhi. Qualcosa di nero, di doloroso e di tremendo mi pervase. Non si lasciava fermare, fu come se il mio stomaco si rivoltasse e un fetido vomito verdastro cercasse una via d'uscita. Ma non c'era: la bocca, il naso, le orecchie, le orbite, tutto era cucito.

Allora il vomito mi riempí la testa, rimosse ogni pensiero assennato e continuò a premere.

Vidi Trevor concentrarsi prima dello sforzo. Prima dell'ultimo tiro della chiave. Poi fece un respiro gonfiando le spalle e la schiena ormai larghe. La schiena bianca che avevo visto dalla finestra. Aprí la bocca.

«Sapete una cosa? – mi affrettai a dire. – Ho voglia di fare un'altra via».

Trevor e Monique si guardarono confusi.

«Io...» cominciò Monique.

«Non ci metto molto, – dissi. – Faccio solo la Exodus».

«E perché? – domandò lei. – L'hai già fatta oggi».

«Perché voglio farla in free solo», risposi.

I due mi fissarono, e il silenzio era cosí assoluto che sentivamo le parole che si gridavano l'arrampicatore e il compagno che faceva sicura sulla parete rocciosa a cento metri di distanza. Mi infilai le scarpette.

«Non scherzare», disse Trevor con una risata finta.

Dallo sguardo di Monique capii che lei sapeva che non scherzavo.

Mi pulii i polpastrelli unti e scivolosi sui pantaloni da arrampicata, mi alzai e mi diressi verso la parete. Exodus era una via che conoscevamo a memoria, l'avevamo fatta decine di volte con la corda. Era facile fino a una chiave contrassegnata – il tiro piú difficile – verso la fine, il tiro su cui dovevi puntare tutto, rinunciare a stare in equilibrio e tendere la mano sinistra fino a una piccola presa un po' inclinata verso il basso, sicché soltanto la frizione della pietra ti impediva di cadere. E siccome tutto dipende dalla frizione, da terra riuscivamo a vedere che la presa era bianca della magnesite lasciata dagli arrampicatori che avevano infilato le mani nel sacchetto un attimo prima di spostarsi per avere la pelle piú secca possibile.

Se riuscivi a rimanere appeso, ti bastava spostare la mano destra fino a una grossa presa, portare i piedi su una cengia e arrampicare per gli ultimi, facili metri. Poi, una volta arrivato in cima, senza difficoltà e senza corda potevi tornare giú per una scarpata dietro la parete.

«Nikos...» cominciò Monique, ma io ero già partito.

Dopo appena dieci secondi avevo percorso un bel tratto di parete. Udii la conversazione della cordata piú in là interrompersi di colpo e capii che avevano scoperto che stavo facendo free solo. Cioè, arrampicavo senza corda, senza alcun tipo di assicurazione. Udii uno dei due imprecare sottovoce. Ma proseguii, proseguii oltre il punto in cui facevi in tempo a pentirti e tornare giú. Era davvero fantastico. La roccia. La morte. Era meglio di tutto l'alcol del mondo, mi permetteva davvero di escludere e di dimenticare il resto, e per la prima volta da quando, seduto sull'albero, avevo visto Trevor e Monique che scopavano, ero completamente libero dal dolore. Ero arrivato cosí in alto che se avessi commesso un solo errore, se fossi scivolato, se avessi esaurito le forze o se una presa si fosse rotta, non mi sarei limitato a cadere e ferirmi. Sarei morto. Ho sentito dire che chi pratica la free solo si autoprogramma per non pensare alla morte, perché se ci pensi i muscoli si contraggono, l'apporto di ossigeno si blocca, l'acido lattico ti si accumula nel corpo e cadi. Quel giorno, a me, succedeva il contrario. Piú pensavo alla morte e piú facile diventava l'arrampicata.

Ero arrivato alla chiave. Non dovevo fare altro che spingermi verso sinistra e poi bloccare la caduta con la mano dallo stesso lato, afferrando l'unica, piccola presa. Mi fermai. Non perché esitavo, ma per assaporare il momento. Per assaporare la loro paura.

Poggiato sull'alluce sinistro, lasciai penzolare il piede destro sotto il corpo a mo' di contrappeso per cercare un equilibrio stabile, poi mi sporsi verso sinistra. Sentii Monique emettere un gridolino e un piacevole vuoto nel corpo quando mi sbilanciai, persi il controllo, mi abbandonai alla forza di gravità. Tesi la mano sinistra. Afferrai la presa e strinsi. Quel gesto bloccò la caduta prima ancora che cominciasse. Spostai la mano destra verso la grossa, buona presa e misi i piedi sulla cengia. Ero al sicuro. E in un primo momento provai una strana delusione. Gli altri arrampicatori, due inglesi attempati, si erano avvicinati a Monique e Trevor, e a quel punto, capendo che non rischiavo piú di cadere, espressero a voce alta il loro scontento. Li udii dire le solite cose, che la free solo era da vietare, che l'arrampicata si basa sulla gestione del rischio, non sulla sfida alla morte, che quelli come me davano il cattivo esempio agli arrampicatori giovani. Udii Monique difendermi dicendo che là, quel giorno, non c'erano arrampicatori giovani, i signori volessero scusarla. Trevor non aprí bocca.

A quel punto, trovata una buona posizione per riposarmi e liberare i muscoli da un po' di acido lattico, utilizzai una tecnica famosa tra gli arrampicatori che consisteva nello spingere alternativamente l'anca destra e sinistra contro la parete tenendomi ora con la mano sinistra, ora con la destra. Quando l'anca sinistra toccò la parete, sentii qualcosa pungermi la coscia. Era il tubetto di crema della Elizabeth Arden che stava nella tasca dei pantaloni.

Negli anni successivi ho provato a ricostruire l'episodio, a tornare indietro con la mente, ma è impossibile. Posso solo concludere che siamo in grado in misura infinitesimale di ricordare i nostri pensieri, i quali sono come sogni che sfuggono, e deduciamo ciò che dobbiamo aver pensato in base alle nostre azioni concrete, storicamente dimostrabili, e nient'altro.

E ciò che feci quel pomeriggio di un venerdí nel Peak District in Inghilterra, fu di stare ben bilanciato sulle gambe e di tenermi saldo alla parete con la mano destra mentre infilavo la sinistra nella tasca dei pantaloni. Poiché avevo il fianco e l'anca girati contro la parete rocciosa, la mano e la tasca su quel lato non erano visibili agli occhi degli altri che si trovavano giú in basso, e che inoltre erano occupati a discutere i dilemmi etici dell'arrampicata suicida. Con la mano nella tasca svitai il tappo, strinsi il tubetto, presi la densa e grassa crema con due dita. Continuai a tenermi aggrappato con la mano destra mentre riportavo la sinistra sulla chiave cruciale, all'apparenza per aggiustare un po' la posizione del piede, mentre la spalmavo con la crema bianca. Conclusi che era impossibile distinguerla dalla magnesite bianca che c'era da prima. Mi pulii il palmo contro l'interno della coscia, dove sapevo che le macchie di crema non si sarebbero viste se avessi tenuto le gambe unite. Poi proseguii con gli ultimi, facili tiri fino alla cima.

Una volta sceso dal versante opposto e tornato al punto di partenza dopo aver fatto il giro della rupe, gli altri due arrampicatori erano andati via: li vidi camminare lungo il sentiero nei campi. Un banco di nuvole era in arrivo da ovest.

«Idiota che non sei altro», mi disse tra i denti Monique, che, zaino in spalla, era pronta per avviarsi.

«Ti amo anche io, – le risposi togliendomi le scarpette. – Adesso tocca a te, Trevor».

Lui mi fissò incredulo.

Spesso nelle opere di fantasia si pone una grande forza narrativa in uno sguardo. Dal punto di vista letterario, ovviamente questa regola del gioco aiuta l'autore a raccontare con efficacia, magari anche con grande effetto. Ma poiché, come ho già detto, non sono esperto nella lettura del linguaggio non verbale, né sono piú sensibile alle atmosfere di altri, posso solo dedurre dalle sue azioni che Trevor sapeva. Sapeva che io sapevo. E che quello era il suo modo di fare ammenda: sfidare la morte nello stesso modo in cui lo avevo fatto io. Che a quel punto era l'unico modo possibile di mostrarmi il suo rispetto, sperare di ottenere il mio perdono.

«Non farai sembrare meno idiota il tuo comportamento idiota spingendolo a fare una cosa altrettanto idiota!» sibilò Monique. Aveva le lacrime agli occhi. Forse fu quello il motivo per cui non sentii il resto dell'invettiva. Fissai le sue lacrime e mi chiesi se fossero per me. Per noi. Oppure per la caduta morale sua e di Trevor, che tanto contrastava con tutto quello che Monique era convinta di rappresentare? O per il coltello che di lí a poco sarebbe affondato nella mia carne e che richiedeva piú coraggio di quanto loro due sembrassero possedere? Ma dopo un po' smisi di pensare anche a questo.

E quando Monique si accorse che non la stavo piú a sentire e che il mio sguardo non era piú fissato su di lei, ma su qualcosa alle sue spalle e poi sopra la sua testa, si voltò e vide che Trevor stava scalando la parete. Urlò. Ma Trevor era arrivato oltre il punto dove avrebbe potuto pentirsi e tornare giú. Oltre il punto in cui avrei potuto pentirmi io.

No, non è vero, avrei potuto metterlo in guardia. Convincerlo a cercare un'altra soluzione, un'altra presa con cui superare la chiave. Sí, avrei potuto farlo. Valutai quella possibilità? Non ricordo. Ricordo di averci pensato, ma lo feci allora, o dopo? Quale acrobazia ha fatto la mia memoria, se non per scagionarmi, almeno per trovare delle attenuanti? Non so neanche questo. E quale dolore sarebbe stato piú grande? Quello con cui avrei dovuto convivere se in estate Trevor fosse partito per la Francia e magari avesse passato il resto della sua vita con Monique, o quello che mi toccò: perderli entrambi, ma separatamente? E uno di quei dolori sarebbe stato peggio che vivere con Monique, vivere nella menzogna, vivere nella reticenza, nella consapevolezza che il nostro matrimonio era falso e basato non sull'amore reciproco, ma sulla colpa comune, che le sue fondamenta custodivano la lapide dell'uomo che lei aveva amato piú di me?

Avrei potuto metterlo in guardia, ma non lo feci.

Perché avrei scelto – allora come adesso – di vivere con lei nella menzogna, nella reticenza e nella colpa. E se in quel momento avessi saputo che era impossibile, avrei rimpianto che a cadere non fossi stato io. Ma non lo feci. Dovevo continuare a vivere. Fino a oggi.

Quel che ricordo risale al viaggio di ritorno verso Oxford. È notte e sono trascorse diverse ore da quando il corpo di Trevor è stato portato giú, dopo che Monique e io abbiamo rilasciato le nostre testimonianze alla polizia. Da quando abbiamo cercato di calmare la madre disperata di Trevor, mentre l'urlo di dolore del padre fendeva l'aria.

Io guido, Monique è silenziosa, siamo sulla M1 tra Nottingham e Leicester; ha cominciato a piovere e la temperatura è precipitata, perciò ho acceso gli scalda-sedili e i tergicristalli pensando ecco, adesso sparisce tutto, la prova a mio carico sulla chiave. E nell'abitacolo ormai caldo Monique di punto in bianco dice che sente un profumo, e con la coda dell'occhio la vedo girarsi verso di me e guardarmi in grembo. «Hai una macchia sull'interno della coscia».

«Magnesite», mi affretto a rispondere senza distogliere lo sguardo dall'autostrada. Quasi sapessi che me l'avrebbe fatta notare e mi fossi preparato una spiegazione.

Per il resto del tragitto restammo in silenzio.

– Hai ucciso il tuo migliore amico, – disse Franz Schmid. Il suo tono di voce non era né accusatorio né sconvolto, ma quello di una semplice constatazione.

– Ora sai di me quello che io so di te, – dissi.

Lui levò gli occhi e mi guardò. La prima raffica di vento gli spostò il berretto. – E quindi pensi che non abbia nulla da temere da parte tua? Ma il tuo crimine è caduto in prescrizione, non puoi essere punito.

– Sei convinto che io non sia stato punito, Franz? – chiusi gli occhi. Non mi importava piú di tanto se avrebbe mollato la corda o mi avrebbe salvato, ormai avevo fatto la mia confessione. Ovviamente, lui non poteva assolvermi. Ma poteva, noi due potevamo fornirci a vicenda una narrazione capace di assicurarci che non eravamo soli, che né io né lui eravamo l'unico peccatore. Questa certezza non rende il fatto perdonabile, però lo rende umano. Lo rende un errore umano. È sempre l'essere umano che tradisce. Ma in tal caso, se non altro, sono un essere umano. E lo è anche Franz. Lo capiva, questo? Che ero venuto per fare di lui un essere umano? E di me stesso? Che io sarei stato il suo soccorritore e lui il mio? Riaprii gli occhi. Guardai la sua mano.

Quando ci avviammo verso la macchina, il buio era tale che Franz dovette andare avanti mentre io lo seguivo dappresso. Udivo i frangenti brontolare e ringhiare sotto di noi come una belva delusa che si rende conto che la preda è riuscita a fuggire, concentrandomi a mettere il piede dove lo aveva messo lui sul sentiero stretto e ripido.

– Fa' attenzione qui, – disse Franz, ma diedi ugualmente un calcio alla grossa pietra staccata che lui aveva scavalcato. La sentii rotolare rombando giú per la scogliera, eppure non vidi nulla. Un oculista mi ha detto che una delle cose piú prevedibili del fisico umano è che quando arriviamo ai sessant'anni i nostri occhi hanno perso almeno il venticinque per cento della sensibilità alla luce. Perciò adesso ci vedevo peggio. Ma può anche darsi che ci vedessi meglio. Almeno capivo meglio la mia narrazione. Continuammo a camminare, e nel momento in cui giungemmo dall'altra parte del promontorio scorsi le luci delle case sulla spiaggia.

Franz mi aveva salvato calandomi da Dove osano le aquile usando i piedi e la parete per avvicinarsi al primo spit e recuperare cosí un po' di corda, fino ad averne abbastanza da poter fare un nodo al capo. Con un bel po' di sforzi e di oscillazioni ero riuscito a spingermi sull'orlo aggettante del precipizio proprio nel momento in cui la luce del giorno era svanita.

Arrivati alla piazzola di sosta montammo in macchina e Franz chiamò Elena.

– Stiamo bene, cara, l'arrampicata è stata solo un po' piú lunga del previsto.

Pausa. Un sorriso si schiuse sulla sua faccia. – Digli che papà sarà presto a casa e gli leggerà una storia, e che anche io vi voglio bene.

Spaziai con lo sguardo sul mare. A volte capita di avere l'impressione che la vita sia piena di scelte impossibili. Ma forse è perché quelle facili non le consideriamo scelte. Sono i dilemmi, gli incroci senza cartelli a occupare i nostri pensieri. A Oxford, durante una discussione sulla famosa poesia di Robert Frost *La strada non presa*, avevo affermato, non senza una certa arroganza giovanile, che ovviamente era un omaggio all'individualismo, un consiglio a noi giovani di prendere «quella meno battuta» perché «di qui tutta la differenza è venuta», come il poeta scrive nei due versi finali. Ma il nostro professore sessantenne aveva sorriso dicendo che era stato proprio quell'equivoco ingenuo e ottimistico ad abbassare la poesia di Robert Frost al livello di Khalil Gibran e di Paulo Coelho, rendendola tanto cara alle masse. Che il punto debole della poesia è l'ultimo verso, perché è ambiguo e può essere letto come un tentativo fallito di conclusione di quello che peraltro è il suo punto centrale: il fatto che devi scegliere. Che non sai nulla delle strade, neanche quale sia la «meno battuta», perché secondo la poesia si stendono uguali fin dove arriva il tuo sguardo. E anche che non saprai mai dove portava quella che non hai preso. Perché, secondo il poeta, la strada che scegli conduce ad altre, e non tornerà mai allo stesso bivio. Ecco dove sta la poesia, aveva concluso il nostro professore. La malinconia. La poesia non parla della strada che hai preso, ma di quella che non hai preso.

«È scritto addirittura a chiare lettere nel titolo, – aveva aggiunto il professore. – Ma il mondo e noi in quanto individui interpretiamo tutto in base alle nostre esigenze. I trionfatori scrivono la storia bellica definendosi gli unici giusti, i teologi interpretano la Bibbia in modo che dia alla chiesa piú potere possibile, e noi usiamo una poesia per raccontarci che non abbiamo bisogno di sentirci falliti, anche se abbiamo deluso le aspettative dei nostri genitori o non abbiamo calcato le loro orme. Il corso reale della guerra, il testo reale della Bibbia, lo scopo reale del poeta sono secondari. O no?»

Franz rimise il cellulare nella consolle in mezzo a noi. Ma invece di girare la chiave d'accensione, rimase seduto a guardare verso il mare come me.

– Ancora non riesco a capirti, – disse. – Tu sei un poliziotto.

– No, – dissi. – Non sono un poliziotto, per il semplice motivo che non sono mai stato un poliziotto, ho solo fatto il lavoro di un poliziotto. Devi capire che nella mia narrazione io sono te, Franz. Julian aveva tradito te come Trevor aveva tradito me. E la malattia della gelosia ci ha trasformati entrambi in assassini. In Grecia l'ergastolo ti permette di uscire in prova dopo sedici anni. Io ho scontato oltre il doppio di quella pena. E non voglio che succeda lo stesso a te.

– Non sai nemmeno se sono pentito, – disse Franz. – Magari non ho avuto bisogno di confessarmi per trovare pace. Quanto a te, avresti potuto rivolgerti a un prete per fare la tua confessione.

– Sono venuto anche per un altro motivo, – dissi.

– E sarebbe?

– Tu sei la strada che non ho preso. Dovevo vederla.

– Che vuoi dire?

– Hai scelto la donna, hai scelto la donna che, innocente o meno, ti ha spinto a uccidere tuo fratello. Volevo sapere se è possibile convivere con una colpa simile. Si può vivere felici con la causa per la quale si è commesso un omicidio, all'ombra di quella lapide? Io sono sempre stato convinto che non ci sarei riuscito.

– E adesso che hai visto l'altra strada, e sai che è possibile, cosa intendi fare?

– Questa è un'altra storia, Franz.

– Me la racconterai, prima o poi?

– Forse.

Due giorni dopo Franz mi accompagnò all'aeroporto in macchina. In quelli precedenti non avevamo parlato gran che, era come se fossimo entrambi svuotati. Io avevo trascorso piú tempo con Ferdinand e Elena, e l'ultima sera Ferdinand aveva insistito perché gli raccontassi io la favola della buonanotte. Non colsi neanche un'ombra di gelosia da parte di Franz che indugiava nel vano della porta e sorrideva soddisfatto, probabilmente perché il piccolo Ferdinand già mi comandava a bacchetta. E cosí, appena Ferdinand ebbe dato il bacio della buonanotte ai genitori mi sedetti accanto al letto e gli raccontai il mito di Icaro e di suo padre. Ma, come aveva fatto mio padre, creai una mia versione, con un lieto fine in cui tutti e due riuscivano a evadere illesi dal carcere di Creta.

Appena ci fermammo davanti al terminal arrivò un violento acquazzone, perciò aspettammo in macchina. Paleochora era immersa in una nube grigia. Franz indossava la stessa camicia di flanella della prima volta che lo avevo visto, alla stazione di polizia cinque anni addietro. Forse fu quella camicia a farmelo notare: era invecchiato anche lui. Sedeva con le mani sul volante e guardava fuori dal parabrezza, come se si preparasse a dire qualcosa. Speravo solo che non fosse nulla di troppo serio e pesante. Quando infine parlò, lo fece senza guardarmi.

– Stamattina Ferdinand mi ha chiesto dove fossero i tuoi figli e la loro mamma. Gli ho risposto che non ne avevi, e lui mi ha detto di darti questo –. Chinò il capo e dalla tasca della giacca tirò fuori un piccolo orsetto liso e me lo porse.

Incrociò il mio sguardo. Ridemmo.

– E questa, – aggiunse.

Aveva stampato una foto che mi ritraeva mentre giocavo a vola vola con Ferdinand proprio come lo avevo visto fare con il padre.

– Grazie, – dissi.

– Secondo me sarai un buon nonno.

Guardai la foto. L'aveva scattata Elena. – Le racconterai tutto un giorno? Quello che in realtà è successo?

– A Elena? – Franz scosse il capo. – All'inizio avrei potuto farlo, ovviamente avrei dovuto. Ma ora non ho piú il diritto di rovinare la storia a cui crede. In fondo, ci ha costruito sopra una vita e una famiglia.

Annuii. – La storia, – ripetei.

– Però... – disse lui, poi si interruppe.

– Però?

Fece un sospiro. – Ogni tanto ho l'impressione che sappia tutto.

– Veramente?

– Tempo fa ha detto una cosa. Ha detto che mi amava e io le ho detto che l'amavo anch'io, e allora mi ha chiesto se l'amassi tanto da essere disposto a uccidere qualcuno che amavo solo un pochino meno di lei pur di farla mia. L'ha detto in un modo strano. Poi mi ha baciato impedendomi di rispondere e ha cambiato discorso.

– E chi lo sa? – dissi. – E chi ha bisogno di saperlo?

Smise di piovere.

Quando salii sull'aereo si era aperto uno squarcio nella coltre di nubi.

Quella sera, quando mi coricai nella mia casa di Atene, misi l'orsetto sulla mensola sopra il letto e presi una busta aperta. Aveva il timbro di Parigi e recava la data di due mesi prima. Tirai fuori la lettera e la rilessi ancora una volta. In tutti quegli anni la sua grafia non era cambiata.

Mi addormentai che era notte fonda.

Tre mesi dopo.

– Grazie per questa giornata perfetta, – disse Victoria Hässel levando il bicchiere di vino. – Chi avrebbe mai creduto che Atene avesse tante belle vie di arrampicata. E tu tanta resistenza.

Mi fece l'occhiolino, come per assicurarsi che avessi afferrato il doppio senso.

Victoria mi aveva cercato qualche giorno dopo il mio rientro da Kalymnos, e da allora ci eravamo scritti almeno una volta alla settimana. Forse era grazie alla lontananza e al fatto di non avere amici comuni e di non conoscerci particolarmente bene che mi riusciva cosí facile confidarmi con lei. Non a proposito di omicidi, ma d'amore. Per quanto mi riguardava, di Monique. La vita sentimentale di Victoria era un po' piú ricca e varia, e quando mi aveva scritto che doveva incontrarsi in Sardegna con la sua nuova fiamma, un arrampicatore francese, e aveva voglia di fare una deviazione per Atene, in tutta sincerità non ero sicuro che la sua fosse una buona idea. Le avevo scritto spiegandole che mi piaceva la distanza, la sensazione di parlare con un confessore che non poteva vedermi in faccia.

«Posso anche mettermi un sacchetto di carta in testa, – mi aveva scritto lei in risposta. – Ma addosso avrò soltanto quello».

– Tuo fratello ha un appartamento bello come questo? – mi domandò Victoria mentre sparecchiavo e portavo i nostri piatti in cucina.

– Piú bello e piú grande.

– Sei invidioso?

– No. Sono...

– Felice?

– Stavo per dire soddisfatto.

– Anch'io. Cosí soddisfatta che è quasi un peccato che debba partire per la Sardegna domani.

– Hai qualcuno che ti aspetta, e a quanto so anche là ci sono delle vie fantastiche.

– Non sei geloso?

– Delle arrampicate o del tuo fidanzato? Casomai penso che dovrebbe essere geloso lui di me.

– Ai tempi di Kalymnos ero single.

– Me lo hai già detto. E io sono un vecchio fortunato ad averti avuta in prestito per un po'.

Andammo sul balcone con i calici di vino.

– Hai preso una decisione per quanto riguarda Monique? – mi domandò mentre spaziavamo con lo sguardo su Kolonaki, dove il chiasso degli avventori nei ristoranti all'aperto saliva sotto forma di una musica monotona ma allegra.

Avevo parlato a Victoria della lettera che avevo ricevuto appena rientrato da Kalymnos. Monique era rimasta vedova e si era trasferita a Parigi. Mi aveva scritto che pensava molto a me e voleva che andassi a trovarla.

– Sí, – risposi. – Ho deciso di partire.

– Sarà fantastico! – rise lei levando il calice.

– Ah, non ne sono tanto sicuro, – ribattei posando il mio sul tavolino.

– Perché no?

– Perché probabilmente è troppo tardi. Siamo persone diverse da quelle che eravamo allora.

– Se sei cosí pessimista, perché vuoi partire?

– Perché devo sapere.

– Sapere che cosa?

– Dove va l'altra strada, quella che non abbiamo preso. Sapere se sarebbe stato possibile essere felici all'ombra di una lapide.

– Non so di che parli, ma è possibile?

Riflettei. – Voglio mostrarti una cosa, – dissi.

Tornai con l'orsetto e la foto di me e di Ferdinand.

– Che tenero, – disse lei. – Chi è il bambino?

– È il figlio di... – Feci un respiro per essere sicuro di non impappinarmi. – Julian Schmid.

– Ma certo, – disse lei.
– Vedi la somiglianza?
– No, ma vedo il berretto.
– Il berretto?

Lei indicò il berretto bianco e azzurro di Ferdinand. – I colori della squadra. E il quadrato davanti è lo stemma dell'Amburgo. La squadra per cui tifiamo io e Julian.

Annuii. Un pensiero mi passò per la testa all'improvviso, ma lo respinsi e scomparve. E pensai invece: di sicuro a quel punto Franz aveva sostituito i Led Zeppelin sulla suoneria del telefono con qualcosa di piú delicato e docile che non rivelasse il suo vero io. Cosí come aveva buttato il berretto arcobaleno del St Pauli e indossato i vestiti del fratello, mentendo a tutti quelli che gli stavano intorno, sempre. Io non ne sarei stato capace. Non perché avessi scrupoli morali, semplicemente mi mancavano il talento e la forza per farlo. Se fossi andato a Parigi, avrei dovuto dire a Monique cosa avevo fatto quel giorno nel Peak District.

Accompagnai Victoria al suo albergo, doveva partire l'indomani all'alba. Poi mi rincamminai verso casa. Atene è quello che gli inglesi chiamano *an acquired taste*. Ma feci una lunga deviazione attraversando quartieri piú brutti di Kolonaki perché sapevo che non sarei riuscito a dormire.

Forse Monique lo sospettava da sempre. Forse il commento che aveva fatto a proposito della macchia sulla mia coscia quando lo scalda-sedile aveva intensificato al massimo il profumo della crema della Elizabeth Arden era stato il suo modo per dirlo. Che sapeva, e che sapeva anche che con il suo tradimento si era resa in un certo senso complice, e che le nostre strade dovevano dividersi là.

Ma adesso, tardi nella vita, forse avevamo davvero trovato la strada che riportava al bivio dove una volta ci eravamo lasciati. Adesso – se volevamo, se ne avevamo il coraggio – avremmo potuto prendere l'altra strada. Io, un assassino. Però avevo scontato la pena, o no? Ero in grado di concedere la felicità a Franz. Ero in grado di concederla anche a me stesso?

All'angolo di una strada dove non ricordavo di essere mai stato prima, un cane randagio attraversò a passo tranquillo senza guardare né a destra né a sinistra: sembrava aver fiutato un'usta.

La fila

Odio i furbi che saltano le file.

Di sicuro perché ho trascorso troppi dei miei trentanove anni a farle.

E cosí, anche se nel mio 7-Eleven ci sono soltanto due persone e la signora anziana ha impiegato secoli a tirar fuori il portafogli, fisso con freddezza il ragazzo che le è passato davanti a forza. Indossa un piumino della Moncler; lo so perché ne ho guardato uno arrivando alla conclusione che non me lo potrò mai permettere. Il cappotto usato che ho comprato al negozio dell'Esercito della salvezza in vista dell'inverno va benissimo. Ma non riuscirò mai a togliere l'odore di quella che lo ha posseduto prima di me, che era piú avanti nella fila.

Qui in negozio capita di rado che qualcuno salti la fila, a meno che non sia di notte e si tratti di ubriachi, tutto sommato in questo Paese la gente è educata. L'ultima volta che un cliente lo ha fatto smaccatamente in pieno giorno è stato due mesi fa. Una donna matura, vestita alla moda, quando le ho fatto notare che aveva saltato la fila ha negato minacciando di parlare con il mio capo e farmi licenziare.

Il ragazzo incrocia il mio sguardo. Scorgo un abbozzo di sorriso. È senza vergogna. E senza mascherina.

– Devo solo prendere una scatola di *snus* General, – dice, come se quel «solo» giustificasse il suo atto.

– Devi aspettare il tuo turno, – dico nella mia mascherina.

– È proprio dietro di te, ci vogliono cinque secondi –. Indica con il dito.

– Devi aspettare il tuo turno.

– Se me l'avessi data senza tante storie, a quest'ora sarei già fuori dal negozio.

– Devi aspettare il tuo turno.

– Devi aspettare il tuo turno, – scimmiotta lui esagerando il mio accento. – E dài, forza, stronza.

Sorride ancora di piú, quasi la sua fosse una battuta. Può darsi si senta autorizzato a usare questo tono con me perché sono una donna con un lavoro a salario minimo, immigrata e con la pelle di un colore diverso dalla sua, bianchissima. È probabile che attinga a qualche gergo tribale convinto che io lo parli. Oppure, forse vuole essere ironico e fa la parodia del ragazzaccio. Dopo averlo guardato meglio scarto l'ultima alternativa: gli manca la profondità.

– Ti devi spostare, – gli dico.

– Ho fretta, devo prendere la metro. Dài, forza.

– Magari se avessi chiesto il permesso alla signora che era davanti a te.

– La mia metro…

– La metro passa in continuazione, – gli dico con il monotono accompagnamento dello sferragliare della metro due rampe di scale sotto di noi. Quando ho cominciato a lavorare qui, mia sorella minore mi ha chiesto se non avessi paura dei terroristi con il sarin. Durante la guerra civile, prima che fuggissimo, tutti avevano paura del sarin. Che i guerriglieri liberassero quel gas velenoso come, a quanto ci era stato raccontato, aveva fatto una setta giapponese nella metropolitana di Tōkyō negli anni Novanta. Mia sorella aveva nove anni e tutte le notti gli incubi la tormentavano con gas velenosi e stazioni sotterranee.

– La mia metro passa soltanto ogni quarto d'ora, – sibila lui. – Ho fretta, ho da fare, okay?

– Un motivo in piú per chiedere educatamente alla signora, – ribatto indicandogli con un cenno del capo la donna alle sue spalle, che nel frattempo è riuscita a tirar fuori la carta per pagare i tre articoli che stanno sul banco davanti a me. Il ragazzo – immagino che sia sui venticinque e frequenti con regolarità un centro fitness, preferendo i pesi e gli esercizi esplosivi – perde la pazienza che di sicuro è convinto di aver mostrato.

– Allora, muso nero?

Il mio cuore mi batte piú forte, ma non tanto per questo tentativo di umiliarmi. Non so se il tipo sia razzista o stia solo cercando di ferirmi con un termine che presume possa bruciare e provocare, tipo darmi della nana se fossi bassa o della palla di lardo se fossi grassa. Non mi frega niente di quali pregiudizi lo tormentino, il cuore mi batte piú forte perché ho paura, perché un tizio grande e grosso si trova nel mio negozio e nel giro di pochi secondi ha superato un limite, un segno che forse ha dei problemi di autocontrollo. Dalle pupille e dal linguaggio non verbale nulla mi induce a pensare che sia sotto l'effetto di qualche sostanza stupefacente, come lo erano spesso i soldati, ma potrebbero entrarci degli steroidi anabolizzanti. Il mio ex marito dice che cerco sempre di spiegare il mondo con la chimica perché sono laureata in quella materia, proprio come recita il proverbio: per l'uomo con il martello tutti i problemi sono chiodi.

Quindi sí, ho paura, ma mi è capitato di averne di piú. E sono arrabbiata, ma mi è capitato di esserlo di piú.

– No, – dico con calma.

– Sicura? – Estrae qualcosa dalla tasca del bel Moncler caldo caldo.

Un coltellino svizzero rosso. Tira fuori la lama. Anzi, no, è la limetta per le unghie. Alza la mano e tende il dito medio in aria. Comincia a limarsi l'unghia mentre mi ride in faccia. Ha una macchia nera su un incisivo. Può essere dovuta alla metamfetamina: contiene delle sostanze chimiche, tipo l'ammoniaca anidra e il fosforo rosso, che corrodono lo smalto. Ma, ovviamente, la causa potrebbe anche essere una cattiva igiene orale.

Lui si volta verso la donna alle sue spalle. – Ehi, signora. Va bene per te se faccio qualche acquisto?

La donna fissa il coltello a bocca aperta e sembra provare a dire qualcosa, ma dalle labbra non le esce neppure un suono. Allora annuisce, a raffica come un picchio, ed emette dei versi quasi che le mancasse il fiato mentre le si appannano gli occhiali sopra la mascherina.

Il ragazzo si gira verso di me. – Visto? Dài, forza.

Faccio un respiro. Forse l'ho sottovalutato. A ogni modo, è abbastanza scafato da sapere che le videocamere dei 7-Eleven registrano le immagini ma non il sonoro, perciò in un eventuale processo non ci sarebbe una prova inconfutabile che in effetti abbia detto muso nero o qualche altra espressione perseguibile dalla legge sugli epiteti razzisti. A meno che la donna anziana dietro di lui abbia un udito migliore di quanto non mi sembri. E non esiste neanche una legge che vieti di limarsi le unghie.

Mi volto adagio, tiro giú la scatola di *snus* e valuto la situazione.

Come accennavo, è da che sono nata che faccio file, e le ricordo tutte. Le file per il cibo con mamma, da piccola. La fila intorno ai camion dell'Onu quando iniziarono le prime sommosse. La fila al centro per la salute, dove a mia sorella fu diagnosticata la tubercolosi. La fila al bagno del personale all'università, perché nella facoltà di Chimica non esistevano bagni per le studentesse. La fila dei profughi per uscire dalla città allo scoppio della guerra. La fila per salire a bordo della nave sulla quale mamma aveva assicurato un posto a me e a mia sorella vendendo tutti i nostri averi. Altre file per il cibo in un campo profughi in cui le probabilità di essere violentata o rapinata erano piú o meno le stesse che a casa, dove imperversava la guerra. La fila e l'attesa per essere mandata in un altro Stato, in un centro d'accoglienza profughi che faceva sperare in una vita migliore. La fila per lasciare il centro e ottenere l'autorizzazione a fare la mia parte lavorando in questo Paese che ci ha accolte e che amo. Lo amo tanto che, delle tre foto appese sopra il letto dell'appartamentino che condivido con mia sorella, una era della coppia reale. Le altre due ritraevano mamma e Marie Curie, gli altri miei miti.

Poso lo *snus* sul banco e il ragazzo tende la carta di credito davanti al lettore.

Mentre aspettiamo che il lettore approvi l'acquisto, estraggo da un cassetto una scatola con dentro delle mascherine pulite. Apro il flacone accanto alla scatola, prendo una mascherina e ci faccio cadere sopra una goccia del contenuto, e intanto penso a mia sorella. Ieri ha tirato giú la foto del re e della regina. Ha detto che avevano saltato la fila. Un giornale aveva scritto che alla coppia reale era già stato somministrato il vaccino che tutta la nazione aspetta. Il governo aveva proposto alla coppia regnante di salire per prima sulla scialuppa di salvataggio, senza rendere pubblica la notizia finché non fosse arrivato il suo turno secondo il regolamento vigente per il resto della popolazione. E i due della foto avevano accettato. Due persone il cui unico compito è di essere un simbolo, di unire il Paese in tempo di guerra o di crisi, avevano avuto l'occasione di arricchire quel compito con qualcosa di significativo: dare l'esempio seguendo le raccomandazioni delle autorità di essere solidali e disciplinati e aspettare pazientemente in fila. Ma i reali, da privilegiati quali sono, non avevano colto l'occasione. Avevano invece colto quella di saltare la fila. Ho chiesto a mia sorella se lei non avrebbe fatto lo stesso. Mi ha risposto di sí, ma che lei non era il comandante della nave. Allora le ho ribattuto che magari i reali lo avevano fatto per dare l'esempio, per mostrare che farsi vaccinare è sicuro. Mia sorella mi ha detto che ero ingenua, che era la stessa scusa addotta dal capitano algerino quando la nave dei profughi era affondata e lui era stato il primo a salire sulla scialuppa di salvataggio.

Il lettore conferma l'autorizzazione all'acquisto.

Prendo la mascherina dal cassetto e la porgo al ragazzo.

Lui mi fissa confuso mentre si infila la scatola di *snus* nella tasca del piumino.

– Ne avrai bisogno sulla metro, – gli dico. – Adesso è obbligatoria.

– Io non ho tempo per…

– È un omaggio.

Il ragazzo sogghigna sprezzante, mi strappa la mascherina di mano e corre fuori.

– E adesso, a noi due, – dico sorridendo alla signora anziana.

Sono quasi le undici di sera quando apro la porta del nostro monolocale. È freddissimo, perché attivo il riscaldamento soltanto di notte, quando sono a casa e l'elettricità costa meno.

Sono stanca, e accendo solo il piccolo televisore con il volume basso, niente luci. Non vedo mia sorella, ma è seduta al buio da qualche parte, la sua voce riempie la stanza. Dice che il posto dove lavoro è pericoloso. Che due mesi fa una donna è morta sulla metro e nel sangue le hanno trovato tracce di un organofosfato che si usa negli insetticidi ed è simile al sarin. E adesso è successa la stessa cosa a un ragazzo. Mia sorella indica lo schermo della tv, dove uno speaker del telegiornale guarda in camera con espressione grave.

Mentre la ascolto saltare da un pensiero all'altro preparo da mangiare, o meglio, scaldo gli avanzi di ieri. Per lei non preparo niente, mia sorella non mangia da quando aveva dieci anni e aspettava invano nella fila dei pazienti tubercolotici ai quali era stata promessa una cura. L'anno scorso, nel mondo, la tubercolosi ha mietuto lo stesso numero di vittime di questa nuova malattia infettiva. Ma, ovviamente, al telegiornale non si parla di tubercolosi, perché qui, nel mondo ricco, non è un problema.

– Poverino, – dice mia sorella con il pianto in gola: il servizio mostra una foto del ragazzo scattata un giorno d'estate su una barca a vela insieme a un gruppo di amici. Sorride a tutta bocca, e noto che non ha la macchia nera sull'incisivo.

– Guardalo, – dice lei tirando su col naso. – È assurdo che una persona debba morire cosí giovane.

– Già, – dico slacciandomi i primi bottoni del cappotto. – Anche in questo ha saltato la fila.

Spazzatura

Qualcuno deve pur accollarsi il compito di fare pulizia.

A parte il fatto che ritiro la spazzatura qui in città, non so perché mi sia venuta in mente questa frase proprio stamattina. Ho avuto la sensazione di averla pensata stanotte, ma quando bevo troppo mi vengono dei black-out, e stanotte era una di quelle.

Il camion si è fermato con uno sbuffo e sono sceso dal predellino. Ho intravisto un occhio di Pijus nello specchietto prima di incamminarmi verso il contenitore davanti al palazzo. Una volta correvo. All'epoca in cui ai capi della centrale non importava se noi netturbini terminavamo il giro con un anticipo di una o due ore rispetto al turno stabilito, tra le sei e l'una e mezzo, e potevamo tornarcene a casa. Oppure se completavamo i giri di tutta la settimana in quattro giorni in modo da avere il venerdí libero. Ma erano altri tempi, adesso dovevamo rispettare il regolamento del comune di Oslo sugli orari di lavoro fissi, e quindi, se finivamo prima, non ci restava che prenderci un caffè o giocare con il cellulare in ufficio, non potevamo mica tornarcene a casa a scoparci nostra moglie o a tosare il prato, per dirla cosí.

Perciò non ho corso né trotterellato, ma camminato. Ho camminato tremando nella luce dell'alba estiva fino al bidone della spazzatura verde, un due ruote leggero, l'ho spinto verso il camion, l'ho posizionato sul sollevatore a forche e ho visto il contenitore di plastica salire accompagnato dall'inno ripetitivo di idraulica ed elettricità, seguito dal tonfo di quando si è rovesciato e la spazzatura è caduta sul piano di metallo e il compattatore ha cominciato a comprimerla. Poi ho riportato il bidone al suo posto, facendo attenzione a sistemarlo a una distanza sufficiente dalla porta del garage: il capo aveva ricevuto dei reclami dagli abitanti. 'Fanculo, dico adesso, ma ultimamente ci sono stati troppi reclami. Non che sia facile licenziare un cosiddetto operatore (fa rima con direttore, eh?) ecologico, ma a quanto dicono ho un problema con la rabbia. Okay, ho un problema con la rabbia. Perciò ho paura che se il capo si riaffaccia nella sala pausa e comincia ad alzare la voce con me davanti agli altri ragazzi (okay, c'è anche una ragazza che porta la spazzatura. Una su centocinquanta dipendenti) gliele suono. E allora mi darà il benservito, poco ma sicuro.

Ho preso posto sul sedile del passeggero accanto a Pijus. Mi sono strofinato le mani davanti alla bocchetta del riscaldamento. Anche se era luglio, il mese delle ferie industriali, alle sei del mattino a Oslo faceva cosí freddo che non mi mettevo mai dietro sulla pedana prima di aver lavorato un po' ed essermi scaldato. E poi con Pijus si poteva parlare. Cosa che non è scontata con gli altri colleghi: parlano per lo piú estone, lettone, romeno, serbo, ungherese eccetera. E appena un po' di inglese. Pijus, invece, parla norvegese. Sostiene di aver lavorato come psicologo prima di trasferirsi in Norvegia, ma questa l'abbiamo già sentita. A prescindere da quale fosse la sua occupazione nel suo Paese, è davvero piú sveglio di noialtri (Pijus lo chiama un livello di ambizione intellettuale piú alto) e possiede un frasario ampio e rigido come un'enciclopedia. Però norvegese è, e probabilmente per questo il capo ci aveva assegnati allo stesso mezzo. Certo, non è necessario parlare tanto su un camion della spazzatura, entrambi gli addetti sanno in cosa consiste il lavoro, ma il capo era convinto che ci sarebbero stati meno litigi e malintesi se almeno i ragazzi parlavano la stessa lingua. E doveva pensare che Pijus potesse tenermi lontano dai guai.

– In che modo ti sei procurato quella ferita sulla fronte? – mi ha domandato Pijus nel suo norvegese ampolloso ma irreprensibile.

Mi sono guardato nello specchietto. La ferita tracciava un solco nella pelle proprio su un sopracciglio.

– Non lo so, – ho risposto, ed era la verità. Come ho già detto, soffro di black-out, e non ricordo un cazzo di stanotte, soltanto che ho aperto gli occhi con mia moglie distesa di spalle accanto a me. A quanto pareva mi ero scordato di mettere la sveglia, e dovevo essermi svegliato per forza d'abitudine, anche se un po' piú tardi del solito. Dato che i postumi della sbronza erano troppo forti per prendere la Corolla in garage, dovevo sbrigarmi a vestirmi e a uscire se volevo farcela per il primo autobus del mattino. Quindi no, non avevo proprio avuto il tempo di studiare il mio brutto muso nello specchio del bagno.

– Hai di nuovo fatto a botte, Ivar?

– No, ieri sono rimasto a casa con mia moglie, – ho risposto passandomi un dito sulla ferita. Umida. Fresca. Però ricordo che io e mia moglie ci siamo fatti un paio di drink. O meglio, Lisa si è messa in testa di smettere completamente di bere. Comunque io mi sono fatto un paio di drink. Piú un altro paio, è chiaro.

Pijus ha fermato il camion e siamo saltati giú. A quell'indirizzo c'erano due grossi cassonetti a quattro ruote da tirar fuori, e quindi dovevamo essere in due. Di solito l'autista è il capo del camion, quello che se ne può stare seduto a rilassarsi dietro il volante con la patente speciale e tre scatti di stipendio in piú in tasca. Ma Pijus sa bene che quando è arrivato dal suo piccolo Paese di merda l'autista ero io e lui il mio aiutante. Il fatto che adesso io non abbia la patente speciale è un'altra, lunga e triste storia, incentrata sul tasso alcolemico e su uno sfacciato agente della stradale munito di palloncino che si è presentato in tribunale con un occhio pesto dichiarando di non avermi provocato.

Ho estratto il pesante portachiavi e trovato la chiave giusta. A quanto pare, in centrale sono custodite settemila chiavi di tutta Oslo. Spero che ci stiano attenti.

– Quindi hai fatto a botte con la tua mogliettina, – ha detto Pijus.

– Eh?

– Perché avete fatto a botte? Corna? A volte le donne tradite diventano aggressive quanto gli uomini. Soprattutto se hanno figli, ma in tal caso a rimetterci è l'intrusa. È l'effetto dell'ossitocina. La donna resta incinta e la chimica la fa diventare piú monogama, piú empatica e gentile. Ma allo stesso tempo piú ostile nei confronti di potenziali minacce.

– Sbagliato, sbagliato, sbagliato, – ho detto io cominciando a sbattere il cassonetto contro il cancello del cortile. – Non abbiamo figli, e io non mi sono scopato nessuna. E le donne non sono monogame.

– Ah, quindi è lei che ti ha tradito.

– Ma che cazzo dici? – Ho mollato il cassonetto proprio davanti all'androne, e Pijus ha dovuto fermare il suo per non investirmi.

Si è stretto nelle spalle. – Per questo avete fatto a botte. Tu sentivi la tua posizione minacciata. La tua amigdala si è attivata. Attacca, scappa o bloccati. E dato che lei è piccola, hai scelto l'attacco. È naturale.

Mi è sembrato che il sangue mi si condensasse dentro la testa. È una sensazione fin troppo familiare. La pressione aumenta e, per evitare che tutto quel sangue faccia scoppiare il cranio, devo aprire una valvola, uno sfogo alternativo, altrimenti il cranio si spacca e piccoli grumi di massa cerebrale cominciano a turbinare nell'aria andando a spiaccicarsi sui muri, sulle bici, sulle carrozzine, sulle cassette postali e su un piccoletto che si spaccia per uno psicologo del cazzo.

Di solito passa se apri la bocca e compensi cosí la pressione, come quando sei in aereo. Solo che io devo urlare. Urlare qualcosa.

– La mia amaga… – ho attaccato. Ero calmo. Calmissimo. Okay, ho alzato un po' la voce.

– Amigdala, – mi ha corretto Pijus con un ghignetto maledettamente irritante. – Pensa ad «amica» in spagnolo.

E a quel punto è esploso.

– Tu a me non mi parli cosí, cazzo, maledetto frocio-nazista-negro! – Ho spinto con tutte le mie forze il cassonetto incastrando quel lettone del cazzo fra i due bidoni, e stavo per maciullarlo quando una voce è arrivata fin giú nel cortile squarciando l'aria del mattino.

– Qui si cerca di dormire!

Ho alzato lo sguardo. Sul balcone del secondo piano c'era una donna, di sicuro sulla quarantina ma ne dimostrava cinquanta, cazzo, non aveva curato il suo corpo. L'ho visto perché era completamente nuda.

– Sta' zitta e copriti, brutta puttana! – le ho detto. Okay, le ho urlato.

La donna è scoppiata in una risata che sembrava il gracchio di una gazza, ha teso le braccia in alto, ha alzato un ginocchio ruotando l'anca in una grottesca posa da modella glamour. – Chiamerò il vostro capo, – ha strillato. – Domani sarete a spasso, signori miei!

E da dietro il baluginio rosso della collera l'ho visto chiaramente. Il capo mi dava la notizia che aspettava da tanto tempo il pretesto per comunicarmi: Svendsen, sei licenziato, cazzo!

Ho sentito il cassonetto premere contro lo stomaco. Pijus spingeva dall'altra parte, indicando la porta con un cenno del capo, per farmi capire che dovevamo uscire di lí.

– Secondo te, lo farà? – gli ho domandato mentre, ormai fuori dal cortile, le ruote del cassonetto rombavano sull'asfalto.

– Sí, – mi ha risposto Pijus.

– Non poteva capitare in un momento peggiore.

– Cioè?

– Devo portare la Corolla a fare la revisione, e poi ho promesso a mia moglie una vacanza a Gran Canaria per Natale. E tu?

Pijus si è stretto nelle spalle. – Io mando soldi ai miei genitori. Tirano avanti, ma senza quei soldi mangeranno male e non potranno usare l'elettricità.

L'ho aiutato a sistemare il cassonetto sul sollevatore. – Mi stai dicendo che non dovrei lamentarmi?

– No, Ivar, sto solo dicendo che ognuno di noi ha i suoi problemi.

Forse aveva ragione. Il mio problema era che se mi arrabbiavo non riuscivo piú a distinguere le cose. Mi ci sarebbero voluti dei selezionatori ottici per farlo al posto mio, come allo smistamento rifiuti di Klemetsrud. Noi ci limitavamo a liberarci del carico in una specie di fabbrica infernale completamente automatizzata, e la spazzatura finiva su nastri trasportatori dove dei robot suddividevano oggetti grandi e piccoli, mandavano le sostanze organiche all'inceneritore, il vetro, la plastica e il metallo al riciclo eccetera. Magari fossi riuscito a imparare che certe cose dovevo lasciarle passare e basta.

Mi sono calmato, e mentre svuotavamo i cassonetti ho cercato di ricordare. Che cazzo era successo la notte prima? Sapevo soltanto che doveva trattarsi di una cosa grossa, perché al risveglio non avevo solo i postumi della sbronza, ma mi sentivo come se avessi corso due maratone. Ero venuto alle mani con Lisa? Le avevo – io, che non l'avevo mai toccata neanche con un dito nei trent'anni in cui eravamo stati insieme – fatto qualcosa? Quando ci eravamo svegliati stava distesa sul fianco, girata di spalle. Certo, era molto strano, di solito dorme supina. Ma addirittura venire alle mani? Non riuscivo a immaginarmelo. Però, ripensandoci, riuscivo a immaginare che avessimo litigato. È stato come se un'eco di certe parole dure, cattive di quella notte mi si rivelassero. E una mi era uscita di nuovo di bocca pochi secondi prima. *Puttana*. Negli anni ho rivolto qualche insulto a Lisa, ma non le ho mai detto «puttana».

Abbiamo riportato i cassonetti nel cortile. La donna del balcone non c'era piú.

– È rientrata per telefonare al capo, – ho detto.

– Non si è alzato, – ha detto Pijus. – Ancora –. Ha levato lo sguardo su per la facciata, ha annuito muovendo le labbra, sembrava contare mentalmente. – Ivar, vieni.

Ho seguito Pijus fuori, fino al portone del palazzo, dove lui si è fermato a studiare i citofoni.

– Secondo piano, secondo interno a destra, – ha mormorato pigiando il pulsante corrispondente. Nell'attesa mi ha guardato con quel suo ghignetto, ma data la situazione era molto meno irritante del solito.

Una voce ha gracchiato nell'altoparlante sopra i citofoni. – Sí? – La voce da gazza.

– Buongiorno, signora Malvik, – ha detto Pijus in un tono che sembrava voler imitare qualcuno. – Sono Iversen, della polizia di Oslo. Il pronto intervento ha appena ricevuto una chiamata dal Servizio nettezza urbana del comune di Oslo, secondo cui alcuni suoi dipendenti hanno subito un episodio di esibizionismo da parte di una persona al secondo piano di questo edificio. E cosí, siccome eravamo di pattuglia nei paraggi e si tratta di un reato punibile con una pena fino a tre anni, ci è stato detto di verificare. Abbiamo visto che al secondo piano ci abitano diverse persone, ma intanto le chiedo: lei ne sa qualcosa, signora Malvik?

Una lunga pausa.

– Signora Malvik?

– No. No, io non ne so niente.

– Ah no? Allora, per il momento, la ringraziamo.

Quando la donna ha riagganciato, dal citofono è uscito una specie di raspio e Pijus mi ha guardato. Ci siamo affrettati verso il camion, per evitare che la donna facesse in tempo a raggiungere una finestra con affaccio sulla strada e ci vedesse. Solo una volta lontani siamo scoppiati a ridere. Quanto a me, ridevo tanto che ho cominciato a piangere.

– Qualcosa non va, Ivar? – mi ha domandato Pijus, che aveva smesso di ridere da un bel po'.

– Ho solo i postumi della sbornia, – ho risposto pulendomi il naso nella manica della giacca. – Quella non telefonerà al capo, sicuro.

– Già, – ha detto Pijus fermandosi davanti a un 7-Eleven, dove di solito prendevamo il caffè e facevamo la prima pausa sigaretta.

– Mi domando una cosa, – ho detto dopo aver comprato un caffè grande e versato la metà in un bicchiere di carta vuoto porgendolo a Pijus. – Se sei capace di imitare uno che parla il norvegese meglio di te, perché non lo fai sempre?

Pijus ha soffiato sul caffè, ma ha fatto ugualmente una smorfia mandando giú il primo sorso.

– Perché imito, e basta.

– Secondo me lo facciamo tutti, – ho aggiunto. – È proprio cosí che impariamo a parlare.

– Vero, – ha concordato Pijus. – Però non saprei. Forse perché mi sembra falso. Come se imbrogliassi. Sono un lettone che ha imparato il norvegese, e voglio dare questa impressione, non quella di un impostore. Se parlassi in modo da farti credere che sono norvegese, e poi mi scappasse un piccolo errore fonetico o grammaticale che mi smaschererebbe, la gente consciamente o inconsciamente si sentirebbe ingannata, e allora non mi crederebbe piú. Mi segui? Meglio rilassarsi e parlare neonorvegese.

Ho fatto sí con la testa. Al lavoro lo chiamano cosí. Neonorvegese. Un concetto esteso che comprende il norvegese kebabbaro, il norvegese inglese, il norvegese russo, tutto il gergo astruso parlato dalla manodopera d'importazione.

– Di' un po': perché mai sei venuto in Norvegia?

Lavoravamo sullo stesso camion da quasi un anno e non glielo avevo mai chiesto. Be', sí, glielo avevo già chiesto, ma era quel «mai» a fare la differenza, stavolta. Volevo sentire piú della risposta standard, ossia che la paga era migliore, e che nel Paese da dove veniva era addirittura difficile trovare lavoro. Sicuramente era vero, ma non era tutta la verità. E perciò quella mattina mostravo un qualche interesse a conoscerla.

Lui ha aspettato un po' prima di rispondere. – Ho avuto rapporti intimi con qualche paziente –. Ha fatto un respiro e, come per assicurarsi che non mi stressassi, ha precisato:

– Di sesso femminile. Si aprivano con il loro psicologo, erano vulnerabili, e io ne ho approfittato.

– Male.

– Già, – ha detto lui. – Alcune erano infelici e si sentivano sole. Ma lo stesso valeva per me, avevo appena perso mia moglie, morta di cancro. Non sono riuscito a resistere alle profferte di quelle donne. Avevo bisogno di loro, come loro di me.

– E allora, qual era il problema?

– Tanto per cominciare, a uno psicologo è vietato intrattenere relazioni sentimentali con le sue pazienti, a prescindere dallo stato civile. In secondo luogo, alcune erano sposate.

– Ho capito… – ho detto adagio.

Lui mi ha lanciato un'occhiata. – Qualcuno fece la spia, – ha continuato, – la storia si riseppe, e fui licenziato. Non avrei avuto problemi a trovare un altro lavoro; per esempio potevo insegnare all'università di Riga. Ma alcuni mariti non si sentivano vendicati a sufficienza, e ingaggiarono dei siberiani perché provvedessero a inchiodarmi a una carrozzina. Una delle donne mi avvertí, e l'unica scelta che mi rimase fu scappare. La Lettonia è un Paese piccolo.

– Quindi sei uno di quei donnaioli che dànno la colpa a una storia triste.

– Sí, – ha risposto Pijus, – sono la brutta variante di una brutta persona, uno che trova scuse per giustificare la propria meschinità. Sotto questo aspetto tu sei migliore di me, Ivar.

– Eh?

– Il tuo autodisprezzo è piú sincero del mio.

Non sapevo neanche lontanamente a cosa alludesse e mi sono concentrato sul caffè.

– Allora, con chi ti ha tradito tua moglie? – mi ha chiesto, e io ho sbruffato il caffè sul cruscotto. La pressione dentro la testa non si è fatta attendere.

– Sta' calmo, – mi ha detto lui, – usa la corteccia frontale. Ti direbbe che sono qui per aiutarti. E che la cosa migliore che puoi fare è parlarmene. Ricordati che sono vincolato dal segreto professionale.

– Segreto professionale! – ho esclamato scrollandomi il caffè dalla mano.

– Lo sono tutti gli psicologi.

– Questo lo so. Ma cazzo, tu non sei mica il mio strizzacervelli.

– Sí, adesso lo sono, – ha detto Pijus porgendomi il rotolo di carta da cucina che tenevamo sempre in mezzo ai sedili.

Mi sono tolto il caffè dalle mani e dalla bocca, ho pulito il cruscotto. Mentre appallottolavo la carta ho sibilato tra i denti: – Con il suo capo. Un tipaccio viscido. E pure brutto. Spazzatura dalla testa ai piedi.

– Quindi lo conosci?

– No –. Ma che cazzo avevo appena detto? Che Lisa mi aveva tradito con il suo capo del centro di smistamento? Lo aveva fatto davvero? Era quello il motivo per cui avevamo litigato?

– Non lo hai mai incontrato? – ha domandato Pijus.

– No. Anzi, sí… – ci ho pensato su. In effetti, Lisa mi aveva parlato tanto di Ludvigsen, cosí tanto che forse avevo solo l'impressione di averlo incontrato. Il nuovo capo la elogiava per il suo lavoro, cosa che quello vecchio non faceva, e Lisa era rifiorita, è sempre stata sensibile alle lusinghe. E avevo visto l'effetto della droga delle lusinghe: vanno contenute, per evitare che la donna si abitui a riceverne una quantità impossibile da mantenere per un marito o un capo. Ma Ludvigsen non faceva che aumentare la dose, e probabilmente avevo pensato che il suo scopo non fosse solo di motivare i suoi dipendenti. Oltre a essere piú docile di quanto non la ricordassi, Lisa si era anche fatta un taglio di capelli nuovo, piú corto, aveva buttato giú parecchi chili ed era uscita fino a tardi per diversi eventi culturali con amiche che ignoravo avesse. Era come se di punto in bianco si fosse fatta una vita dalla quale io ero escluso, e doveva essere questo il motivo che mi aveva spinto a controllare il suo telefono. E avevo trovato il messaggio di quel Ludvigsen. Ovvero Stefan, come lo aveva registrato Lisa.

E adesso, eccomi seduto là a raccontarlo a Pijus.

– Che cosa c'era scritto nel messaggio?

– «DEVO rivederti».

– Con «devo» evidenziato?

– Quattro lettere maiuscole.

– Hai trovato altri messaggi?

– No.

– No?

– Lisa li avrà cancellati. Quello che ho letto era di appena ventiquattro ore prima.

– E la sua risposta?

– Niente. O magari l'ha cancellata.

– Se temeva che qualcuno leggesse la risposta, avrebbe cancellato anche il messaggio dell'uomo.

– Forse non ha fatto in tempo a rispondergli.

– In ventiquattro ore? Mmh. O forse ha la coscienza pulita, forse per questo non ha cancellato niente. Forse il capo le fa la corte, ma lei non ha mai ceduto e non ha nemmeno risposto al suo messaggio.

– È proprio quello che ha detto lei, maledetta… – Ho fatto un respiro. Puttana. Una volta pronunciata quella parola, ormai mi ero lasciato sfuggire il segreto, e non c'era verso di rimangiarmelo.

– Hai paura, – ha detto Pijus.

– Paura?

– Forse è il caso che mi dici cosa è successo stanotte.

– Ehi, adesso piú che come uno psicologo, parli come un poliziotto.

Pijus ha sorriso: – Allora lascia perdere.

– Anche se volessi farlo, non ricordo niente. Alcol.

– O rimozione. Provaci.

Ho guardato l'ora. Eravamo ancora parecchio in anticipo sulla tabella di marcia e, come ho già detto: non avevamo piú nessun incentivo a terminare il giro prima dell'una e mezzo.

Allora ci ho provato. In fondo aveva ragione lui, avevo paura. Perché Lisa era distesa sul fianco? Non ne avevo la piú pallida idea, cazzo, ma qualcosa non andava, questo me lo sentivo. Qualcosa che doveva uscire, esattamente come quando la pressione mi saliva dentro la testa.

Ho cominciato a raccontare, ma mi sono bloccato quasi subito.

– Sta' calmo e riprendi dall'inizio, – mi ha detto Pijus. – Includi tutti i dettagli. La memoria è come un filo da dipanare, un'associazione porta alla successiva.

Ho seguito il suo consiglio e, cazzo, aveva ragione.

Come ho già detto, Lisa e io ci eravamo fatti un paio di bicchieri quando mi aveva annunciato che sarebbe partita per il weekend. E io ero esploso chiedendole spiegazioni sull'sms. In realtà pensavo di lasciar stare, di aspettare gli sviluppi, invece la testa aveva cominciato a ribollire e mi ero messo a urlare che sapevo che aveva una storia con Ludvigsen. Lei aveva negato, ma è cosí poco allenata a mentire che era stata quasi patetica. Avevo insistito un po', e lei era crollata, scoppiando a piangere e ammettendo che per colpa dell'alcol c'era stato qualcosa durante il viaggio aziendale a Helsinki che avevano fatto in primavera. Aveva spiegato che era quello il motivo per cui aveva smesso di bere, perché un fatto simile non si ripetesse, aveva detto. E io le avevo domandato se non si trattasse di una storia tipo Me Too, che era Ludvigsen, il suo capo, ad avere tutta la colpa e non soltanto metà. E Lisa aveva risposto che sí, forse lui aveva un po' piú di colpa, almeno, stando a una collega, l'aveva fatta bere parecchio. Ormai ero infuriato, sí, insomma, non sputi nel bicchiere se a offrire è il tuo capo, e in quel caso mandare giú va praticamente considerato parte del lavoro.

«E poi?»

«Mi ha invitata a casa sua».

«E dove abita?»

«In Kjelsåsveien 612».

«E tu ci sei andata!»

«No!»

«E allora come fai a conoscere il suo indirizzo?»

«Me lo ha detto lui!»

«Però ricordare che il numero è il 612 è... è sospetto, cazzo».

Lei si era messa a ridere, ed è stato allora che le ho dato della puttana, ho preso le chiavi della macchina e sono uscito di casa a passo di marcia per non fare di peggio.

– Peggio che guidare in stato di ebbrezza?

– Sí, peggio, – ho risposto.

– Va' avanti.

– Ho girato senza meta, e ammetto di essere stato tentato di tornare indietro e ammazzarla.

– Però non lo hai fatto?

– È proprio... – Mi sono portato la mano alla bocca, premendo il pollice e l'indice contro le guance. Mi tremava la voce, che era impastata. – È proprio questo che non so, Pijus.

Chissà se lo avevo mai chiamato per nome. Lo avevo pronunciato mentalmente parecchie volte, chiaro, ma ad alta voce? No, cazzo, credo proprio di no.

– Però senti che potresti averlo fatto?

Il mal di stomaco è arrivato con una violenza e una rapidità tali che d'istinto mi sono chinato in avanti.

Sono rimasto piegato in due per un po', fino a che non ho sentito la sua mano sulle reni.

– Dài, su, Ivar, va tutto bene.

– Davvero? – ho singhiozzato. Fuori controllo completo, cazzo.

– Oggi, appena sei arrivato, ho intuito che era successo qualcosa, ma secondo me non hai ammazzato la tua mogliettina.

– E tu, che cazzo ne sai? – gli ho urlato con la testa tra le gambe.

– Ti sei allontanato da tua moglie per non commettere un gesto sconsiderato, – ha risposto lui. – E lo hai fatto dopo aver ricevuto conferma di un sospetto che avevi già da un po'. Sei uscito per dare alla corteccia frontale la possibilità di processare quello che l'amigdala non avrebbe risolto adeguatamente, come sapevi. Hai agito in modo maturo, Ivar, hai dimostrato che cominci a gestire la rabbia. Secondo me dovresti chiamare a casa e verificare con tua moglie. Okay?

Ho alzato la testa e l'ho guardato. – Perché te la prendi tanto a cuore?

– Perché te la sei presa tanto a cuore, tu?

– Come?

– Quando avevo appena cominciato e facevo l'aiutante sul tuo camion. Mi hai dato una mano, mi dicevi in inglese cosa dovevo fare. Anche se mi ero accorto che odiavi parlare inglese.

– Non odio l'inglese, è che non lo so.

Pijus ha sorriso. – E qui ti volevo, Ivar. Eri disposto a fare la figura di quello un po' stupido perché io diventassi un po' meno stupido.

– Rilassati, volevo solo un compagno che sapesse cosa fare, altrimenti le giornate sarebbero state pesanti e io mi sarei dovuto accollare piú lavoro, capisci?

– Capisco. Forse piú di quanto tu non creda. Lo senti, se una persona ti vuole aiutare. Tu non lo senti, adesso? Oppure sei convinto che io voglia farlo solo perché è nel mio interesse che il mio collega non coli a picco?

Ho scosso la testa. Certo, lo sapevo che Pijus mi aiutava. Lo faceva sempre, come quel giorno con la pazza sul balcone, non era la prima volta che mi copriva. È che dà maledettamente ai nervi quando uno straniero arriva e non solo prende il tuo posto, ma diventa anche il tuo capo. Non mi pare giusto. Uno non può presentarsi e prendersi una cosa alla quale non ha diritto. Una cosa a cui ho diritto io. Allora è guerra. Qualcuno deve morire. Okay, okay, non devo pensare cosí, è questo genere di ragionamenti che mi caccia nei guai, lo so, lo so. Ma che cazzo, però.

– Ho troppo testerone, – ho detto.

– Testosterone, – mi ha corretto Pijus. Okay, comunque ha fatto quel suo ghigno irritante.

– Rende aggressivi.

– Non necessariamente.

– Piú aggressivo che arrapato, almeno. Forse non è cosí strano se Lisa ha trovato altrove.

– Sbagliato, sbagliato e sbagliato, – ha detto lui. E sí, ho capito che mi stava facendo il verso. – Da esperimenti fatti sugli animali si era propensi a pensare che il testosterone aumentasse esclusivamente l'aggressività, perché quelli a cui era stato somministrato reagivano in modo aggressivo nelle situazioni critiche. Questo, però, si spiega con il fatto che il cervello di un animale non è detto che veda altre soluzioni. Infatti, studi recenti hanno dimostrato che la funzione del testosterone è piú generale, ti prepara a reagire in modo giusto nelle situazioni critiche, sia con l'aggressività e con la rabbia, sia con il contrario.

– Come, il contrario?

– Immagina una crisi diplomatica che minacci la pace mondiale. In questo caso non c'è bisogno dell'aggressività, ma di passare subito alla remissività generosa ed empatica nei confronti di qualcuno che di fatto odi. Oppure immagina di governare una navicella spaziale e di dover effettuare un allunaggio, il computer si rompe e devi calcolare a mente la velocità, l'angolazione e la distanza. Con la rabbia non ci fai niente. Eppure, è proprio il testosterone a venirci in soccorso in simili situazioni.

– Adesso la stai sparando grossa.

Pijus si è stretto nelle spalle. – Ti ricordi quella volta da Storo?

– Storo?

– Il gelicidio. Abbiamo accostato al centro commerciale per svuotare i cassonetti che erano addossati al muro.

Pijus mi ha guardato. Io ho scosso la testa.

– E dài, Ivar. Il camion era in pendenza e cominciò a scivolare...

Ho ripetuto il movimento della testa.

– Ivar, io davo le spalle al camion e sarei morto schiacciato contro il muro se tu, lesto come un fulmine, non avessi girato il cassonetto piú grande sistemandolo in verticale tra il camion e l'edificio.

– Ah, quella volta. Secondo me, non saresti mica morto schiacciato.

– Sto cercando di dire che sapevi di poter agire in modo spontaneo e riflessivo allo stesso tempo. Non devi per forza perdere la testa quando ti senti salire l'adrenalina e il testosterone. Non devi aver paura, sei piú intelligente di quanto credi, Ivar. Quindi, telefonale. Usa il tuo testosterone per l'empatia. E il calcolo a mente.

Beccato. Allora ho chiamato.

Nessuna risposta.

– Starà dormendo, – ha detto Pijus.

Ho guardato l'ora. Le otto. Certo, poteva darsi che fosse sull'autobus diretta al lavoro, e in quel caso non rispondeva alle telefonate. Le ho mandato un messaggio. Mentre aspettavo, i miei piedi battevano contro il pavimento del camion come le bacchette di un tamburo. Il sole è sorto colpendo dritto il parabrezza: sarebbe stata una giornata calda. Una giornata calda all'inferno, ho pensato togliendomi il giubbotto.

– È ora di darci una mossa, – ha detto Pijus girando la chiave d'accensione.

Avevo conosciuto Lisa a una festa a casa di un compagno di scuola ai tempi in cui frequentavo l'istituto professionale.

Ero saltato addosso a un tizio di Ljan che sosteneva di avere un paio di cose da dirmi a proposito del rispetto. Sapevo che mi provocava perché gli avevano detto che mi scaldavo facilmente, e sapevo che lo faceva perché era bravo a menare le mani e voleva mettersi in mostra con le ragazze presenti. Ma non serve a niente capire la situazione, almeno non quando il tizio ti dice certe cose con una faccia di cazzo che implora un pugno. Per farla corta, gli avevo cambiato i connotati. Lisa aveva pulito il sangue che mi usciva dal naso con la carta igienica, mi aveva aiutato a rialzarmi e accompagnato a casa, un monolocale a Sogn. Ed era rimasta a dormire. Anche il giorno dopo. E per l'intera settimana. In breve: era rimasta.

Non avevamo avuto il tempo di innamorarci, non avevamo avuto il tempo di vivere l'insicurezza tormentosa e dolce di non sapere se l'altro ti vuole. Tutto quel gioco – il dubbio, la gioia estatica – lo avevamo saltato a piè pari: stavamo insieme, punto. Alcuni pensavano che mi fosse toccata una donna che non meritavo, o almeno cosí erano arrivati a pensare con gli anni, perché in effetti all'epoca Lisa era una ragazza decisamente insignificante e silenziosa, senza le forme che le erano venute dopo qualche chilo e senza quell'aria attraente che notavano anche altri oltre a me, via via che si era sbarazzata di gran parte della sua timidezza.

Sostenevano che aveva una buona influenza su di me, che ero diventato piú calmo, non cosí incostante come diceva il mio psichiatra dell'età evolutiva, perché gli mancava il coraggio di definirmi instabile. Ed è vero, Lisa sapeva farmi sbollire, ma se lei non era nei paraggi o se bevevo un bicchiere di troppo perdevo il controllo. Mi ero preso qualche denuncia per aggressione, ma avevo scontato solo un paio di pene brevi. E, come ho già detto: non avevo mai messo le mani addosso a Lisa, non ne avevo mai avuto motivo. Non prima d'allora. Penso che non abbia avuto paura di me nemmeno una volta. Per altri, invece, sí, amici e parenti, se mi dicevano una parola sbagliata. Avevo perfino il sospetto che fosse quasi sollevata quando il medico ci aveva detto che io e lei non potevamo avere figli. Cazzo, ero sollevato anch'io, comunque non lo avevo detto. Ma Lisa non aveva mai temuto per la sua incolumità, e probabilmente per questo motivo aveva avuto il coraggio di ammettere la storia di Ludvigsen. Però come cazzo aveva potuto illudersi di conoscere i miei limiti se non li conoscevo neppure io, mentre me ne stavo seduto lí chiedendomi cosa cazzo avessi combinato?

Quando avevo dieci anni, un sabato sera prima di uscire, a me e a mio fratello piú grande i nostri genitori diedero un bicchiere di bibita ciascuno. Non appena furono usciti dalla porta mio fratello ci sputò dentro, due grossi, viscidi scaracchi, probabilmente convinto di esserseli assicurati entrambi. Ma con la mascella rotta non puoi bere da un bicchiere, e all'ospedale, con la cannuccia, gli diedero solo acqua.

Adesso Lisa era diventata come uno di quei bicchieri di bibita. Rovinata da uno sputo, contaminata. Non potevo considerare quel che era successo in altro modo. Avevo perduto il dono che mi era toccato, e restava soltanto l'inutile rappresaglia, l'abbassamento della pressione. Che il diavolo ti porti. Che il diavolo mi porti.

E allora l'ho sentita tornare. La pressione alle tempie.

Forse perché eravamo in Kjelsåsveien e avevamo superato il numero 600.

Tra i civici e i cassonetti, ora saltavo su e giú dalla cabina, ora mi fermavo sulla pedana. Ogni volta controllavo il cellulare.

Magari Lisa era in riunione.

Con Ludvigsen.

Okay, non dovevo pensare certe cose. E comunque non era vero. Non so per quale motivo ne fossi tanto sicuro, ma lo ero.

E poi eccoci arrivati: Kjelsåsveien 612.

Era una villa, né piú né meno sfarzosa delle altre di quella zona. Non devi necessariamente essere ricco per abitarci se l'hai ereditata dai tuoi genitori, che a loro volta non devono necessariamente essere stati ricchi. Ma se vuoi comprarne una adesso, ti tocca sborsare una cifra a sei zeri preceduta da altri due numeri. I meleti costano, perfino nella zona est dove abito io.

Ho notato che la luce esterna sopra i gradini d'ingresso era accesa. Quindi, o Stefan Ludvigsen non badava al consumo di elettricità, oppure era smemorato. Oppure non era al lavoro, ma ancora in casa. È stato quel pensiero a farmi salire le pulsazioni a mille mentre mi dirigevo verso il garage? Che lui sarebbe venuto fuori mettendomi di fronte al fatto che non era riuscito a raggiungere telefonicamente Lisa, informandomi di aver chiamato la polizia perché andasse a casa nostra? E a tradirmi non era solo il cuore martellante, me ne sono reso conto con una certezza improvvisa: quella notte avevo ucciso. Non lo sentivo solo nell'indolenzimento degli avambracci, dei polpastrelli, dei pollici che avevano premuto la piccola laringe, ma dentro di me. Ero un assassino. Ho rivisto gli occhi fuori dalle orbite, lo sguardo implorante, morente, levato verso di me con una disperazione rassegnata, prima di spegnersi come le spie luminose nel momento in cui viene interrotta la corrente.

Ludvigsen lo sapeva? Era seduto là dentro da qualche parte dietro le finestre a guardarmi? Forse non aveva il coraggio di uscire e aspettava l'arrivo della polizia? Ho teso l'orecchio nel silenzio del mattino estivo, sforzandomi di sentire le sirene prima di alzare il battente del garage, dove è sistemato il cassonetto a quattro ruote. C'era anche una macchina. Una Bmw nera nuova fiammante. I farabutti guidano le Bmw. Solo che il farabutto ero io, giusto? Ho spinto fuori il cassonetto: era cosí pesante che le ruote affondavano nella ghiaia e ho dovuto usare tutte le mie forze. Mentre lo caricavo sul sollevatore ho incrociato lo sguardo di Pijus nello specchietto. Ha gridato qualcosa, ma il fracasso copriva le sue parole.

– Come? – gli ho gridato di rimando.

– Quella non è la tua macchina?

– Cazzo, io non ho mica una Bmw, – gli ho risposto.

– Non quella! – gridò Pijus. – Quella laggiú!

L'ho visto indicare un punto lungo la strada. E là, a cinquanta metri da noi, c'era una Corolla bianca. Una macchina che presto avrebbe dovuto fare la revisione, una macchina che aveva una vistosa ammaccatura sul cofano, nel punto in cui una volta avevo battuto un pugno per rimarcare a un ausiliario della sosta che avevo ragione io.

Allora mi si è fatto giorno. Penso che «si è fatto giorno» sia l'espressione giusta, perché significa che è un processo lentissimo. Era lento perché avevo difficoltà a capire che Lisa potesse avermi fatto questo. Ecco là la Bmw con cui Ludvigsen sarebbe dovuto andare al lavoro, ed ecco là la Corolla che avrebbe dovuto essere nel garage di casa mia. In altre parole, Lisa si era alzata, aveva visto che la macchina era nel garage ed era venuta quassú, dove l'aspettava Ludvigsen.

Ho levato lo sguardo verso la villa. Erano là dentro. Cosa stavano facendo? Ho cercato di scacciare le immagini dalla mente, ma cazzo, era impossibile. Avevo voglia di uccidere, di ammazzare, ossia privare della vita e, se necessario, scontare la condanna per il mio gesto. E in quel momento a parlare non era la mia rabbia. Anzi, sí, immagino di sí. Ma era il genere di rabbia di cui non sarei mai riuscito a sbarazzarmi, che doveva uscire, per cui non c'era altra soluzione. Dovevo strozzare Ludvigsen. Lisa... non sono riuscito a completare il pensiero. Perché anche se avevo la loro immagine stampata sulla retina, entrambi nudi in un grande, orribile letto a baldacchino, qualcosa non tornava in quell'immagine. Non quadrava, come qualcosa che sai di aver dimenticato, qualcosa che ti sfugge.

A ogni modo, adesso dovevo solo vuotare quel bidone, poi non mi restava che prendere il cric dalla cassetta degli attrezzi, andare su alla villa, introdurmi all'interno e trasformarmi in un assassino. Mi sentivo la testa stranamente leggera, ora che avevo preso la decisione, come se la pressione si fosse già ridotta. Ho seguito il bidone con lo sguardo. Il cellulare ha squillato. Ho risposto.

– Ciao, – ha detto Lisa.

Mi sono irrigidito. Ho riconosciuto i rumori di sottofondo. Era nella centrale di smistamento, al lavoro.

– Ho visto che mi hai cercata diverse volte, – ha detto. – Scusami, ma qui c'è un bel caos, nessuno sa dove sia Ludvigsen. Possiamo parlare piú tardi?

– Sí, certo, – le ho risposto guardando il cassonetto che aveva raggiunto l'apice della curva. – Ti amo.

Nel silenzio che è seguito ho percepito la sua confusione.

– Non sei… – ha cominciato.

– Sí, certo, sono ferito e triste –. Il cassonetto ha cominciato a inclinarsi. – Però ti amo.

Ho chiuso la comunicazione e gettato uno sguardo alla Corolla. Era parcheggiata all'ombra e a quel punto ci ho fatto caso: aveva i finestrini coperti di rugiada. Doveva essere rimasta là fuori per tutta la notte.

Il contenuto è precipitato fuori dal cassonetto verde, e qualcosa ha urtato il fondo di metallo del compattatore con un lieve tonfo. Ho guardato dentro. Là, in mezzo a sacchetti di plastica annodati strapieni e cartoni da pizza vuoti, c'era un corpo grasso e pallido con indosso i pantaloni di un pigiama azzurro. E sí, dovevo aver già incontrato Stefan Ludvigsen, perché l'ho riconosciuto. Lo sguardo fisso e vitreo era puntato oltre me. I segni all'altezza della laringe erano diventati neri. Ed è stato come quando la nebbia comincia a diradarsi: il sole la penetra e sembra avere un effetto auto-rinforzante. Come il ghiaccio che si scioglie intorno alle pozzanghere, il paesaggio della memoria è emerso a un ritmo sempre piú veloce.

Mi è ritornata in mente la sua confessione rotta dal pianto. Si era scusato dicendo che aveva appena divorziato e aveva commesso un grosso sbaglio. Il coltello da cucina che aveva afferrato per poi agitarmelo in faccia, forse convinto che fossi troppo ubriaco per reagire con sufficiente rapidità. Era riuscito a ferirmi in fronte prima che gli facessi cadere il coltello di mano con una botta. Buona mossa quella del coltello, mi aveva dato un po' di carica. E una scusa. Autodifesa, cazzo. E allora avevo stretto fino a lasciarlo privo di vita. Né troppo forte, né troppo piano. Non che ci avessi provato gusto, sarebbe un'esagerazione, però lui aveva avuto il tempo di capire. Di pentirsi. Di soffrire. Esattamente come me.

Ho visto il compattatore schiacciare il corpo seminudo in una specie di posizione fetale.

Mi sono girato sulla pedana e ho guardato la strada inghiaiata che arrivava fino alla porta d'ingresso. Nessun segno di trascinamento. Avevo fatto pulizia, tolto eventuali tracce sia dentro che fuori.

Se ero ubriaco quando ero montato a fatica nella Corolla, ero arrivato quassú a notte fonda e avevo citofonato, avevo avuto l'impressione di diventare di colpo lucido alla vista di Ludvigsen che giaceva esanime sul pavimento della cucina. Abbastanza lucido da rendermi conto che, se sulla via del ritorno mi avessero fermato mentre guidavo in stato di ebbrezza, avrebbero verbalizzato l'episodio, e in seguito sarebbe stato possibile collegarlo alla scomparsa di Ludvigsen. Perché doveva scomparire. Anzi, dissolversi. Avevo pianificato tutto quanto prima di suonare alla sua porta? Perché Pijus aveva ragione. Evidentemente possedevo la capacità di agire in fretta e allo stesso tempo con ponderatezza.

Mi sono diretto verso la cabina di guida e mi sono seduto al posto dell'aiutante.

– Allora? – ha domandato Pijus guardandomi.

– Allora che? – ho domandato di rimando.

– Devi dirmi qualcosa? Ripeto: sono vincolato dal segreto professionale.

Che cazzo avrei dovuto rispondergli? Ho volto lo sguardo a est, verso il crinale dove era sorto il sole. Avevamo quasi finito il giro, dopo di che dovevamo andare all'impianto di smaltimento di Klemetsrud, dove gli occhi dei robot avrebbero smistato Ludvigsen come quel rifiuto organico che era e il nastro lo avrebbe trasportato fino alle fiamme infernali che si meritava, dove tutte le tracce, tutti i ricordi, tutte le cose che ci lasciamo alle spalle vengono distrutte, e nessuna di quelle che abbiamo perduto viene riconquistata.

E poi mi sono venute le parole, quelle che di solito si bloccano strada facendo, e hanno cominciato a trillare sulla lingua come una musica.

– Qualcuno deve pur accollarsi il compito di fare pulizia, – ho detto.

– D'accordissimo, – ha detto Pijus.

Il camion della spazzatura ha dato uno scossone ed è ripartito.

La confessione

– Posso aiutarla, agente?

Poggio la tazza da caffè di Simone sulla tovaglia che copre il suo tavolinetto. La sua tazza da caffè. La sua tovaglia. Il suo tavolinetto. È sua perfino la ciotola con gli snack dolci al centro. Oggetti. Buffo quanto siano poco importanti, per un verso o per l'altro, una volta che sei morto.

D'altro canto, nemmeno da viva ci teneva granché agli oggetti. L'ho appena detto all'agente. Che lei mi aveva proposto di prendere tutto quello che volevo quando mi ha sbattuto fuori di casa: lo stereo, la tv, libri, utensili da cucina, qualunque cosa. Era preparata, aveva deciso che la nostra doveva essere una rottura civile.

«Nella mia famiglia non litighiamo per i cucchiaini», aveva detto.

Neanch'io avevo litigato. Mi ero limitato a fissarla nel tentativo di cogliere il vero motivo, quello nascosto dietro i vuoti cliché che aveva snocciolato: «È meglio per tutt'e due», «ci stiamo allontanando» e: «è ora di voltare pagina». Grazie tante.

Poi aveva posato un foglio sul tavolinetto chiedendomi di spuntare le cose che volevo.

«È solo un inventario che ho fatto. Ora non permettere ai sentimenti di intralciare la ragione, Arne. Considerala una liquidazione guidata».

Aveva detto proprio cosí. Come se parlasse di una delle

filiali del padre e non di un matrimonio. Ovviamente, ero troppo orgoglioso per degnarmi anche solo di guardare la lista. Troppo offeso per portare via qualsiasi cosa da quella villa troppo grande di Vinderen, dove avevamo condiviso giorni belli e, per quanto ricordi, pochissimi giorni brutti.

Forse è stato troppo affrettato da parte mia rinunciare a tutto su due piedi. In fondo, lei era una giovane donna agiata, con un capitale di diciotto milioni di corone, mentre io ero un fotografo indebitato con una fiducia un po' eccessiva nelle proprie doti amministrative. Simone aveva sostenuto la mia idea di aprire uno studio insieme ad altri sei colleghi. Se non sul piano finanziario, almeno su quello morale.

«Papà non ci vede grossi vantaggi economici, – aveva detto scusandosi. – Secondo me dovresti metterti in gioco tu, Arne. Dimostrargli cosa sai fare, e vedrai che col tempo investirà nel progetto».

Nominalmente i soldi erano di Simone, ma li controllava il padre. Va da sé che era stato lui a decidere per la separazione dei beni quando ci eravamo sposati. Doveva aver capito cosa sarebbe successo, che lei si sarebbe allontanata dal fotografo con i capelli lunghi, le idee campate in aria e le «ambizioni artistiche».

E allora mi ero messo in gioco, amareggiato e decisissimo a dimostrare quanto si sbagliava sul mio conto. Avevo preso prestiti stratosferici in un periodo in cui le banche ti tiravano dietro i soldi se avevi qualcosa che somigliava anche solo vagamente a un progetto redditizio. Ci avevo messo sei mesi a dimostrare che il padre di Simone aveva ragione. Di solito è difficile individuare con esattezza il momento in cui una donna smette di amarti. Nel caso di Simone no. Era stato quando aveva aperto la porta e il signore sulle scale le aveva detto che veniva da parte del tribunale fallimentare con un atto di pignoramento dei miei beni. Trattandolo con una cortesia gelida lei aveva compilato un assegno in modo che potessimo tenere la macchina. E con la stessa cortesia gelida mi aveva chiesto di portare via quello che volevo. Avevo portato via i miei vestiti, un set di biancheria da letto e un debito personale di oltre un milione di corone.

Ho fatto male a non prendere il tavolinetto. Perché mi piace. Mi piacciono le piccole tacche che ha sul piano, ricordi delle nostre feste folli, le imbrattature di quando mi ero messo in testa di dipingere di verde tutta la sala, compresa una gamba di quel tavolinetto, che era rimasta un po' storta dopo la prima e ultima volta in cui ci avevamo fatto l'amore sopra.

L'agente dell'Anticrimine è seduto nella poltrona dall'altra parte del tavolinetto, in linea obliqua rispetto a me, con davanti un taccuino immacolato.

– Ho letto che l'hanno trovata su questo divano, – dico levando di nuovo la tazza da caffè.

Un'informazione superflua, ovviamente. La notizia era riportata su tutte le prime pagine. La polizia non escludeva che la morte fosse dovuta a un atto criminoso, e il suo cognome solleticava la curiosità dei media. Dall'autopsia era emerso che la causa del decesso era il cianuro. In passato Simone aveva fatto l'apprendista presso un orefice con l'idea di subentrare al padre nella gestione della sua catena di negozi, ma, come era già successo in tante occasioni, si era stancata. In cantina c'erano ancora i flaconi di cianuro che aveva preso di nascosto nel laboratorio. Per il brivido, aveva detto. Ma data l'assenza di tracce da cui si potesse desumere che il veleno proveniva dai suoi flaconi e in che modo lo avesse ingerito, la polizia non voleva saltare a conclusioni affrettate stabilendo che si trattava di suicidio.

– So cosa pensate, agente.

Sento le molle sotto il rivestimento del divano contro le cosce. Un antico divano rococò, lo stile di Simone. Il tizio nuovo, l'architetto, se l'era fatta sul divano? Si è trasferito poche settimane dopo che ero andato via io.

A quanto ne posso sapere, se la scopava su questo divano mentre abitavo ancora qui. L'agente mi prega di non approfondire l'affermazione secondo la quale so cosa pensano, ma continuo a mio rischio e pericolo: – Pensate che non era il tipo da suicidarsi. E in questo avete perfettamente ragione. Non mi chieda come, agente, ma so che è stata uccisa.

A ogni modo, la mia dichiarazione non sembra colpirlo piú di tanto.

– So anche che un omicidio getta un'ombra di sospetto su di me, visto che sono il marito umiliato. Ho un movente, sarei potuto passare a trovarla, sapevo dove custodiva il veleno, avrei potuto versarlo nel suo caffè e poi andarmene. Immagino sia questo il motivo per cui siete venuti da me, per verificare se qualche mio capo di vestiario corrisponda alle fibre di tessuto che avete trovato qui, in casa di Simone.

L'agente non risponde. Io sospiro.

– Ma poiché né le fibre né le impronte digitali o delle scarpe corrispondono alle mie, non avete prove tangibili. Allora, qualche mente acuta ha avuto l'idea di farmi portare qui alla villa per vedere come me la sarei cavata ritrovandomi sulla scena del delitto. Una piccola guerra psicologica. Ho indovinato?

Di nuovo nessuna risposta.

– Il motivo per cui non avete trovato nulla è semplicissimo. Non sono stato qui, agente. Almeno, non nell'ultimo anno. E la donna delle pulizie è molto accurata con l'aspirapolvere.

Poso la tazza di caffè e prendo un Twistbit dalla ciotola. Cocco. Non il mio preferito, ma va bene cosí.

– Fa quasi tristezza, agente. Il fatto che tutte le tracce che una persona lascia in giro si tolgano con tanta rapidità e facilità. Come se non fosse mai esistita.

Tiro le estremità dell'involucro e la pralina ruota quattro volte. Tolgo la carta argentata, la piego quattro volte, passo l'unghia sul bordo delle pieghe e la poso sul tavolinetto. Poi chiudo gli occhi e mi porto il Twistbit alla bocca. Eucarestia. La remissione dei peccati.

Simone adorava gli snack dolci. In particolare quelli della Twist. L'acquisto di una confezione grande ogni sabato era una delle nostre poche abitudini fisse, quando facevo la spesa al Kiwi. Era una specie di punto fermo in una convivenza basata su occasioni, impulsi improvvisi, inviti a cene di qua e di là, e sullo svegliarci quasi sempre nello stesso letto. Davamo la colpa ai nostri rispettivi lavori, ed ero convinto che tutto sarebbe cambiato non appena ci avesse unito l'arrivo di un bambino. Un bambino. Ricordo quanto rimase scossa la prima volta che vi accennai. Riapro gli occhi.

– Eravamo la perfetta coppia del twist, Simone e io, – dico, quasi aspettando che l'agente inarchi un sopracciglio e mi guardi con espressione interrogativa.

– Non alludo al ballo, ma agli snack –. Li indico con un dito. Evidentemente all'agente manca il senso dell'umorismo.

– A me piacciono le liquirizie e i gianduiotti, e odio le praline alla banana. Fortuna ha voluto che Simone invece ne andasse matta, quelle con la carta gialla e verde, sa. Sí, lei ha… quando aspettavamo ospiti dovevo mettere la ciotola sul tavolinetto solo *dopo* averle tolte, cosí l'indomani lei le avrebbe avute tutte per sé.

Considero l'idea di aggiungere una risatina, invece – senza alcun preavviso – quel piccolo aneddoto scatena una valanga di sentimenti. Qualcosa mi si gonfia in gola, non ho intenzione di dire nulla, ma odo la mia voce tormentata sussurrare: – Ci amavamo, agente. Anzi, il nostro era piú che amore. Eravamo l'aria che respiravamo, ci tenevamo in vita a vicenda, capisce? No. Già, perché dovrebbe?

Ormai sono quasi arrabbiato. Me ne sto qui a spiattellare i miei pensieri piú profondi, sforzandomi di trattenere il pianto, mentre l'agente non batte ciglio. Secondo me, potrebbe perlomeno assentire partecipe, oppure far finta di prendere appunti.

– Prima di conoscermi, Simone faceva una vita priva di senso, stava andando a fondo. Tutto bene in superficie, la bellezza, i soldi e i cosiddetti amici, ma niente consistenza né scopo, mi segue? Io lo chiamo il terrore degli oggetti. Gli oggetti si possono perdere, e piú si possiede, piú si ha paura. Lei era addirittura sul punto di annegare nella sua stessa sovrabbondanza, non riusciva a respirare. Io le ho portato spazio. E aria.

Mi interrompo. Il viso dell'agente davanti a me comincia a farsi indistinto.

– Aria. Il contrario del cianuro, agente. Quel veleno paralizza le cellule dell'apparato respiratorio, ti manca l'aria e soffochi nel giro di pochi secondi. Ma questo lo sapevate, suppongo?

Ecco, cosí va meglio. Parlare d'altro. Deglutisco, mi faccio forza e riprendo:

– Non so in quale circostanza Simone abbia incontrato quell'architetto, Henrik Bakke. Ha sempre sostenuto di averlo conosciuto dopo che io me ne ero andato, e in un primo momento le avevo creduto. Ma degli amici mi hanno detto che ero troppo ingenuo, che il tizio si era trasferito da lei quasi subito. Prima che la mia metà del letto si fosse freddata, come si è espresso uno. Comunque, e forse le sembrerà molto strano, in effetti per me è una sorta di consolazione sapere che sono stati i sentimenti per un altro a rovinare il nostro rapporto. Che il nostro legame non era del tipo che si spegne da sé, ma è stato l'amore a trionfare sull'amore.

Lancio una rapida occhiata all'agente, ma distolgo lo sguardo appena incrocio il suo. Di solito sono cauto nel parlare di sentimenti, soprattutto dei miei, ma dentro di me si è innescato qualcosa che non riesco a fermare. Che non voglio fermare, forse.

– Mi considero un uomo mediamente geloso. Forse Simone non era una classica bellezza, ma aveva in sé un qualcosa di animalesco che le conferiva una sorta di avvenenza pericolosa. Quando ti guardava riusciva a farti sentire il pesciolino rosso che è da solo in casa insieme al gatto. Eppure, gli uomini le ronzavano intorno come uccelli migratori della steppa intorno alle fauci di un coccodrillo. Perdono la testa. Be'... già, lei l'ha vista con i suoi occhi. Il mio angelo nero della morte, la chiamavo. Scherzando dicevo che sarebbe stata la causa della mia morte violenta, che uno dei suoi ammiratori fanatici avrebbe provveduto a togliermi di mezzo. Ma nel mio intimo temevo di piú che un giorno si sarebbe innamorata di uno di quei corteggiatori importuni. Come ho appena detto, sono un uomo mediamente geloso.

L'agente è sprofondato ancora di piú nella poltrona. Forse non c'è da meravigliarsi, visto che non ho ancora detto nulla di interessante per l'indagine. Ma, d'altro canto, lui non accenna a bloccarmi.

– Comunque, non sono mai stato geloso di Henrik Bakke. Buffo, vero? O almeno, non lo odiavo né ce l'avevo con lui. Lo consideravo un uomo nella mia stessa identica condizione, credo: amava Simone piú di ogni cosa al mondo. In effetti, piú che un rivale lo consideravo uno sulla stessa mia barca.

Spingo la lingua contro i molari, dove il cocco si è attaccato, e avverto un leggero disagio. Il silenzio dell'agente è assordante.

– Okay. Non è del tutto vero. Ero geloso di Henrik Bakke. Di sicuro la prima volta che l'ho visto. Mi lasci spiegare. Un giorno mi ha chiamato in ufficio chiedendomi di vederci perché doveva darmi dei documenti da parte di Simone. Ho capito che erano i documenti del divorzio, e anche se ovviamente era inaudito che lei si servisse del suo novello amante per consegnarmeli, ero curioso di sapere che tipo fosse, e perciò ho accettato di incontrarci in un ristorante. Suppongo che lui fosse altrettanto curioso. A ogni modo, si è rivelato una persona molto gradevole: cortese senza apparire servile, intelligente senza darsi arie d'importanza, e con una buona dose di umorismo riguardo all'aspetto piccante della situazione. Abbiamo bevuto un paio di birre e quando, dopo un po', si è messo a parlare di Simone, non mi ci è voluto molto a capire che con lei aveva gli stessi identici problemi che avevo avuto io. Simone apparteneva alla famiglia dei felidi, andava e veniva a suo piacimento, era viziata e musona, e la lealtà non era il suo tratto caratteriale predominante, per cosí dire. Si è lamentato di tutti gli amici maschi che lei frequentava, chiedendosi perché non poteva avere delle amiche come le altre donne. Mi ha raccontato delle notti in cui rientrava dopo che lui era andato a letto, ebbra di alcol e di nuovi, interessanti incontri che aveva fatto e di cui parlava con entusiasmo. En passant mi ha domandato se l'avessi vista dopo che ero andato via, cosa che ho dovuto negare con un sorriso. Con un sorriso perché mi rendevo conto che sembrava piú geloso lui di me che io di lui. Non le pare un paradosso, agente?

L'uomo fa per aprire la bocca, ma ci ripensa e rimane con il mento mezzo abbassato. Con un'espressione molto sciocca. In realtà avevo deciso di non raccontare granché, ma il mutismo di un'altra persona può sortire strani effetti. Sulle prime l'ho percepito come minaccioso, ma ora sento che il suo non è un silenzio eloquente. Non che l'agente sembri interessato o attento, il suo è piú che altro una sorta di nulla neutro. Un'assenza di conversazione, una lacuna con l'effetto di un vuoto che risucchia le mie parole.

– Ci siamo fatti un'altra birra e delle belle risate nel confrontare aneddoti sulle sue abitudini. Per esempio, che si pentiva puntualmente appena aveva ordinato un piatto, e dovevi richiamare il cameriere per farlo cambiare. O che ogni volta doveva andare in bagno dopo aver spento la luce e averti dato la buonanotte. E certo, la spesa sempre di sabato, e il finimondo che scoppiava se avevi dimenticato di comprare i Twist. Perciò non mi sono sorpreso piú di tanto quando ho incontrato Bakke al Kiwi il sabato mattina di un paio di settimane dopo. Siamo scoppiati a ridere perché io mi sono messo a fissare con insistenza la confezione di Twist nel suo carrello. Per inciso, lui mi chiesto dei documenti del divorzio, spiegando che l'avvocato di Simone li aspettava. Gli ho risposto che ero stato molto occupato, ma che avrei sistemato tutto la settimana entrante. Forse ero un po' irritato dal fatto che vi avesse accennato. Sí, insomma, che fretta c'era? Aveva preso il mio posto nel letto di Simone, per il momento sarebbe dovuto bastare. Sembrava quasi impaziente di sposarla, insieme ai suoi milioni. Perciò gliel'ho chiesto a bruciapelo. Avevano in programma di sposarsi? Siccome lui è rimasto di stucco, gli ho ripetuto la domanda. Lui mi ha rivolto un sorriso timido scuotendo il capo. Ed è stato allora che ho capito.

Stringo la carta della caramella alla liquirizia tra le dita. «*Lakris - lakrits - lakrids*», c'è scritto. Svedese e danese, oltre al norvegese?

A ogni modo, facilmente comprensibile. È bello che dei vicini parlino quasi la stessa lingua.

– Nei suoi occhi c'era qualcosa, un dolore che ho riconosciuto da allora, quando mi guardavo allo specchio. Bakke non sarebbe rimasto a lungo. Simone si era stancata. Era solo questione di tempo, e lui lo sapeva, sentiva già il sapore dell'amaro calice della sconfitta. Ha indagato su questo, agente? Ha chiesto alle amiche di Simone se aveva in mente qualcosa del genere? Dovrebbe farlo, perché in caso affermativo lui avrebbe un movente, giusto? Delitto passionale, non è cosí che lo chiamate?

Sbaglio, o vedo le labbra dell'agente tendersi in un sorriso? Non risponde. Ovvio, è vincolato dal segreto professionale sulle questioni riguardanti l'indagine. Eppure, l'idea che Henrik Bakke sia sospettato mi spinge a sorridere a mia volta, senza volerlo. Non ho neanche voglia di nasconderlo. Sorridiamo.

– È davvero paradossale, non trova? Siccome non ho fatto in tempo a spedire i documenti del divorzio, quando è morta io e Simone eravamo ancora marito e moglie. Dunque sono l'unico erede, agente. Perciò, se è stato Henrik Bakke a ucciderla, significa che l'uomo che mi ha portato via l'amore della mia vita ha fatto di me un milionario. Me. Questa, io la chiamo un'ironia della sorte.

La mia risata rimbalza contro le pareti tappezzate di seta e il parquet di rovere. Esagero un po', mi batto le cosce e piego la testa all'indietro. Poi scorgo gli occhi dell'agente. Sono freddi, come quelli di uno squalo, e mi inchiodano al divano. Mi interrompo di colpo. Ha capito? Prendo un Daim: l'ho già aperto, ma poi ci ripenso e prendo un Bali. Riavvolgo il Daim nella carta. Devo pensare. No, non ho bisogno di pensare. Basta un'occhiata all'agente.

– La cosa bella dei Twist è la confezione, – dico. – Il fatto che ci puoi ripensare. Puoi rimetterne uno nella carta senza che nessuno si accorga che è stato aperto. A differenza di altre cose. Per esempio, le confessioni. Una volta tirate fuori, è troppo tardi.

L'agente fa cenno di sí con il capo: piú che altro sembra un inchino.

– Okay, – concludo, – basta con le commedie.

Lo dico come se lo decidessi in questo preciso istante, ma ovviamente non è cosí. Da svariati minuti aspettavo il momento giusto. E il momento è arrivato.

– Avete trovato i flaconi di soluzione di cianuro in cantina. Vero, agente? – Il cioccolato si scioglie sulla lingua e sento il nocciolo piú duro premere contro il palato. – Ne mancava uno. L'ho preso io quando sono stato sbattuto fuori di casa. Non so bene perché. Ero molto giú, forse avevo una mezza idea di berlo io. Con il cianuro si fa l'acido cianidrico, ma questo lei lo sapeva, no?

Con le dita frugo nella ciotola degli snack, ne trovo uno alla banana, ma d'istinto lo rimetto giú. Vecchie abitudini.

– Un paio di giorni dopo aver incontrato Bakke al Kiwi, ho comprato una confezione di Twist. Poi sono passato in farmacia a prendere una siringa monouso, e appena tornato a casa l'ho riempita di cianuro. Ho aperto il sacchetto di Twist, ho tirato fuori le praline alla banana, le ho estratte con cautela dalla carta, ho iniettato il veleno, le ho riavvolte nella carta e le ho rimesse nella confezione. Il resto è stato di una semplicità incredibile. Il sabato successivo ho aspettato fuori del supermercato Kiwi finché non è arrivato Bakke con la Porsche di Simone, l'ho preceduto dentro con il sacchetto sotto il cappotto, e ho sistemato il sacchetto in bella mostra sullo scaffale della Twist; poi da dietro ho controllato che lui scegliesse quello giusto.

L'agente è seduto col capo chino. Quasi fosse lui e non io a confessare un omicidio per avvelenamento.

– Ho letto che quando l'ha trovata, sulle prime Henrik Bakke ha pensato che dormisse. Peccato che non fosse presente al momento della morte. Avrebbe potuto imparare qualcosa. Sí, insomma, deve essere affascinante studiare una persona in transito fra la vita e la morte, non crede?

L'agente sembra prepararsi una risposta, una risposta molto articolata e difficile, che esige una lunga e approfondita riflessione. Io continuo: – Ero convinto che avreste preso Henrik Bakke subito dopo l'autopsia. In effetti credevo che fosse un gioco da ragazzi scoprire che il cianuro proveniva dagli snack che lui aveva inconfutabilmente portato a casa.

Mi sporgo sopra il tavolinetto.

– Ma non ci siete riusciti, agente. Non siete riusciti a collegare il veleno al resto del cioccolato che avete trovato nel suo stomaco, perché si era già sciolto e dissolto. Ho cominciato a temere che Henrik Bakke la facesse franca.

Vuoto la tazza di caffè. Quella dell'agente è ancora intatta.

– Il medico legale però lo capirà quando si ritroverà un cadavere sul tavolo, non crede? Che l'arma del delitto è stata sotto il vostro naso fin dal primo momento.

Indico la ciotola di dolci e faccio uno sorriso forzato. Nessuna reazione.

– Un altro Twist prima di dare l'allarme, agente? – Nel silenzio che segue sento un debole crepitio nella carta appallottolata della pralina alla banana che comincia ad aprirsi pian piano come una rosa gialla e verde sul tavolinetto davanti a lui. Questo tavolinetto bellissimo.

Odd

Visto dalla platea Odd Rimmen aspettava in piedi dietro una quinta di destra.

Cercò di respirare normalmente.

Quante volte si era trovato in quella situazione, terrorizzato all'idea di presentarsi davanti a una folla, mentre ascoltava la persona che lo avrebbe intervistato decantare via via la sua figura, innalzando le aspettative? Quella sera le aspettative dovevano essere già alte, dal momento che i biglietti d'ingresso costavano ben venticinque euro, piú di una qualsiasi delle sue esili opere. Forse fatta eccezione per la primissima edizione inglese del suo libro d'esordio: aveva sentito dire che non era piú reperibile nelle librerie dell'usato e veniva venduto in rete a trecento sterline.

Era questo a rendergli cosí difficoltosa la respirazione? A fargli temere che nel ruolo di sé stesso, dell'Odd Rimmen in carne e ossa, non si sarebbe rivelato all'altezza della grancassa mediatica? Di non poterci riuscire. In fondo, lo avevano trasformato in una sorta di Superman, in un intellettuale veggente che non solo analizzava la condizione umana, ma prevedeva anche trend socioculturali e diagnosticava i problemi dell'uomo contemporaneo. Possibile non capissero che la sua era semplice immaginativa?

Certo, i ragionamenti di uno scrittore hanno un significato nascosto che nemmeno l'autore comprende o coglie per forza, e ciò valeva senz'altro anche per quelli che lui ammirava: Camus, Saramago – sospettava che perfino Sartre non avesse scandagliato appieno le proprie profondità ma fosse piú interessato al sex appeal esteriore dell'esposizione.

Messo davanti alla superficie imparziale del foglio – dello schermo del pc – e alla possibilità che offriva di battere in ritirata, lui poteva essere Odd Rimmen, l'uomo che il recensore di «The Boston Globe» aveva ossequiosamente ribattezzato Odd Dreamin', «strani sogni», un soprannome che aveva fatto presa. Ma a tu per tu era soltanto Odd, uno che si aspettava di essere smascherato come un uomo di intelligenza media, con un senso della lingua un po' al di sopra della media e una padronanza dell'autocritica e un controllo degli impulsi molto al di sotto della media. Immaginava che fosse quest'ultimo lato – il controllo degli impulsi – a permettergli di rivelare senza inibizioni la sua vita emotiva a migliaia, anzi, a centinaia di migliaia (non milioni) di lettori. Perché anche se il foglio/lo schermo gli dava la possibilità di battere in ritirata, di ripensarci e cambiare il testo, lui non lo faceva mai se appurava che quel testo particolare era valido. La vocazione alla scrittura veniva prima del suo benessere personale, non aveva problemi a sfidare la sua debolezza di carattere e a uscire dalla comfort zone, purché lo facesse su un foglio, nella fantasia, nei sogni e nella scrittura che, a prescindere dal tema e dal grado di intimità, costituiva una comfort zone a sé stante, rassicurantemente isolata dalla vita di fuori. Poteva scrivere qualunque cosa e dirsi che era destinata al cassetto della scrivania e non sarebbe mai stata pubblicata. E poi, una volta che Sophie, la sua editor, l'aveva letta e aveva massaggiato il suo ego autoriale abbastanza da convincerlo a credere che sarebbe stato un delitto letterario negarla ai lettori, non gli restava che chiudere gli occhi, tremare, bere in solitudine e lasciare che accadesse.

Tutto un altro paio di maniche era un'intervista davanti a un pubblico.

La voce di Esther Abbott gli arrivava sotto forma di un rombo lontano, un temporale incombente di là sul palco. Lei era dietro un podio. Alle sue spalle erano sistemate le poltrone in cui si sarebbero seduti. Come se creare un'ambientazione che ricordasse un salotto potesse farlo sentire piú rilassato. Una sedia elettrica piazzata in un campo fiorito, che andassero al diavolo.

– Ha fornito a noi lettori una nuova angolazione da cui osservare noi stessi, la nostra vita, i nostri cari e il nostro ambiente, – diceva la voce, e lui riusciva a mala pena a distinguere le parole in inglese. Preferiva essere intervistato in inglese piuttosto che nella sua lingua, ed esagerava l'accento per far credere al pubblico che fosse la lingua straniera la causa delle sue difficoltà di enunciazione, non il fatto che anche nella sua madrelingua era una frana: rifletteva troppo e pasticciava perfino le frasi piú semplici, quando doveva esprimersi verbalmente.

– È uno degli osservatori piú acuti e degli interpreti piú intransigenti del nostro tempo, tanto del singolo individuo quanto della società.

«Sciocchezze», pensò Odd Rimmen asciugandosi i palmi delle mani sulle cosce dei jeans G-Star. Era uno scrittore che aveva raggiunto il successo commerciale per il solo e unico motivo che descriveva fantasie erotiche cosí al limite da guadagnarsi la definizione di controverse e coraggiose, ma non oltre il limite, tanto che tutti potevano leggerle senza rimanere scioccati sul serio, solo intrattenuti. I suoi libri erano anche terapeutici per l'eventuale vergogna di aver concepito le stesse fantasie dell'autore. Il resto del contenuto seguiva supinamente quelle scene di sesso, aveva capito con il tempo. E Odd Rimmen sapeva, anzi, lui e la sua editor sapevano, sebbene non ne parlassero mai, che di libro in libro aggiungeva variazioni di quelle stesse fantasie sessuali, anche se erano elementi tematici estranei, come dei lunghi assoli di chitarra fuori luogo, senza altra attinenza se non quella di essere qualcosa che il pubblico si aspettava, anzi, pretendeva da lui. Una trasgressione diventata cosí routinaria che invece di stupore avrebbe dovuto provocare sbadigli, un esercizio che quasi lo faceva vomitare, ma aveva giustificato con l'idea che fosse esattamente il cavallo da traino di cui aveva bisogno il resto dell'opera per convogliare il suo vero messaggio a una cerchia di lettori piú ampia di quella che avrebbe avuto altrimenti. Solo che si era sbagliato. Aveva venduto l'anima e ne aveva risentito come artista. Perciò era arrivato il momento di darci un taglio.

Nel romanzo a cui stava lavorando, e che non aveva ancora fatto vedere all'editor, aveva tolto ogni elemento che puzzava di sell out e aveva invece coltivato l'aspetto poetico, la visione onirica, il vero. Il male. Basta con i compromessi.

Eppure, eccolo là, ad aspettare di essere chiamato in scena entro pochi secondi con un fragoroso applauso, in un Charles Dickens Theatre gremito, da un pubblico il quale prima ancora di sentire la sua voce aveva deciso che lo amava quanto amava i suoi libri, quasi fossero una cosa sola, quasi la sua immaginativa, le sue menzogne ormai avessero detto a ciascuno spettatore tutto quello che doveva sapere sul suo conto.

Il peggio era che Odd ne aveva bisogno. Sí, aveva bisogno di quell'ammirazione poco fondata e di quell'amore senza riserve. Ne era diventato dipendente, perché ciò che vedeva nello sguardo del pubblico, il bottino che portava via con sé, era come l'eroina, sapeva che lo distruggeva, che lo corrompeva come artista, ma doveva averlo lo stesso.

– ... tradotto in quaranta lingue, letto dal mondo intero trasversalmente alle barriere culturali...

Anche Charles Dickens doveva essere stato un eroinomane. Aveva pubblicato molti dei suoi romanzi un capitolo alla volta, badando bene alle reazioni dei lettori prima di scrivere quello successivo, e andava in tour per leggere passi dei suoi libri, senza presentarli con il timido distacco nei confronti del testo dell'autore intellettuale, l'amabile *understatement* dell'umile, bensí con un'immedesimazione spudorata che non solo metteva a nudo le sue ambizioni – e in certa misura le sue doti – di attore, ma anche la sua sete di sedurre le masse, ricchi e poveri, a prescindere dal ceto e dall'intelligenza. Charles Dickens – l'attivista e il paladino dei poveri – non era forse stato avido di soldi e posizione sociale quanto alcuni dei suoi personaggi meno simpatici? D'altronde, Odd Rimmen non rimproverava a Charles Dickens quest'ultima cosa di per sé, ma il fatto di esibirsi con la sua arte. Esibirsi nella peggiore accezione del termine. Una sorta di combinazione fra un imbonitore e un orso da circo, uno che il domatore tiene a catena per farlo sembrare pericoloso, mentre in realtà gli sono stati asportati i testicoli, gli artigli e i denti. Dickens dava al suo pubblico ciò che voleva e, se era critico nei confronti della società, lo era perché in quel periodo storico la massa voleva la critica sociale.

L'opera di Charles Dickens sarebbe stata migliore – si sarebbe potuto forse dire molto migliore – se si fosse attenuto al sentiero angusto dell'arte?

Odd Rimmen aveva letto David Copperfield pensando che lui avrebbe saputo scriverlo meglio. Non molto meglio, ma meglio. E in quel momento era vero, ne era convinto. Ma ne sarebbe ancora stato capace, oppure la sua penna, i suoi artigli e i suoi denti, a causa del circo a cui si era sottomesso, non erano piú abbastanza affilati per creare un'arte autentica e imperitura? E, in caso affermativo, era possibile tornare indietro?

Sí, si disse. Perché il nuovo romanzo a cui stava lavorando era proprio questo, la via per tornare indietro. O no?

Eppure eccolo là, appena pochi secondi e sarebbe entrato in scena, si sarebbe crogiolato sotto gli sguardi ammirati e i proiettori, mietendo applausi con le sue banalità mandate a memoria, in poche parole: la sua pera serale.

– Signore e signori, lo avete aspettato, ed eccolo qui...

Just Do It, fallo e basta. Oltre a essere il migliore slogan per le scarpe da jogging o qualsiasi altro prodotto, era la sua risposta fissa quando qualche giovane gli chiedeva come procedere se avesse voluto scrivere. Che non c'era nessun motivo di rimandare, non c'era niente da preparare, bisognava solo portare la penna al foglio, non in senso metaforico ma assolutamente letterale. Diceva di cominciare a scrivere quella sera, qualcosa, qualsiasi cosa, ma di farlo quella sera stessa.

Era andata cosí anche con Aurora: era riuscito a lasciarla dopo una serie interminabile di round fatti di litigi, lacrime e riconciliazioni quando lui tornava alla casella di partenza. Avrebbe dovuto farlo e basta, varcare fisicamente la porta e non tornare mai piú. Cosí facile, cosí difficile. Se hai avuto una dipendenza non puoi scalare, farti solo un pizzico di eroina, aveva visto il fratello provarci con esiti fatali. C'era una sola via d'uscita, la rota. Stasera. Subito. Perché domani non sarà né meglio né piú facile, anzi, sarà piú difficile. Ti ritroverai un po' piú sprofondato nella merda, dopo che ti sei concesso un rinvio: quindi, che differenza fa rimandare di un giorno?

Da dietro la quinta Odd guardò l'abbacinante controluce della platea. Non riusciva a vedere il pubblico, solo un muro nero. Forse non c'era, forse non esisteva. E a quanto ne potevano sapere gli spettatori, forse non esisteva nemmeno lui.

Ed eccolo, l'unico pensiero liberatorio. Il cavallo. Era lí, davanti a lui, gli sarebbe bastato infilare il piede nella staffa e montare. Farlo e basta. L'altra scelta era di non farlo. In effetti, esistevano solo quelle due alternative. O meglio, a voler essere linguisticamente severi, l'alternativa era una sola. E d'ora in poi lui voleva esserlo. Severo. Autentico. Intransigente.

Odd Rimmen girò sui tacchi e andò via. Si tolse il microfono ad archetto e il trasmettitore e li porse al tecnico, che levò su di lui uno sguardo perplesso vedendolo passare. Odd scese le scale fino al guardaroba, dove insieme all'intervistatrice Esther Abbott e all'ufficio stampa della casa editrice aveva ripassato alcune domande. Adesso la stanza era vuota, unico rumore udibile la voce di Esther che arrivava dall'alto, un rimbombo sordo senza parole che si propagava fino al soffitto. Prese la giacca che aveva posato sulla sedia, afferrò una mela dalla fruttiera e si avviò verso l'ingresso degli artisti. Aprí la porta e nello stretto vicolo inspirò l'aria di Londra, puzzolente di gas di scarico, metallo bruciato e fumi di cucina che uscivano dagli impianti di aerazione dei ristoranti. Odd Rimmen non aveva mai sentito un'aria piú fresca, piú libera.

Odd Rimmen non aveva un posto dove andare.

Odd Rimmen aveva tutti i posti dove andare.

Si potrebbe dire che tutto cominciò quando Odd Rimmen uscí dal Charles Dickens Theatre pochi secondi prima di doversi presentare, anzi, per la precisione, sedere sulla scena e parlare del suo ultimo libro, *The Hill*.

Oppure, si potrebbe dire che cominciò quando «The Guardian» riportò l'episodio definendolo un tradimento nei confronti del pubblico pagante, dell'ente organizzatore, il Camden Literary Festival, e di Esther Abbott, la giovane giornalista che aveva preparato l'evento dichiarando di attenderlo con impazienza. Oppure, si potrebbe sostenere che cominciò quando «The New Yorker» contattò la casa editrice di Rimmen per ottenere un'intervista. Quando il tramite della casa editrice riferí che purtroppo Odd Rimmen non concedeva piú interviste, e «The New Yorker» chiese il suo numero per tentare di convincerlo, la risposta fu che non aveva piú un telefono. Anzi, che in effetti la casa editrice non sapeva dove fosse, nessuno aveva avuto sue notizie dopo la sera in cui era andato via dal Charles Dickens Theatre.

Anche se questo era vero solo in parte, «The New Yorker» scrisse un articolo su Odd Rimmen in absentia nel quale faceva parlare colleghi, critici letterari e personalità della cultura del loro rapporto con l'autore in generale e *The Hill* in particolare.

Da dove si trovava – la casa per le vacanze dei genitori, in Francia – Odd Rimmen non poté fare a meno di rimanere sbalordito da tutti quei nomi famosi che non solo di colpo sembravano averlo letto, ma asserivano di conoscerlo personalmente. Che fingessero di conoscere le sue opere per la pubblicità che ne avrebbero ricavato grazie al prestigiosissimo «New Yorker» non era certo una sorpresa: con un paio di giorni di preavviso avevano avuto il tempo di sfogliare uno o due libri per coglierne il tono o scorrere i riassunti reperibili su vari siti web. Ma il fatto che si pronunciassero sul suo carattere enigmatico e il suo speciale carisma lo stupiva ancora di piú, perché ricordava a mala pena di aver incontrato quegli individui in occasioni professionali – festival, fiere del libro, premiazioni – e di aver scambiato frasi di cortesia in un ambiente dove la cortesia rasenta la paranoia. (Secondo la teoria di Odd Rimmen gli scrittori hanno il terrore di urtare la suscettibilità dei colleghi perché sanno meglio di chiunque altro che un'anima sensibile armata di penna è come un bambino armato di Uzi).

Ma avendo giurato a sé stesso di osservare l'ascesi, la purezza e di rinunciare a tutto ciò che poteva essere interpretato come (rettifica: che poteva essere) sell out, frode intellettuale o autoincensamento, Odd Rimmen aveva rinunciato anche a correggere l'impressione che il lettore del «New Yorker» si sarebbe fatto di lui, ovvero di una sorta di mito cult della letteratura.

A prescindere da dove fosse cominciato, continuò. E la sua editor gli riferí proprio questo quando la chiamò dalla cabina telefonica del giornalaio del paesino.

– Si è mosso qualcosa, Odd. Ed è impossibile fermarlo, non fa che crescere.

Sophie Hall non alludeva soltanto alle vendite, ma al numero di richieste di interviste, di inviti ai festival, alle preghiere insistenti da parte dei suoi editori stranieri di presenziare al lancio di *The Hill.*

– È pazzesco, – disse lei. – Dopo il pezzo del «New Yorker»...

– È una bolla di sapone, – ribatté lui. – L'articolo di una rivista non cambia il mondo.

– Ti sei isolato, non segui quello che succede. Odd, tutti parlano di te. Tutti.

– Sul serio? E cosa dicono?

– Che sei... – Fece una risatina. – Che sei un po' matto.

– Matto? In senso buono?

– In senso molto, molto buono.

Odd sapeva a cosa si riferiva, ne avevano parlato. Al fatto che siamo affascinati da quegli autori che descrivono un mondo riconoscibile, ma al contempo visto attraverso un paio di occhiali un po' diversi dai nostri. O meglio, dai loro, pensò Odd Rimmen, poiché la sua editor stava dicendo che era stato promosso nella lega degli alternativamente vedenti, degli intellettualmente eccentrici. Ma ne faceva davvero parte? Da sempre? Oppure era un bluffatore, un ordinario «vorrei-ma-non-posso» che recitava la parte dello stravagante tanto per farlo? Ora che ascoltava l'editor raccontare dell'interesse per Odd Rimmen, non coglieva anche un rispetto maggiore nella sua voce? Come se neppure lei, che lo aveva seguito tanto da vicino, di frase in frase, per cosí dire, fosse immune dal repentino cambiamento dell'opinione generale innescato da un unico episodio: la decisione, quasi istintiva, di abbandonare un evento poco prima di entrare in scena. Sophie gli disse di aver letto *The Hill* ancora una volta e di essere rimasta colpita da quanto, in effetti, fosse bello il libro a cui avevano lavorato insieme. Anche se sospettava che lo avesse soltanto riletto sotto una nuova luce, ovvero quella degli elogi altrui, Odd Rimmen non disse niente.

– Di che si tratta, Sophie? – domandò quando lei fece un respiro.

– Siamo stati contattati dalla Warner Bros., – fu la risposta. – Vogliono acquistare i diritti cinematografici di *The Hill*.

– Veramente?

– Intendono chiedere a Terrence Malick o a Paul Thomas Anderson di curare la regia.

– Intendono?

– Si chiedono se ti andrebbe bene uno dei due.

«Se mi andrebbe bene uno dei due», pensò Odd Rimmen. *La sottile linea rossa*. *Magnolia*. Due registi di alto livello che erano riusciti in un'impresa quasi impossibile: attirare le masse a vedere un film di qualità.

– Che ne dici? – La voce di Sophie assunse una tonalità stridula da quattordicenne, quasi non riuscisse a credere alla notizia che gli aveva dato.

– Mi sarebbero andati bene, – rispose.

– Okay, chiamo la Warner Bros. E... – Lei si interruppe.

Condizionale composto. Mi sarebbero andati. Come Sophie gli aveva fatto notare una volta, si riferiva a una potenzialità, a una limitazione, che comunque il correttore di bozze aveva accettato. Ma era pur sempre condizionale, un fatto che sarebbe accaduto in presenza di determinati presupposti. E ora probabilmente lei si stava chiedendo quali potessero essere quei presupposti. Perciò Odd le spiegò.

– Se avessi voluto vendere i diritti cinematografici.

– Cioè... cioè, non vuoi? – Il tono stridulo era svanito e ora Sophie parlava come se non credesse alle proprie parole.

– *The Hill* mi piace cosí com'è, – rispose lui. – Come libro. Tu stessa hai detto che in effetti ultimamente il libro si è rivelato davvero buono.

Odd non sapeva se lei avesse colto l'ironia nelle sue parole, in circostanze normali lo avrebbe fatto, Sophie aveva un buon orecchio, ma in quel momento era cosí agitata per tutte le cose in ballo che non ne era tanto sicuro.

– Ci hai riflettuto bene, Odd?

– Sí, – le rispose. E proprio questo era stranissimo. Era passato meno di un minuto da quando aveva saputo che una delle maggiori case di produzione del mondo intendeva chiedere a due dei migliori registi del mondo di girare la versione cinematografica di *The Hill*, portandolo alle stelle, facendo prendere il volo non soltanto al libro in questione, ma a tutti quelli che portavano il nome di Odd Rimmen, precedenti e futuri. Però aveva riflettuto a fondo sulla prospettiva di ricevere una proposta cinematografica coi fiocchi. Forse era piú corretto dire che ne aveva fantasticato. Perché a parte le famose scene di sesso, i suoi romanzi non avevano nulla di filmico, piuttosto il contrario, erano tutto sommato dei monologhi interiori senza tanti avvenimenti esterni né una struttura drammaturgica tradizionale. Comunque, ci aveva riflettuto a fondo. Solo in via ipotetica, ovvio, un ragionamento sperimentale in cui aveva messo a confronto i pro e i contro mentre scrutava il golfo di Biscaglia. Charles Dickens non avrebbe esitato a gridare un entusiastico sí; quel buffone avrebbe insistito per recitare personalmente almeno in uno dei ruoli da protagonista.

Anche l'Odd Rimmen di prima (pre Charles Dickens Theatre) avrebbe accettato, ma con un certo imbarazzo. Si sarebbe difeso adducendo che in un mondo ideale avrebbe rifiutato lasciando il libro incorrotto, protetto, riservato al lettore paziente, al lettore che non accettava semplificazioni, che voleva assimilare ogni frase con il suo ritmo personale determinato dalla mobilità dell'occhio, dal maturare della meditazione. Ma che in un mondo in cui dominavano il denaro e l'intrattenimento vacuo non poteva rifiutare l'attenzione offerta al suo genere di libri (libri seri, letterari), perché si sentiva obbligato a diffondere il verbo (letterario) a nome non solo suo, ma di tutti quelli che in effetti cercavano di dire qualcosa con le loro opere.

Sí, avrebbe risposto cosí, assaporando in segreto l'attenzione rivolta sia al film, sia al libro, sia al suo preteso dilemma.

Ma il nuovo Odd Rimmen non approvava questo genere di ipocrisia. E poiché ci aveva riflettuto a fondo, e la realtà non sembrava gran che diversa dalla fantasticheria, chiarí l'idea alla sua editor incredula: – Ci ho riflettuto a fondo, Sophie, e no, *The Hill* non sarà ridotto a una sinossi di due ore.

– Ma se è già breve di suo. Hai visto *Non è un Paese per vecchi*?

Ovviamente Odd Rimmen lo aveva visto, e ovviamente lei tirava fuori proprio quello, pensò. Sophie sapeva che lui adorava Cormac McCarthy, sapeva che lui sapeva che i fratelli Coen erano riusciti a filmare quel romanzo breve e c'era una corrispondenza perfetta come in nessun'altra trasposizione cinematografica che aveva visto. Sophie sapeva anche che Odd Rimmen sapeva cosa aveva significato quel film per la diffusione delle opere precedenti dell'autore cult, a quanto pareva senza che la sua reputazione nelle cerchie letterarie piú elitarie ne avesse risentito (troppo).

– Cormac lo ha scritto proprio in forma di sceneggiatura, – disse lui. – Gli stessi fratelli Coen hanno raccontato che, mentre la scrivevano, uno teneva il libro aperto e l'altro copiava. Con *The Hill* non si può fare. E poi, sono molto preso da un punto del nuovo libro, perciò adesso ti devo lasciare e mettermi a scrivere.

– Come? Odd, non…

Odd Rimmen era in coda davanti all'ingresso del Louvre a Parigi quando la vide uscire. Esther Abbott sembrava propensa a fingere di non averlo notato, ma probabilmente si rendeva conto che la sua espressione sbalordita la tradiva.

– E cosí, ci si rivede, – disse lei. Camminava sottobraccio a un uomo che tirò a sé, quasi che la vista di Odd Rimmen la avvisasse che gli uomini potevano sparire da un momento all'altro se non ci stava molto attenta.

– Mi spiace, – disse lui. – Non sono mai riuscito a chiederti scusa.

– Non sei riuscito? Qualcosa o qualcuno te lo ha forse impedito?

– No, è vero. Scusami.

– Forse dovresti dirlo a tutto il pubblico che si era presentato.

– Hai perfettamente ragione.

Gli parve una gran bella donna. Piú bella di come la ricordava dalla sera a teatro. Pensò che forse all'epoca era troppo concentrata sull'evento. Troppo suadente per destare in lui anche solo un briciolo di istinto di conquista, una preda che si finga morta fa perdere l'interesse al predatore. Ora invece con l'abbronzatura estiva, un po' risentita, i capelli scompigliati dal vento e sottobraccio a un uomo, era senza dubbio attraente. Cosí attraente che Rimmen si stupí fosse stata lei a tirare a sé il suo accompagnatore non appena lo aveva visto, in effetti avrebbe dovuto essere il contrario, ossia l'uomo avrebbe dovuto marcare con discrezione il proprio territorio incontrando un maschio coetaneo e con tutta probabilità ormai appartenente a un ceto sociale superiore, dopo l'effetto valanga dell'articolo apparso sul «New Yorker».

– Posso offrirvi un bicchiere di vino per dimostrare che sono sincero? – domandò Odd Rimmen guardando con espressione interrogativa l'uomo, il quale pareva confuso, quasi cercasse le parole per formulare un rifiuto cortese. Esther Abbott rispose che le sembrava una prospettiva piacevole.

L'uomo fece un sorriso tirato come se avesse una puntina da disegno nella scarpa.

– Magari un'altra sera, – disse. – Lei sta per entrare, e il Louvre è grande.

Odd Rimmen osservò la coppia mal assortita: lei bionda e leggera con il sole negli occhi, lui scuro e pesante, simile a una bassa pressione. Come poteva una donna cosí attraente perdere la testa per un tipo cosí insulso? Forse non era consapevole del proprio valore? Sí che lo era. Odd non aveva dubbi, e si rese conto che Esther aveva tirato a sé il fidanzato/marito/amante per dimostrargli che non doveva considerare quel Rimmen una minaccia. Perché mai il suo uomo aveva bisogno di essere rassicurato? Esther aveva forse il vizio della promiscuità sessuale o dell'infedeltà? Oppure avevano parlato di lui, lo scrittore inaffidabile? Esther aveva in qualche modo dato all'uomo al suo fianco qualche segnale che gli faceva temere un rivale nella persona di Odd Rimmen? Era quella la causa della reazione che gli sembrava di cogliere nello sguardo dell'altro: odio misto a paura?

– Vengo spesso al Louvre, e ho visto quasi tutto, – disse Odd restituendogli lo sguardo con una calma affabile. – Venite, conosco un posto dove hanno degli ottimi Borgogna.

– Fantastico, – disse Esther.

Trovarono il ristorante, e prima ancora che assaggiassero il vino Esther cominciò a rivolgergli domande che Odd sospettava risalissero alla sua intervista mancata. Dove attingeva l'ispirazione. In quale misura i protagonisti erano basati sulla sua persona. Le scene di sesso si rifacevano a esperienze personali oppure a fantasie. Mentre lei pronunciava l'ultima Odd vide i fremiti sul viso dell'uomo (Ryan, che, come aveva spiegato, lavorava all'ambasciata di Parigi). Odd rispose, ma non cercò né di stupire né di essere spiritoso come faceva di solito (spesso riuscendoci) quando «era di scena». Quando soleva ancora essere di scena. A poco a poco, però, riuscí a rigirare il discorso portandolo su Esther e il suo compagno.

Ryan sembrava determinato a non rivelare la natura del suo lavoro all'ambasciata, lasciando cosí intuire che si trattava di un incarico segreto e importante e preferendo raccontare l'influenza che aveva avuto sulla tecnica di negoziazione internazionale la ricerca dello psicologo Daniel Kahneman sul *priming*, ossia sulla possibilità di instillare con mezzi semplici un pensiero o un'idea nella mente della controparte senza che questa ne sia consapevole. Se prima si mostra a un gruppo di persone un cartello con su scritte le lettere «GUARDA», e poi uno con «_ASO» e si chiede loro di riempire lo spazio vuoto, la stragrande maggioranza scriverà «CASO» anziché «NASO», come invece il gruppo di controllo al quale non è stato mostrato il cartello con la scritta «GUARDA».

Odd notò che quell'uomo faceva grandi sforzi per darsi un'aria interessante, ma dato che la psicologia spicciola che tirava fuori era del tipo che i piú conoscevano da parecchio tempo, preferí rivolgersi a Esther, la quale spiegò che abitava a Londra, dove lavorava ancora come giornalista free lance in campo culturale, ma che lei e Ryan facevano i pendolari per vedersi «il piú spesso possibile». Odd notò che le sue ultime parole sembravano piú dirette alle orecchie del suo accompagnatore che non alle sue, con un messaggio sottinteso che probabilmente era di questo tenore: hai sentito, Ryan? Cerco di far sembrare il nostro un rapporto ancora passionale, suggerisco che ci piacerebbe tanto poter trascorrere piú tempo insieme. Soddisfatto, adesso, maledetto, noioso salva-apparenze?

Odd pensò che doveva esserci di mezzo Odd Dreamin'. E forse non aveva neanche preso un abbaglio totale?

– Perché ti sei ritirato? – domandò Esther dopo che il cameriere ebbe riempito il terzo bicchiere.

– Non mi sono ritirato. Scrivo piú che mai. E meglio, spero.

– Hai capito a cosa mi riferisco.

Lui si strinse nelle spalle. – Tutto quello che ho da dire è scritto nelle pagine dei miei libri. Il resto sono divagazioni e fumo negli occhi. Sono un pagliaccio triste e mediocre, darmi visibilità come persona non giova affatto ai miei libri.

– Piuttosto è vero il contrario, a quanto pare, – disse Esther levando il calice. – Sembra che meno ti si vede e piú si parla di te.

– Dei miei libri, spero.

– No, di te –. Lo sguardo di Esther trattenne il suo un po' troppo a lungo. – E di conseguenza dei tuoi libri, naturalmente. Da autore cult-cult stai diventando un autore cult mainstream.

Odd Rimmen assaggiò il vino. E ne valutò le caratteristiche. Schioccò la lingua. Be'. Già allora capí di volerne di piú. Di piú di ogni cosa.

Quando Ryan si alzò per andare alla toilette, Odd si sporse in avanti e posò una mano su quella di Esther.

– Sono un po' innamorato di te, – disse.

– Lo so, – rispose lei, e Odd pensò che non lo poteva sapere, perché era successo in quel preciso istante. O forse, a differenza di Esther, lui se ne era reso conto soltanto allora?

– E se fosse solo colpa del vino? – le domandò. – O del fatto che Ryan con la sua presenza ti rende irraggiungibile?

– Ha importanza? – ribatté lei. – Se è perché ti senti solo, oppure perché sono nata con una faccia simmetrica? Ci innamoriamo per motivi banali, ma non per questo fa un effetto meno piacevole, non sei d'accordo?

– Forse no. E tu, sei innamorata di me?

– Perché dovrei esserlo?

– Sono uno scrittore famoso. Non è un motivo sufficientemente banale?

– Sei uno scrittore quasi famoso, Odd Rimmen. Non sei ricco. Mi hai abbandonata proprio nel momento in cui avevo piú bisogno di te. E sento che potresti farlo di nuovo se ti capitasse l'occasione.

– Quindi, sei innamorata di me?

– Ero innamorata di te molto tempo prima di conoscerti.

Levarono entrambi i calici e bevvero continuando a guardarsi negli occhi.

– Ma è incredibile, – quasi gridò Sophie al telefono. – Stephen Colbert!

– È importante? – Odd Rimmen si appoggiò allo schienale, e la sedia traballante emise degli scricchiolii minacciosi. Guardò fuori i vecchi meli che sua madre sosteneva di ricordare dai tempi in cui davano frutti. L'aria aveva un profumo di giardino inselvatichito, lasciato a sé stesso, e di mare portato dai venti piacevolmente freschi dell'oceano Atlantico sopra il golfo di Biscaglia.

– Importante? – ansimò la sua editor. – Ha superato Jimmy Fallon! Sei invitato al talk show piú importante del mondo, Odd!

– E il motivo sarebbe...?

– Il motivo è la trasposizione cinematografica di *The Hill.*

– Non capisco. Ho detto di no al film.

– Proprio per questo! Ne scrivono tutti, guarda i social media, Odd, sono un tributo unanime alla tua integrità. All'uomo che se ne sta rintanato in una casa diroccata in Francia a scrivere un libro che parla di niente, che non venderà nemmeno una copia, rifiutando in nome dell'arte della scrittura di diventare ricco sfondato e famoso ai quattro angoli del mondo. Sei lo scrittore piú cool del momento, te ne rendi conto?

– No, – mentí Odd Rimmen. Perché certo, sapeva benissimo che le scelte inflessibili e apparentemente puritane che aveva fatto a partire da quella sera al Charles Dickens

Theatre non per forza avrebbero portato, ma con molta probabilità avrebbero potuto portare a ciò che stava accadendo adesso.

– Fammici pensare.

– La puntata verrà registrata la prossima settimana, ma vogliono una risposta entro oggi. Ti ho prenotato un volo per New York.

– Mi rifarò vivo.

– Bene. A proposito, dalla voce sembri felice, Odd.

Ci fu una pausa in cui per un attimo Odd si domandò se l'editor senza rendersene conto avesse scoperto ciò che lui provava. Un senso di trionfo. No, non trionfo, perché avrebbe significato che si trattava di un obiettivo cui aveva mirato in piena consapevolezza. Invece, l'unica cosa cui mirava era sistemarsi in modo da poter scrivere la verità senza tener conto di niente e di nessuno, tanto meno della sua cosiddetta popolarità.

Eppure. Aveva appena letto un brano in cui il neuroendocrinologo Robert Sapolsky descrive come i centri della ricompensa di un alcolista che ha smesso di bere possano attivarsi anche solo se cammina nella strada dove si trova il suo bar preferito di quell'epoca: per quanto non abbia intenzione di bere, l'aspettativa acquisita ai tempi in cui lo faceva provvederà al rilascio di dopamina. Gli stava succedendo la stessa cosa adesso. Era la semplice possibilità di trovarsi al centro dell'attenzione internazionale a fargli rizzare i peli sulla nuca? Non lo sapeva per certo, ma forse era il panico all'idea di finire nella vecchia impasse a indurlo a stringere il telefono piú forte e pronunciare un breve e duro no.

– No? – ripeté Sophie in tono un po' agitato, e Odd capí che credeva avesse risposto al suo commento che dalla voce sembrava felice.

– No, non parteciperò a quel talk show, – puntualizzò.

– Ma… il tuo libro. Odd, sul serio, questa è un'occasione fantastica per dire al mondo che esiste davvero. Che esiste la letteratura autentica.

– Ma avrei infranto il principio del silenzio. Avrei tradito quelli che a tuo dire mi acclamano per la mia integrità. Sarei ridiventato un pagliaccio –. (Prese mentalmente nota di aver usato il condizionale composto).

– In primo luogo non tradisci nessuno, Odd, l'unico a dipendere dal tuo silenzio sei tu. Quanto al pagliaccio, è la tua vanità che parla, e non l'uomo che considera la letteratura una vocazione.

Nel tono dell'editor c'era una durezza che Odd Rimmen non aveva mai sentito in passato. Come se ciò che lui aveva detto fosse la goccia che stava facendo traboccare il vaso. Che lo aveva già fatto traboccare. Sophie era decisamente convinta che lui non fosse sincero al cento per cento. Che con il suo atteggiamento anti Charles Dickens fosse diventato come Charles Dickens tanto quanto Dickens stesso, se non di piú. Era cosí? Era una semplice recita, la parte dell'artista di fermi princìpi? Be', sí e no. Con tutta probabilità, il lobo frontale del suo cervello, quello preposto alle riflessioni ponderate secondo Sapolsky, era sincero. Ma che dire del *nucleus accumbens*, il centro del piacere che pretendeva godimento e una ricompensa immediati? Se i due erano l'angelo e il diavolo che gli sussurravano all'orecchio ciascuno da una spalla, allora non era facile stabilire a chi desse retta, chi in effetti fosse il suo signore e padrone. Odd Rimmen poteva solo dire per certo di essere stato sincero la sera in cui aveva abbandonato il teatro. Ma non era forse successo qualcosa quando aveva capito che la sua tenace resistenza alla visibilità sfociava proprio nell'esatto contrario, trasformandolo nel sacerdote che con il suo voto di castità era assai paradossalmente diventato un simbolo sessuale, e che in segreto – segreto perfino a lui – gli piaceva?

– Odd, – disse Sophie, – devi andare verso la luce. Mi hai sentito? Va' verso la luce! Non verso il buio.

Lui si schiarí la voce. – Ho un libro da scrivere. Diglielo, Sophie. E sí, hai ragione, sono felice.

Odd chiuse la comunicazione. Sentí una mano calda posarsi sulla sua nuca.

– Sono cosí fiera di te, – disse Esther, che sedeva nella poltrona da giardino accanto a lui.

– Davvero? – Odd si voltò e la baciò.

– In un'epoca in cui la gente rincorre soltanto i clic e i like? Altro che –. Tese le braccia in alto e sbadigliò, flessuosa come un gatto. – Che dici, stasera vogliamo andare a cena in città, oppure prepariamo qualcosa da mangiare qui?

Odd si chiese chi avesse fatto trapelare la notizia che si era rifiutato di cedere i diritti cinematografici di *The Hill*. Se fosse stata Sophie. O se indirettamente fosse stato lui, poiché in fondo ne aveva accennato a diverse persone che a suo avviso avrebbero potuto spargere la voce.

Quando quella sera si coricarono, Odd ripensò alle parole di Sophie: che doveva andare verso la luce. Non era quello che si diceva ai moribondi, che una volta arrivati nell'aldilà avrebbero visto una luce intensa, e avrebbero dovuto volgere i loro passi in quella direzione? Come una falena verso la lampada da giardino che di lí a poco le brucerà le ali, pensò Odd. Ma concepí anche un altro pensiero: Sophie aveva voluto dirgli che era uno scrittore moribondo?

Arrivò l'autunno, e con quella stagione appassí anche la scrittura di Odd Rimmen.

Il blocco dello scrittore era una cosa di cui aveva sentito parlare dai suoi colleghi, ma personalmente non ci aveva mai creduto al cento per cento. Almeno, non per quanto lo riguardava, dopo tutto lui era Odd Dreamin', la gallina dalle uova d'oro che sfornava storie senza il minimo sforzo, che lo volesse o no. Era convinto che sarebbe passato da sé, e approfittò dell'occasione per trascorrere piú tempo con Esther. Facevano lunghe passeggiate, discutevano di letteratura e di film, e un paio di volte andarono a Parigi a visitare il Louvre con la vecchia Mercedes di Odd.

Ma le settimane correvano via e lui ancora non riusciva a scrivere, la sua testa era vuota. O meglio, era piena di quel genere di cose dalle quali non si ricava buona letteratura. Buon sesso, buon cibo, buone bevande, buone conversazioni, un'intimità autentica. Gli si insinuò un sospetto: era colpa di tanta felicità? Gli aveva fatto perdere lo sconforto, il coraggio disperato che lo spingeva nei recessi bui da dove aveva sempre scritto? Ma peggio ancora dell'euforia scaturita dalla felicità era la quiete pacata. La consapevolezza quotidiana di non avere granché da temere finché stava insieme a Esther.

Cominciarono i primi litigi. Il modo in cui lei sbrigava le faccende domestiche, la sistemazione degli oggetti in casa, bazzecole, particolari ai quali lui non aveva mai fatto caso. Ma bastarono a spingerla a fare la valigia dicendo che sarebbe andata a stare qualche giorno dai genitori a Londra.

Odd pensò che fosse una buona decisione, che gli avrebbe consentito di verificare se Odd Dreamin' si sarebbe rimesso in moto.

La domenica mattina dallo studio si spostò fuori al tavolo del giardino sotto i meli morti, poi tornò di nuovo dentro, al tavolo da pranzo. Ma inutilmente. Per quanto ci provasse con tutte le sue forze, non riusciva a scrivere piú di un paio di frasi senza capo né coda.

Considerò l'idea di telefonare a Esther per dirle che l'amava, ma lasciò perdere. Invece, si domandò se fosse disposto a rinunciare alla felicità e a Esther per ritrovare la capacità di scrivere. Forse non rimase tanto sorpreso dalla risposta, quanto dal fatto che arrivò subito, forte e chiara. Sí, sarebbe stato disposto a fare quello scambio.

Amava Esther, e ora come ora odiava la scrittura. Però poteva vivere senza Esther. Senza la scrittura, invece, sarebbe morto, appassito, marcito fino a dissolversi.

La porta si aprí.

Esther doveva aver cambiato idea e preso un treno prima.

Ma poi, dal rumore dei passi, capí che non poteva essere lei.

Una sagoma si fermò sulla soglia della sala. Un lungo cappotto slacciato sopra un abito completo. Capelli scuri con un ciuffo intriso di sudore incollato alla fronte. Il fiato grosso.

– Me l'hai portata via, – disse Ryan con voce impastata e tremante. Avanzò di un passo e alzò la mano destra. Odd vide che impugnava una pistola.

– E per questo mi vuoi uccidere? – gli domandò. Si stupí un po' della propria concretezza, ma in fondo aveva detto solo ciò che pensava. In effetti, piú che curioso era spaventato.

– No, – rispose Ryan, girando la pistola nella mano e porgendola a Odd. – Voglio che ti uccida tu.

Odd, ancora seduto, prese l'arma e la guardò. Lunghe serie di cifre – che gli fecero venire in mente dei numeri telefonici – erano incise nell'acciaio nero della canna. E adesso che era al sicuro provò qualcosa di ancora piú strano. Una lieve delusione per il fatto che la minaccia fosse sparita con la stessa rapidità con cui si era presentata.

– Cosí, vuoi dire? – domandò Odd puntandosi la bocca della pistola contro la tempia.

– Esatto, – rispose Ryan. Aveva la voce ancora malferma, e uno sguardo velato che indusse Odd a pensare che potesse essere sotto l'effetto di qualche sostanza.

– Lo sai che lei non tornerà da te, anche se io mi tengo lontano? – gli domandò Odd.

– Sí.

– E allora perché togliermi di mezzo? Non è logico.

– Insisto, voglio che ti ammazzi. Mi hai sentito?

– E se mi rifiutassi?

– Allora dovrai uccidere me, – rispose Ryan. La sua voce non era piú solo impastata, era strozzata dal pianto.

Odd annuí adagio mentre rifletteva. – Quindi, uno di noi due deve sparire, – concluse. – Questo significa che non riesci a vivere in un mondo in cui ci sono anch'io?

– Spara a uno di noi due, e falla finita!

– Oppure vuoi che ti uccida perché Esther lo venga a sapere e mi lasci per sognare te, l'uomo che non potrà piú riavere?

– Zitto e fallo!

– E se mi rifiutassi ancora?

– Allora ti ucciderò io –. Ryan infilò la mano sotto il cappotto ed estrasse un'altra pistola nera. La vernice era stranamente opaca. Odd riusciva a sentire lo scricchiolio della plastica, tanto l'intruso stringeva forte il calcio. Ryan puntò la canna contro di lui, che alzò l'altra pistola e premé il grilletto.

Lo fece con un gesto rapido. Rapidissimo. Cosí rapido che a tempo debito il difensore di Odd Rimmen avrebbe potuto (condizionale composto) convincere una giuria che soltanto la velocissima amigdala aveva reagito, nella sua tipica modalità combatti-o-fuggi-o-resta-immobile, e che il lobo frontale, quello che dice «ehi, aspetta un momento e rifletti bene» non aveva fatto in tempo a collegarsi.

Odd Rimmen si alzò dalla sedia e raggiunse Ryan, abbassò gli occhi e lo guardò. L'ex fidanzato di Esther. L'essere umano che era stato vivo. Il foro della pallottola nel lato destro della fronte. E la pistola giocattolo che giaceva accanto al corpo.

Odd si chinò e la prese. Era leggerissima e il calcio aveva una crepa.

Avrebbe potuto spiegare tutto alla giuria. Ma gli avrebbe creduto? Che il morto gli aveva dato la sua pistola vera per poi minacciarlo con un innocuo giocattolo rotto? Forse. Forse no. Ovviamente, le pene d'amore possono far impazzire, ma era improbabile che un dipendente fidato del ministero degli Esteri britannico avesse un passato di comportamenti anomali o di problemi psichici. No, la linea difensiva secondo la quale Ryan aveva provocato il proprio omicidio per una sorta di vendetta sublime sarebbe apparsa troppo macchinosa agli uomini e alle donne comuni di una giuria.

Ma a Odd venne in mente un'altra idea: se si fosse costituto sarebbe stata senza dubbio una notizia bomba. E una storia che senza dubbio avrebbe creato un mito. Scrittore uccide il rivale in un dramma della gelosia. A ogni modo, quell'idea fece in tempo a essere processata dal lobo frontale. E quindi, come ovvio, fu scartata.

Odd si diresse verso la porta d'ingresso, guardò fuori e scorse una Peugeot sconosciuta parcheggiata fuori dal cancello. La casa piú vicina si trovava a una distanza tale da praticamente escludere la possibilità che da lí avessero udito la detonazione dentro la sala. Tornò dal cadavere, perquisí le tasche del cappotto e trovò le chiavi dell'auto, il cellulare, il portafogli, il passaporto e un paio di occhiali da sole.

Passò le ore seguenti a sotterrare il corpo in giardino. A Ryan toccò una fossa proprio sotto il melo piú grande, dove Odd era solito sistemare il tavolo mentre lavorava oppure mangiava insieme a Esther. Non scelse quel punto per morbosità, bensí perché era già calpestato e nessuno avrebbe fatto caso alla zona priva d'erba. E le rare volte che aveva visto dei cani nella proprietà, si erano tenuti nelle parti piú periferiche del giardino, senza osare avvicinarsi alla casa.

Si era messo a piovigginare, e Odd si ritrovò con i vestiti bagnati e sporchi. Fece la doccia, mise i panni in lavatrice, pulí il pavimento della sala e aspettò che scendesse la sera.

Quando fu abbastanza buio indossò il cappotto e gli occhiali da sole di Ryan, i propri guanti e un berretto scuro che trovò in uno dei cassetti di Esther. Infilò una giacca impermeabile leggera nella tasca del cappotto e uscí.

Mentre guidava la Peugeot di Ryan per i sei chilometri fino alla scogliera nei pressi di Vellet, era di uno strano umore allegro. Di giorno, e soprattutto nei fine settimana, in quella località c'era spesso gente, ma di rado dopo il calar della sera. Odd non aveva mai visto nessuno là con la pioggia. Lasciò la macchina nel parcheggio e percorse i cento metri di salita fino al belvedere. Si fermò proprio sull'orlo del precipizio e guardò le onde giú in basso che si frangevano contro gli scogli in schiuma bianca. Tirò fuori il cellulare dalla tasca e lo lasciò cadere. Lo vide sparire silenziosamente nel buio. Prese la giacca impermeabile dalla tasca del cappotto accertandosi che le chiavi dell'auto, il passaporto e il portafogli fossero nell'altra, quindi piegò il cappotto e lo lasciò in terra, bene in vista e fermato con una pietra per impedire che volasse via.

Poi si infilò la giacca impermeabile e si avviò verso casa. Mentre camminava, un pensiero seguiva l'altro. Sapeva nel suo intimo che Ryan impugnava una pistola giocattolo quando lui gli aveva sparato? In tal caso, perché aveva premuto lo stesso il grilletto? Il suo cervello aveva fatto in tempo a riflettere sulle alternative? E se non gli avesse sparato? Quale sarebbe stata la mossa successiva di Ryan? Lo avrebbe aggredito fisicamente costringendolo a sparare comunque, senza il pretesto di considerare la propria vita in pericolo?

Odd rientrò che erano le dieci e si preparò del caffè. Poi si sedette al pc e scrisse. E scrisse. Fu richiamato sulla Terra soltanto a mezzanotte passata, quando la porta si aprí.

– Ciao, – disse Esther e si fermò, quasi esitante.

– Ciao, – rispose lui, raggiunse la donna che amava e la baciò.

– Ehi, – disse lei sottovoce toccandogli il basso ventre. – Certo che ti sono proprio mancata.

La polizia non negava che considerava la scomparsa di Ryan Bloomberg un evidente caso di suicidio. Non soltanto perché tutte le circostanze e i ritrovamenti sembravano confermarlo, ma anche perché gli amici piú stretti e i suoi familiari avevano dichiarato che era fuori di sé dopo essere stato lasciato da Esther, e aveva espresso pensieri suicidi. L'ipotesi di una morte autoinflitta fu ulteriormente rafforzata dalla scoperta che poco tempo prima si era procurato una pistola, una Heckler & Koch, e dal fatto che aveva scelto di commettere il suicidio non lontano dal luogo dove Esther viveva con il suo nuovo fidanzato, Odd Rimmen.

La domenica in questione Esther si trovava a Londra ed era rientrata molto tardi, ma Odd Rimmen, che era in casa, aveva riferito alla polizia di aver visto una Peugeot parcheggiata nella strada antistante e gli era parso di scorgere un uomo seduto all'interno, immaginando che aspettasse qualcuno. La sua dichiarazione coincideva anche con il tracciamento del cellulare, grazie al quale era stato possibile sapere dove era stato Ryan Bloomberg e quando, aveva detto la polizia. In base ai segnali del telefono captati dalle celle locali erano stati in grado di appurare che Ryan/il telefono era partito da Parigi la mattina prestissimo dirigendosi verso ovest, e che si trovava nei pressi della casa di Rimmen qualche ora prima che l'ultimo segnale fosse rilevato nelle vicinanze della scogliera di Vellet.

Perciò, in occasione della scomparsa la polizia si limitò tutto sommato a una ricerca breve e intensa, e nessuno si stupí – tenuto conto delle forti correnti di quel tratto di mare – che il cadavere non fosse stato rinvenuto.

Dopo qualche esitazione, Esther decise di non partecipare al funerale a Londra, perché evidentemente avrebbe potuto offendere quegli amici e parenti di Ryan convinti che fosse lei la colpevole della morte. Comunicò la sua decisione alla famiglia Bloomberg, aggiungendo che avrebbe fatto visita alla tomba di Ryan piú in là.

Odd Rimmen aveva ripreso a scrivere con rinnovata passione. E faceva anche l'amore con rinnovata passione.

– Festeggiamo questa bella giornata con un bicchiere, – diceva mentre il sole declinava nell'ennesimo tramonto rosso, arancio e viola. Scendeva in cantina a prendere una bottiglia impolverata di sidro di mele. Allora, a volte si avvicinava alla stufetta a legna dismessa che stava nascosta in fondo all'angolo piú buio, apriva lo sportello e, sentendo l'acciaio freddo della Heckler & Koch, sfiorava le cifre sulla canna con il polpastrello.

– Sono incinta, – disse Esther.

Era in piedi davanti alla finestra della cucina con una

mela in mano e spaziava con lo sguardo sul golfo di Biscaglia, dove uno spettacolare cielo grigio-nero e onde crestate di bianco annunciavano l'arrivo dell'ennesima tempesta invernale.

Odd posò la penna. Era dalla mattina che scriveva, aveva sforato la data di consegna di varie settimane, ma l'importante era che avesse ripreso a scrivere. E che scriveva bene. Benissimo, in effetti.

– Sei sicura?

– Quasi –. Lei si portò una mano alla pancia quasi la sentisse già crescere. – Anzi, assolutamente.

– Ma è... – Odd cercò la parola. E di colpo gli parve che il blocco dello scrittore fosse tornato. Sapeva che esisteva un'unica parola. Le circostanze erano come le viti, avevano solo e soltanto un bullone adatto, bastava frugare abbastanza a lungo nel cassetto per trovarlo. Nelle ultime settimane le parole erano affluite in abbondanza, presentandosi senza il bisogno di cercarle, ma adesso, di colpo, era buio fitto. «Fantastico» era la parola giusta? No, rimanere incinta era un evento banale, una circostanza che la stragrande maggioranza delle persone sane era in grado di affrontare. «Bello»? Sarebbe sembrata una minimizzazione voluta, ironica, e quindi una doppia menzogna. Nei nove mesi della loro convivenza lui le aveva spiegato che il lavoro era tutto, che niente avrebbe potuto intralciarlo, neanche lei, la donna che amava piú di qualunque cosa (per meglio dire: piú di qualunque altra donna). «Catastrofe»? No. Sapeva che lei desiderava avere dei bambini, e sebbene nessuno dei due lo avesse detto in modo esplicito, era sottinteso che loro due non avrebbero passato il resto della vita insieme, che a un certo punto lei avrebbe trovato qualcuno pronto a diventare il padre di suo figlio/dei suoi figli. Adesso ci era riuscita senza, e da donna indipendente qual era se la sarebbe cavata benissimo come madre single. «Una seccatura», forse, ma non una «catastrofe».

– Ma è... – ripeté.

Sospettava che lei lo avesse fatto apposta a pasticciare con la pillola per metterlo alla prova? E, in caso affermativo: aveva funzionato. Aveva funzionato sí, per la miseria. Con sua meraviglia Odd Rimmen si rese conto che la notizia lo aveva reso, se non contento, almeno allegro. Un figlio.

– È cosa? – domandò lei infine. Evidentemente, anche in questo Odd aveva sforato la deadline. Si alzò e la raggiunse davanti alla finestra. L'abbracciò guardando il giardino. Il grande melo che dopo una pausa di dodici anni di punto in bianco aveva ricominciato a fruttare. Mentre coglievano e portavano le mele rosse in cantina, Esther aveva chiesto quale potesse essere la causa. Lui le aveva risposto che probabilmente le radici avevano ricevuto nutrienti piú ricchi del solito. Guardandola aveva capito che stava per chiedergli di spiegarsi meglio, e lui davvero non sapeva quale risposta le avrebbe dato, se lo avesse fatto. Ma lei non aveva insistito.

– Un miracolo, – ripose Odd Rimmen. – Incinta. Un bambino. È proprio un miracolo.

La notizia che Odd Rimmen aveva rifiutato di partecipare al talk show piú importante del mondo circolava da un bel po', ma a quanto poteva giudicare non aveva lo stesso effetto dell'articolo apparso sulla rivista e del veto opposto alla riduzione cinematografica. Era come se il caso Odd Rimmen l'Eremita fosse stato bell'e raccontato e digerito, e quella nient'altro che un'aggiunta della medesima specie.

Se Odd riusciva a dare un giudizio, era perché aveva ricominciato a seguire i social media e i notiziari. Si dava la scusa che da futuro padre doveva uscire dal suo isolamento autoimposto, rientrare in contatto con il mondo, come spiegò a Esther.

La accompagnò a Londra dove le era stato chiesto – e lei aveva accettato – di partecipare a un progetto volto a individuare e a intervistare le voci femminili piú importanti della letteratura, della cinematografia e della musica. Alloggiavano in un appartamento angusto, e Odd aveva nostalgia della Francia.

Ogni giorno, dopo che Esther era andata al lavoro, si sedeva davanti al laptop e leggeva con grande attenzione quello che scrivevano su di lui in rete. All'inizio rimase scosso dalla portata dell'interesse, o della gran quantità di tempo libero che la gente aveva. Infatti, non si limitava a dissezionare i suoi testi, ma pubblicava anche notizie su dove e con chi era stato visto (Odd ebbe modo di constatare che nel novanta per cento dei casi erano pura invenzione), su figli segreti avuti da madri segrete, sul tipo di droga di cui faceva uso, sulla sua identità sessuale e su quali dei suoi personaggi era veramente. Doveva ammettere che tutti quei post da quattro soldi gli davano allegria. Anzi, perfino quelli che inveivano contro di lui o lo marchiavano come un arrogante artista vorrei-ma-non-posso privo di contatto con la realtà, lo facevano sentire… qual era la parola? Vivo? No. Importante? Forse. Visibile? Sí, con ogni probabilità era quella la parola. Doveva ammettere il lato banale e quasi un po' deprimente di essere un uomo cosí semplice, di anelare a qualcosa che disprezzava tanto negli altri, il grido insopportabile e petulante del bambino viziato: «Guardatemi, guardatemi!» anche se non c'era altro da vedere che un egocentrismo abissale.

Ma certo quelle riflessioni e (vogliamo chiamarla cosí?) la coscienza di sé non gli impedivano di continuare a cercare. Si diceva che sarebbe stato importante sapere quale fosse la sua posizione sulla scena pubblica una volta arrivato il momento di lanciare il prossimo libro. Perché era il libro migliore che avesse scritto finora, se ne rendeva conto da parecchio tempo, e soprattutto perché era – e questo lo aveva capito solo di recente – il suo capolavoro. L'unico suo romanzo in grado di passare alla posterità come un'opera di valore duraturo. Ovviamente, proprio in quanto capolavoro, presentava un problema: ossia, era anche impegnativo. Lui aveva faticato, e a sua volta il lettore avrebbe dovuto faticare. Non che l'autore Odd Rimmen fosse cieco e sordo davanti al fatto che in certi casi la grande letteratura era estenuante, lui stesso era stato sul punto di mollare sia l'*Ulisse* di James Joyce sia *Infinite Jest* di David Foster Wallace. Ma siccome il secondo romanzo era diventato il suo preferito, sapeva di dover fare esattamente la stessa cosa: puntare dritto alla meta senza deviare di un millimetro. Tuttavia, un capolavoro deve anche – per poter diventare tale – essere presentato nel contesto giusto. Solo Dio sa quanti capolavori sono sfuggiti al mondo, finendo nel dimenticatoio, anzi, no, neanche nel dimenticatoio, non sono proprio mai stati scoperti, inghiottiti dalla valanga delle centinaia o migliaia di libri pubblicati ogni giorno a livello mondiale. Quindi, per farsi un'idea di quale fosse il suo contesto, Odd Rimmen cominciò a passare in rassegna in ordine cronologico il materiale dei social media risalendo indietro di parecchio tempo. Notò che il numero di tweet, citazioni del suo nome e articoli aveva mostrato un trend discendente nel corso dell'ultimo anno, e quelli che scrivevano qualcosa adesso erano perlopiú dei veterani. Alcuni davano anche l'impressione di non essere piú sul pezzo.

Mancavano quattro mesi alla pubblicazione del libro (e cinque al parto) e, in una riunione in casa editrice in Vauxhall Bridge Road, Odd Rimmen discusse del lancio con Sophie e la sua giovanissima collega (Jane-qualcosa, Odd non ricordava il cognome).

– La cattiva notizia è che è un libro difficile da promuovere, – disse Jane, come se fosse un fatto chiaro a tutti. Si aggiustò gli occhiali enormi, forse alla moda, e fece un gran sorriso con un bel po' di gengiva.

– Che vuoi dire? – domandò Odd, sperando di non far trapelare la sua forte irritazione.

– In primo luogo, è quasi impossibile riassumerne il contenuto in due o tre frasi. In secondo luogo, è difficile individuare un target specifico, a parte i grandi letterati e i lettori dei tuoi libri precedenti. Che coincidono. Inoltre, si tratta di un… – si scambiò un'occhiata con Sophie, – un gruppo alquanto ristretto ed esclusivo.

La ragazza fece un respiro, e Odd Rimmen capí che c'era anche un terzo punto.

– In terzo luogo, è un romanzo estremamente cupo e vuoto.

– Vuoto? – si lasciò sfuggire lui, che era d'accordo sulla cupezza.

– E quasi senza persone, – aggiunse Jane. – O almeno persone con le quali il lettore possa identificarsi.

Odd Rimmen capí che le due si erano parlate e messe d'accordo prima. Comunque, apprezzava che non si fossero lamentate del fatto che nel suo nuovo libro (*Nothing*) mancavano le scene di sesso, che erano diventate il suo brand. Si strinse nelle spalle. – È quello che è. Prendere o lasciare.

– Ho capito, ma siamo qui per trovare il modo di convincerli a prenderlo, – disse Sophie. A quel punto Odd colse di nuovo la sfumatura aspra.

– La buona notizia, – intervenne Jane, – è che abbiamo te. E i media sono interessati a te. L'unica domanda è se sei disposto a promuovere il tuo libro con la tua presenza.

– Sophie non te lo ha ancora spiegato? – domandò Odd Rimmen. – Io promuovo i miei libri con la mia assenza. È, per quel che vale, diventata la mia immagine –. Vomitò le parole con tutto il disprezzo che riuscí a tirar fuori. – L'ufficio marketing non intende demolirla perdendo questo *selling point*, giusto?

– Il silenzio può essere efficace, – rispose Jane. – Ma funziona soltanto per un certo periodo, poi diventa noioso e controproducente. Il silenzio lo hai seminato, ora è giunto il momento di mietere. I giornali e le riviste faranno la fila per ottenere la prima intervista in esclusiva con l'uomo che ha smesso di parlare.

Odd Rimmen considerò le parole di Jane. C'era qualcosa che non quadrava, una specie di contraddizione.

– Se proprio devo prostituirmi, allora perché farlo in esclusiva? – domandò. – Perché non una gang bang in piena regola, una copertura totale.

– In tal caso i pezzi saranno piú brevi, – rispose Sophie sottovoce. Aveva decisamente parlato con Jane-qualcosa.

– E perché non un talk show? – domandò lui.

Jane sospirò. – Tutti vogliono andarci, ed è molto, molto difficile ottenere un invito a meno che non si sia una star del cinema, un campione sportivo o un volto conosciuto di qualche reality.

– Ma Stephen Colbert... – Ormai l'irritazione aveva ceduto allo sconforto, che Odd sperava non si notasse.

– Niente da fare, – disse Sophie. – Certe porte si aprono e poi si richiudono, cosí va il mondo.

Odd Rimmen si raddrizzò sulla sedia, sollevò il mento, puntò lo sguardo su Sophie. – Avrai capito, immagino, che la mia domanda era dettata dalla curiosità, e non dalla voglia di tornare a fare il pagliaccio mediatico. Il libro dovrà perorare la sua causa da solo.

– Non puoi avere la botte piena e la moglie ubriaca, – disse Jane. – Non puoi incarnare contemporaneamente un'icona degli ambienti hipster ed essere letto dalle masse. Prima di fissare il budget per il marketing di questo libro dobbiamo sapere che cosa è piú importante per te.

Odd Rimmen si girò verso di lei adagio, quasi con riluttanza.

– Un'altra considerazione, – riprese Jane-qualcosa. – *Nothing* è un brutto titolo. Chi vuoi che compri un libro che parla di niente? Facciamo ancora in tempo a cambiarlo. L'ufficio marketing ha proposto *Loneliness*. Sempre cupo, ma comunque una condizione con cui il lettore si può identificare.

Odd Rimmen guardò di nuovo Sophie. La sua espressione sembrava dire che soffriva con lui, ma allo stesso tempo che Jane aveva ragione.

– Il libro non cambierà titolo, – disse Odd Rimmen alzandosi. La collera trattenuta gli fece tremare la voce, il che aumentò ancora di piú la sua rabbia, e allora decise di urlare per eliminare il tremore. – E quel titolo dice anche quanta intenzione ho di apparire in quello schifo di circo mediatico mercificato. Che vadano affanculo. E affanculo...

Senza completare la frase abbandonò a passo di marcia la sala riunioni e scese le scale, perché aspettare un ascensore che non arrivava gli avrebbe rovinato l'uscita di scena, sfilò davanti alla reception e si ritrovò fuori, in Vauxhall Bridge Road, dove ovviamente pioveva. Maledetto editore di merda, maledetta città di merda, maledetta vita di merda.

Attraversò la strada con il verde.

Vita di merda?

Era in procinto di pubblicare il miglior libro che avesse mai scritto, stava per diventare padre, aveva una donna che lo amava (forse senza manifestarlo con la stessa chiarezza dei primi tempi in cui stavano insieme, ma tutti conoscono gli strani sbalzi d'umore e di desiderio che la tempesta ormonale può provocare in una donna incinta), e lui faceva il mestiere piú bello che si potesse desiderare: esprimere cose che riteneva importanti ed essere ascoltato, visto... e letto, cazzo!

Vale a dire, esattamente quello che gli volevano togliere. Togliergli l'unica cosa che aveva in questa vita. Perché era davvero l'unica. Poteva fingere che il resto avesse importanza: Esther, il bambino, loro due, e sí, certo, un po' d'importanza l'avevano, solo che non gli bastava. Non gli bastava proprio. Lui voleva avere tutto! Botte piena e moglie ubriaca, baracca e burattini, un'overdose contro l'overdose, doveva togliere la vita a quella vita di merda, subito!

Odd Rimmen si fermò di colpo. Rimase impalato finché non vide scattare il rosso e le auto su entrambi i lati fecero ruggire i motori, come tante belve pronte all'attacco.

E si rese conto che poteva concludersi là, cosí. Non sarebbe stato un brutto epilogo per il suo racconto. Grandi narratori prima di lui avevano scelto quella fine. David Foster Wallace. Édouard Levé, Ernest Hemingway. Virginia Woolf, Richard Brautigan, Sylvia Plath. L'elenco continuava, era lungo. E impressionante. La morte vende, Gore Vidal l'aveva definita una «saggia mossa per la carriera» quando era mancato il suo collega Truman Capote, però il suicidio vende meglio. Chi avrebbe continuato a scaricare la musica di Nick Drake e di Kurt Cobain se non si fossero ammazzati? E non aveva forse già preso in considerazione quell'idea? Non gli era forse passata per la mente nell'istante in cui Ryan Bloomberg gli aveva detto di uccidere o sé stesso o lui? Se solo all'epoca il libro fosse stato già finito...

Odd Rimmen scese sulla carreggiata.

Fece in tempo a sentire la persona che prima gli stava accanto sul marciapiede emettere un grido sommesso che fu subito soffocato dal rombo dei motori. Si vide venire incontro il muro di automobili. Sí, pensò, ma non qui, non cosí, non in un banale incidente stradale che potrebbe passare per una disgrazia.

L'amigdala optò per la fuga, e Odd fece appena in tempo a raggiungere il cordolo del marciapiede opposto prima che le macchine gli sfrecciassero accanto. Non si fermò, continuò a correre, sgusciando tra la gente o prendendola a spinte nelle affollatissime vie londinesi. Si sentí gridare dietro insulti inglesi ai quali rispose con invettive francesi, che in fondo erano anche meglio. Attraversò strade e superò ponti, si fece largo nelle piazze e salí scale. Quando, dopo un'ora di corsa, aprí la porta del suo angusto, umido appartamento, aveva i vestiti, giacca compresa, fradici di sudore.

Si sedette al tavolo della cucina con penna e foglio e scrisse un biglietto d'addio.

Ci mise appena un paio di minuti, era un discorso che aveva ripetuto talmente tante volte tra sé e sé che non aveva bisogno di tempo per riflettere, non aveva bisogno di editing. Inoltre, tutt'a un tratto era tornata: la scintilla. Quella scintilla che aveva perso quando Esther era entrata nella sua vita, che gli era tornata quando aveva ucciso Ryan, e che in parte aveva perso di nuovo quando lei era rimasta incinta. E nel posare il messaggio d'addio sul piano di lavoro si rese conto che forse era l'unica cosa assolutamente perfetta che avesse mai scritto.

Odd Rimmen preparò una piccola borsa e prese un taxi per St Pancras, da dove ogni ora partivano i treni ad alta velocità per Parigi.

La casa lo aspettava avvolta nel buio e nel silenzio.

Odd aprí la porta con la chiave.

C'era un silenzio di chiesa.

Salí, si spogliò e fece la doccia. Pensò a quando Ryan era morto sul pavimento della sala e andò in bagno. Non voleva che lo trovassero con i pantaloni pieni di feci e di piscio. Poi si mise l'abito completo piú bello che aveva, lo stesso che indossava la sera del Charles Dickens Theatre.

Scese in cantina. Sentí il profumo di mele e rimase impalato al centro della stanza mentre il tubo al neon del soffitto si accendeva e si spegneva come se non riuscisse a decidersi.

Appena la stanza si illuminò stabilmente, Odd raggiunse la stufetta, aprí lo sportello e tirò fuori la pistola.

Lo aveva visto fare nei film, lo aveva letto nei libri, anzi, lui stesso aveva declamato i pensieri di Amleto sul suicidio (*To be or not to be*) quando da liceale aveva tenuto una lezione fallimentare a una serata organizzata dagli studenti. L'esitazione, il dubbio, il monologo interiore che ti deve tirare di qua e di là. Ma Odd Rimmen non sentiva piú quel genere di dubbio, in un modo o nell'altro tutte le strade lo avevano portato a quel punto, all'unica conclusione giusta. Talmente giusta da non essere neanche triste, anzi al contrario, era l'ultimo trionfo del narratore. Metti la pistola dove tieni la penna. Allora i suoi cosiddetti colleghi scrittori potevano starsene seduti su un palco a crogiolarsi nell'amore a buon mercato del pubblico mentendo a sé stessi e ai presenti.

Odd Rimmen tolse la sicura e si portò la pistola alla tempia.

Già vedeva i titoli.
E dopo: il suo posto nei libri di Storia.
No, *Nothing*, il posto del romanzo.
Cosí.
Chiuse gli occhi e premé il grilletto con l'indice.

– Odd Rimmen!

Era la voce di Esther.

Non l'aveva sentita arrivare, ma lei gridò il suo nome da una certa distanza, forse dalla sala di sopra. E, fatto strano, lo chiamò per nome e cognome, quasi volesse che si facesse avanti in tutta la sua persona, si palesasse.

Odd sparò. Il colpo emise un crepitio, come un fuoco esplosivo mugghiante, come se i sensi dilatassero il tempo, come se udisse in super slow audio la polvere da sparo che si accendeva e bruciava e la detonazione che aumentava fino a trasformarsi in un crescendo di applausi.

Odd Rimmen aprí gli occhi. O almeno, era convinto di aver aperto gli occhi. Comunque, la vide. La luce.

«Va' verso la luce». Le parole di Sophie. L'editor ai cui consigli aveva dato ascolto e della quale si era fidato per tutta la sua vita di scrittore.

Perciò andò verso la luce. Ne fu abbacinato. Non vide nessuno nel buio oltre la luce, udí soltanto l'applauso scrosciante diventare ancora piú forte.

Accennò un inchino e si accomodò nella poltrona accanto a Esther Abbott, l'energica giornalista che nonostante il suo aspetto rude, mascolino, aveva una luce mite nello sguardo che lui aveva già notato al guardaroba.

– Veniamo dritti al dunque, Rimmen, – disse Esther Abbott. – Sono seduta qui con in mano *The Hill*, di cui dobbiamo parlare. Ma tanto per cominciare: pensi che scriverai mai un altro libro bello come questo?

Odd Rimmen strizzò gli occhi verso la platea. Intravide alcuni visi nelle prime file. Lo fissavano, qualcuno abbozzando un sorriso quasi prevedesse già che avrebbe dato una risposta divertente o geniale. Sapeva che qualsiasi risposta avesse scelto sarebbe stata interpretata nel miglior modo possibile. Era come suonare uno strumento che faceva quasi tutto da sé, bastava toccare i tasti, aprire la bocca.

– Siete voi a decidere cosa è bello e cosa non lo è, – disse, – io posso solo attingere alla mia immaginativa.

Fu come se una folata di silenzio attraversasse la platea. Come se gli spettatori si concentrassero per penetrare la reale profondità di quelle parole semplici. Ossignore.

– E lo fai, credimi, non per niente sei Odd Dreamin', – disse Esther Abbott scorrendo i suoi fogli. – Inventi storie in ogni momento?

Odd Rimmen annuí. Sí, assolutamente, in ogni momento. In ogni minuto libero. L'ho fatto anche poco fa, prima di entrare in scena.

– Ho capito. E lo stai facendo anche adesso?

Le risate del pubblico cedettero a un silenzio palpitante nel momento in cui Odd Rimmen si voltò a guardare gli spettatori. Accennò un sorriso, attese. Quei secondi frementi, ansimanti, ma ammalianti...

– Spero di no.

Le risate esplosero. Odd Rimmen si sforzò di non sorridere troppo. Ma è chiaro, è difficile evitarlo quando ti iniettano un amore incondizionato dritto nel cuore.

L'orecchino

– Ahi!

Guardai nello specchietto. – Qualcosa non va?

– Questo, – rispose la donna grassa dal sedile posteriore alzando un oggetto imprecisato che teneva fra l'indice e il pollice.

– Che cos'è? – domandai mentre riportavo lo sguardo sulla strada.

– Non lo vedi? È un orecchino. Mi ci sono seduta sopra.

– Mi dispiace, – dissi, – deve averlo perso qualche cliente.

– Questo l'ho capito, ma come ha fatto?

– Scusa?

– Un orecchino non si sfila cosí, se una è seduta dritta e composta.

– Non lo so, – dissi, frenando in vista del rosso all'unico incrocio con semaforo che abbiamo. – Sei la prima cliente che ho oggi, ho appena preso in consegna l'auto.

Durante l'attesa guardai di nuovo nello specchietto. La donna stava esaminando l'orecchino. Con tutta probabilità era finito nella fessura tra i sedili per poi essere spinto in superficie quando il suo culo li aveva abbassati entrambi.

Guardai l'orecchino. E fui colto da un pensiero. Cercai di scacciarlo con la stessa rapidità con cui si era affacciato, perché sicuramente esistevano mille varianti quasi identiche di un orecchino di perla semplice come quello.

La donna levò lo sguardo e incrociò il mio nello specchietto. – È vero, – disse tendendomi l'orecchino. – Dovresti cercare la proprietaria.

Tenni il monile sollevato contro la luce grigia del mattino. Il perno era d'oro. Cazzo. Lo girai e, come immaginavo, non vi era inciso nessun logo né il nome del produttore. Mi dissi di non saltare a conclusioni affrettate, un orecchino di perla somiglia a un orecchino di perla.

– È verde, – disse la donna.

Il proprietario del taxi, Palle, aveva fatto il turno serale, perciò aspettai le dieci e di trovarmi in sosta alla stazione vicino al chioschetto delle scale per chiamarlo. Vent'anni fa Palle arrivò qui dalla seconda divisione calcistica di Grenland per portare la nostra squadra su dalla terza. Se non ci riuscí, a ogni modo – stando alle sue dichiarazioni – riuscí a stendere tutte le donne scopabili del posto tra i diciotto e i trent'anni.

«Penso di poter dire senza tema di smentite che ero il cannoniere della squadra», diceva all'epoca, al pub, lisciandosi i bei baffi biondi con il pollice e l'indice. Può anche darsi, ai tempi in cui giocava io non ero che un ragazzino, e so soltanto che sposò una delle evidentemente scopabili. Era la figlia del presidente dell'associazione dei proprietari di taxi e, non appena Palle chiuse con il calcio, ottenne la licenza da tassista senza l'attesa che gli altri dovevano mettere in conto. Per quanto mi riguardava, come autista alle sue dipendenze ormai aspettavo da cinque anni e ancora non avevo visto neppure l'ombra del biglietto d'oro.

– Qualcosa non va? – domandò Palle nel tono minaccioso che usava sempre quando gli telefonavo durante il mio turno. Era terrorizzato all'idea che fossi andato a sbattere o che ci fossero problemi con la macchina, un fatto, questo, di cui sapevo mi avrebbe dato parte della colpa, anche se mi fossero venuti addosso o fosse saltato fuori un difetto meccanico nella Mercedes malandata che Palle era troppo tirchio per far controllare regolarmente.

– Ha telefonato qualcuno chiedendo di un orecchino?

– Un orecchino?

– Stava dietro, incastrato fra i sedili.

– Okay, se sento qualcosa ti faccio sapere.

– Mi chiedevo...

– Sí? – La voce di Palle era impaziente, come se lo avessi svegliato. Il giorno prima aveva fatto il turno serale, che di solito finiamo intorno alle due, ossia un'ora dopo la chiusura dei due pub del posto. Dalle due in poi, un solo taxi copriva il turno di notte, che le vetture facevano a rotazione.

– Per caso Wenche ha preso il nostro taxi, ieri?

Sapevo che a Palle non piaceva che lo chiamassi «il nostro taxi», visto che in effetti era suo, ma a volte me ne dimenticavo.

– L'orecchino è suo? – udii Palle sbadigliare.

– È quello che mi stavo chiedendo. Ci somiglia.

– E allora perché non chiami lei, invece di svegliare me?

– Be'.

– Be'?

– Un orecchino non si sfila cosí, mentre una sta seduta dritta e composta.

– Ah no?

– Cosí dicono. È montata in macchina, ieri?

– Fammici pensare –. All'altro capo sentii il *clic* del suo accendino, poi Palle riprese: – Non nella mia, ma mi pare di averla vista aspettare in fila per un taxi davanti al *Fritt Fall* verso l'una. Posso chiedere in giro.

– Non voglio sapere quale taxi ha preso Wenche, voglio sapere a chi appartiene l'orecchino.

– In questo non ti posso proprio aiutare.

– Lo guidavi tu.

– E allora? Se stava conficcato tra i sedili, può essere rimasto lí per giorni. E per la miseria, non conosco mica il nome di tutti i clienti del cazzo che salgono. Se quell'orecchino vale qualcosa, la persona interessata si farà viva per telefono. Hai messo il liquido dei freni? Ieri, quando sono partito, stavo per finire dritto a mollo.

– Lo faccio appena ci sarà meno movimento, – risposi. Era tipico di Palle lo spilorcio mandare me in officina invece di andarci lui. Infatti, come autista precario non ero pagato a ore, ma prendevo il quaranta per cento degli incassi che facevo.

– Ricordati la corsa delle due all'ospedale, – mi disse.

– Sí, certo, – risposi e chiusi la comunicazione. Esaminai di nuovo l'orecchino. Speravo con tutto me stesso di sbagliarmi.

La portiera posteriore si aprí e sentii l'odore prima di udire la voce. Si penserebbe che come tassista ci si abitui al tanfo stantio e allo stesso tempo dolciastro e nauseabondo prodotto dal miscuglio di sbronze vecchie e nuove del sussidio di disoccupazione appena riscosso. E dopo l'acquisto di altre bottiglie, la festa mattutina in casa di uno della cricca dei beoni a spese dello Stato può avere inizio. Invece è il contrario, quel tanfo peggiora per ogni anno che passa, e ora come ora mi fa venire il voltastomaco. Il sacchetto del monopolio tintinnava. La voce roca biascicò imperiosa: – Nergardveien 12. E dài gas.

Girai la chiave d'accensione. La spia dell'olio dei freni era illuminata da oltre una settimana, e sí, bisognava schiacciare piú a fondo il pedale del freno, ma ovviamente Palle aveva esagerato nel dire che per poco non era finito a mollo, anche se d'inverno la breve discesa dal garage fino al bordo della banchina, con il fondo stradale scivoloso, era ripida e infida. E sí, se mi rompevo le scatole perché Palle mi assegnava tutti i turni di mattina nei fine settimana, e di notte nei giorni feriali, mentre lui si accaparrava quelli che davano la possibilità di guadagnare qualche soldo, mi era capitato – quando avevo parcheggiato il taxi fuori dal garage una notte d'inverno ed ero tornato a casa con la mia macchina – di pregare in cuor mio che lui slittasse sul ghiaccio, cosí io sarei avanzato di un posto nella fila per la licenza.

– Per favore, non fumare in macchina, – dissi.

– Ah, chiudi il becco! – ringhiò la voce dal sedile posteriore. – Chi è che paga, eh?

Sono io, pensai. Sono io che lavoro in cambio del quaranta per cento di quello che incasso meno il quaranta per cento di tasse che ti pagano la possibilità di ammazzarti con l'alcol, e l'unica speranza che mi resta è che tu lo faccia il piú presto possibile.

– Che hai detto? – domandò la voce dal sedile posteriore.

– Non fumare, – dissi indicando il cartello di «vietato fumare» sul cruscotto. – Sono cinquecento corone di multa.

– Rilassati, ragazzo mio –. Il fumo di sigaretta si insinuò fra i sedili. – Ho i contanti.

Abbassai tutti i finestrini, pensando che quelle cinquecento corone fuori tassametro sarebbero potute finire senza decurtazioni dritte nelle mie tasche, perché Palle fumava cosí tanto che di sicuro non avrebbe badato all'odore. Però, sotto sotto sapevo che alla fine avrei fatto il bravo ragazzo, conteggiando le cinquecento corone, e perciò non mi sarebbe toccato neanche un centesimo. Perché Palle sosteneva che a lavare l'interno della macchina era lui, ma sapevamo entrambi che non lo faceva mai, e solo quando l'abitacolo era cosí lercio che non ce la facevo piú ci pensavo io.

Arrivai in Nergardveien, il tassametro segnava 195.

L'ubriacone mi tese una banconota da duecento. – Tieni il resto, – disse e fece per scendere.

– Ehi! – gridai. – Me ne devi dare 695.

– Lí c'è scritto 195.

– Hai fumato nella mia vettura.

– Ah sí? Non me lo ricordo. Ricordo soltanto che c'era una fortissima corrente d'aria.

– Hai fumato.

– Dimostralo.

L'uomo scese sbattendo la portiera e si avviò verso l'ingresso del casermone accompagnato dall'allegra risata sprezzante del tintinnio delle bottiglie.

Guardai l'orologio. Mancavano sei ore alla fine di quella giornata di lavoro che già si profilava di merda. Dopo dovevo andare a cena dai suoceri. Non sapevo cosa mi terrorizzasse di piú. Estrassi l'orecchino dalla tasca e lo guardai di nuovo. Alla perla grigia rotonda era attaccato soltanto un perno, come un palloncino a un filo. E mi venne in mente la volta in cui ero troppo piccolo per partecipare da solo alla sfilata della festa nazionale del 17 maggio, ma l'avevo guardata insieme a mio nonno, che mi aveva comprato un palloncino. Per un momento dovevo aver perduto la concentrazione e mollato il filo, perché all'improvviso avevo visto il palloncino volare su in alto, e ovviamente mi ero messo a strillare. Nonno aveva aspettato che finissi di piangere e poi spiegato il motivo per cui non me ne avrebbe comprato un altro. «Cosí impari che, se hai avuto la grande fortuna di ricevere una cosa che desideravi, te la devi tenere stretta, perché nella vita non ci sono seconde occasioni».

Forse aveva ragione. Perlomeno, quando mi ero messo con Wenche avevo provato la sensazione di ricevere un palloncino che avevo tanto desiderato. Che non mi potevo permettere, ma lo avevo ricevuto lo stesso. Un'occasione. E perciò la tenevo stretta. Non la mollavo neanche per un secondo. Forse stringevo un po' troppo. Ogni tanto mi sembrava di sentire il filo tirare. Quegli orecchini erano stati un regalo di Natale costoso, almeno paragonato alle mutande della Björn Borg che mi aveva fatto lei. Ma questo era uno di quegli orecchini? Ci somigliava, anzi, a quanto potevo vedere, era assolutamente identico, ma né su questo né sul paio che avevo comprato c'era un segno di riconoscimento che potesse darmi qualche indicazione. Quella notte Wenche era rientrata quando ormai io dormivo, era stata a una serata in un pub programmata da molto tempo con due amiche, neomamme che non vedevano l'ora di passare qualche ora senza i bambini.

Avevo approfittato dell'occasione per puntualizzare che quell'uscita dimostrava che in effetti si poteva avere una vita propria anche se si mettevano al mondo dei figli, ma Wenche aveva sbuffato dicendomi di smetterla di insistere: non era pronta, punto. Non aveva specificato se non fosse pronta per me o per avere dei figli, ma in un certo senso era sottinteso. Wenche aveva bisogno di spazio per respirare, piú delle altre, avevo capito. Sí. Lo capivo. Volevo accontentarla, ma per cosí dire non ci riuscivo. Non riuscivo a non stringere con tutte le mie forze quel palloncino.

Un orecchino non si sfila cosí, se una sta seduta dritta e composta.

Se era salita sul taxi per spassarsela sul sedile posteriore con un tizio mentre Palle guidava, doveva essere ubriaca fradicia e fuori di testa. Dopo tutto, sapeva benissimo che lui era il mio datore di lavoro. Ma quando era sbronza andava fuori di testa. Come la prima volta che avevamo scopato. Eravamo entrambi sbronzi, erano le due di notte, e lei aveva voluto farlo a tutti costi al campo di calcio, contro una delle porte. Solo in seguito ero venuto a sapere che aveva avuto una storia tira-e-molla con il custode, e che lui l'aveva appena mollata.

Pigiai il suo nome sul cellulare, lo fissai per un po', poi posai il telefono nel vano tra i sedili e alzai il volume della radio.

Parcheggiai vicino al garage di Palle alle cinque. Alle cinque e mezzo avevo fatto la doccia, mi ero cambiato e aspettavo nell'ingresso Wenche che si stava truccando in bagno mentre parlava al telefono.

– Sí, sí! – esclamò irritata quando uscí e mi vide. – Guarda che se mi stressi ci metto di piú.

Non avevo detto una parola e mi rendevo conto che l'unica cosa da fare era continuare a tenere la bocca chiusa. Tenere la bocca chiusa e stringere il filo del palloncino.

– Devi proprio stare piantato là cosí? – sbuffò lei mentre si infilava a fatica i lunghi stivali neri.

– Cosí, come?

– A braccia conserte.

Le rilasciai.

– E non guardare l'orologio, – aggiunse.

– Io non guar…

– Non ci pensare! Ho detto che arriviamo quando arriviamo. Oh Dio, quanto mi dài sui nervi!

Uscii e andai a sedermi in macchina. Lei mi raggiunse, si controllò il rossetto nello specchietto e per un po' viaggiammo in silenzio.

– Con chi hai parlato al telefono per tutto quel tempo? – domandai.

– Con mamma, – rispose Wenche passandosi un indice sotto il labbro inferiore.

– Cosí tanto, e per giunta cinque minuti prima di vedervi?

– È vietato, forse?

– Viene qualcun altro oggi?

– Come, qualcun altro?

– Oltre a noi e ai tuoi. Visto che ti sei messa in tiro.

– Non credo che guasti rendermi presentabile a una cena. Tu, per esempio, avresti potuto indossare il blazer nero invece di conciarti come se dovessi andare in baita.

– Tuo padre avrà il solito maglione, quindi ce l'ho anch'io.

– Lui è piú anziano di te, mostrare un po' di rispetto non guasta.

– Rispetto, certo, – dissi.

– Come?

Scossi il capo per farle capire che non aveva importanza. Stringere forte il filo.

– Begli orecchini, – commentai senza distogliere lo sguardo dalla strada.

– Grazie, – disse lei come in tono sbalordito, e con la coda dell'occhio la vidi portarsi d'istinto una mano all'orecchio.

– Perché non metti mai quelli che ti ho regalato a Natale? – le domandai.

– Ma se li metto sempre.

– Be', allora perché non adesso?

– Ma quante storie!

Vidi che stava ancora giocherellando con gli orecchini. Erano d'argento.

– Questi me li ha regalati mamma, quindi magari le farà piacere vedermeli addosso. Soddisfatto?

– Oh, Cristo! Certo, – risposi. – Ti ho solo fatto una domanda.

Lei sospirò, scosse il capo e non ci fu bisogno che lo ripetesse. Che le davo sui nervi.

– Ho saputo che presto avrai la licenza del taxi, – disse il padre di Wenche conficcando il pesante forchettone a tre rebbi in una fetta di arrosto di manzo rinsecchito e posandolo nel proprio piatto. Non lo avevo ancora assaggiato, ma sapevo che era rinsecchito, servivano sempre arrosto di manzo quando andavo io, ed era sempre rinsecchito. Di tanto in tanto immaginavo che fosse un test, che aspettassero il giorno in cui avrei lanciato il piatto contro il muro urlando che mi ero stufato, cazzo, di loro, dell'arrosto e della loro figlia. E che a quel punto avrebbero tirato un sospiro di sollievo.

– Sí, – risposi. – Brorson rileverà la licenza dello zio, che andrà in pensione l'estate prossima, e allora sarò il secondo in lista.

– E quanto tempo pensi ci vorrà?

– Dipende da quando rinuncia il prossimo proprietario di un taxi.

– Questo lo avevo capito, ma vorrei sapere quando accadrà.

– Be'. Ruud è il piú vecchio. Ormai avrà cinquantacinque anni.

– Ma allora potrà lavorare come minimo per altri quindici.

– Già –. Mi portai il bicchiere d'acqua alle labbra, sapevo che la bocca aveva bisogno di liquidi prima di affrontare la masticazione faticosa.

– Ho appena letto che i taxi norvegesi sono i piú cari del mondo, – disse mio suocero. – Forse non è cosí strano se si considera che abbiamo anche il comparto taxi piú disfunzionale del mondo. Politici idioti che permettono a quei furfanti di rapinare la gente che non ha alternative di trasporto, e che in un qualsiasi altro Paese potrebbe usufruire di tariffe abbastanza ragionevoli.

– Secondo me hai in mente Oslo, – dissi. – Il livello dei prezzi in questo Paese è alto.

– Ci sono parecchi Paesi piú cari della Norvegia, – disse il padre. – E i taxi di Oslo non solo sono i piú cari del mondo, sono una categoria a parte. C'era scritto che a Oslo un percorso di cinque chilometri di giorno costa il venti per cento di piú che nella seconda città piú cara del mondo, ossia Zurigo, e il cinquanta per cento di piú che a Lussemburgo, che è la terza. Eh sí, in quella, di lista, annientate tutta la concorrenza. Lo sapevi che a Kiev, che non è neanche la città piú economica del mondo, con il costo di una corsa a Oslo si possono noleggiare non due taxi. Non tre. Non cinque. Non dieci. Ma venti? A Kiev potrei far trasportare svariate classi scolastiche al prezzo richiesto per accompagnare un solo poveraccio alla stazione dei treni.

– A Oslo, – dissi agitandomi sulla sedia. L'orecchino nella tasca dei pantaloni mi pungeva la coscia. – Non qui.

– Quindi, quello che mi fa specie, – riprese il padre di Wenche pulendosi le labbra sottili con il tovagliolo mentre la madre gli versava l'acqua nel bicchiere, – è che in questo Paese un tassista, perfino uno che è un semplice dipendente, non sia in grado di guadagnare uno stipendio annuo decente.

– Mah, chi lo sa.

– Bene, lo so io. A Oslo rilasciano talmente tante licenze che sono costretti ad alzare i prezzi perché i proprietari dei taxi possano mantenere un certo tenore di vita, e cosí i clienti diminuiscono e loro sono costretti ad alzare ancora di piú i prezzi, e alla fine sono quei pochi che non hanno alternative di trasporto a dover farsi spennare per mantenere tutta la flotta di tassisti che se ne sta inattiva nelle stazioni, a grattarsi il culo e a lamentarsi di quelli che prendono il sussidio di disoccupazione, mentre il sussidio di disoccupazione lo prendono loro, solo che sono i clienti a pagarglielo. Poi arriva Uber a dare una scossa a un settore impantanato, e il sindacato dei tassisti e i suoi iscritti evasori si infuriano e rivendicano il diritto monopolizzato di essere pagati per stare fermi. E l'unico vincitore è la Mercedes, che può vendere macchine di cui non c'è bisogno.

La sua voce non aumentò di volume, solo di intensità, e sapevo che Wenche mi guardava un po' divertita. Le piaceva quando suo padre mi dava una lezione, aveva detto apertamente che con le parole e con i fatti mi dimostrava come doveva comportarsi un uomo, che dovevo considerare i suoi sermoni un insegnamento utile.

– Almeno questo è il mio progetto, – dissi.

– Cioè?

– Aspettare di ottenere la licenza, e poi comprare una Mercedes di cui non c'è bisogno –. Feci una breve risata, ma nessuno intorno alla tavola si sforzò di sorridere.

– Sapete, Amund è esattamente come i tassisti di Oslo, – disse Wenche. – Gli piace aspettare in fila sperando che prima o poi succeda qualcosa di buono. Non è uno che prende l'iniziativa come certi altri.

La madre intervenne e cambiò argomento, non ricordo quale; so solo che me ne stavo lí a masticare all'infinito un manzo che sembrava aver avuto a sua volta una vita dura. E chiedendomi che cosa avesse voluto dire Wenche con la sua allusione a «certi altri».

– Puoi farmi scendere al pub, – disse Wenche mentre tornavamo a casa.

– Adesso? Ma sono le nove.

– Le ragazze sono là. Avevamo deciso di rimediare alla sbronza con una birra stasera.

– Buona idea. Forse anch'io dovrei...

– Diciamo che il punto è di mollare marito e figli per un po'.

– Posso sedermi a un altro tavolo.

– Amund!

Non stringere cosí forte, pensai. Non farti venire i crampi alla mano, ché ti si intorpidisce e non senti piú il filo.

Subito dopo aver girato la chiave nella toppa ed essere entrato in casa da solo, salii in camera da letto e mi misi a cercare nel cassetto in cui Wenche teneva i suoi gingilli. Aprii i cofanetti di gioielleria e trovai anelli e catenine d'oro, delle quali una sembrava nuova e non ricordavo di averla mai vista. Poi arrivai agli orecchini. Prima una scatolina vuota, probabilmente di solito conteneva il paio d'argento che si era messa quella sera. Poi un paio piuttosto stravagante con un anello azzurro che cingeva le perle grigie come un sottile equatore. Glieli aveva regalati il padre per il suo ventesimo compleanno e li chiamava gli orecchini Saturno. Però non vidi quelli che le avevo regalato io, non erano nemmeno nella loro scatolina. Cercai negli altri cassetti. Negli armadi. Nel nécessaire, nelle borse, nelle tasche delle sue giacche e dei suoi pantaloni. Niente. Che cosa ne dovevo dedurre?

Andai in cucina, presi una birra dal frigo e mi sedetti al tavolo. Non avevo trovato nessuna prova, e non potevo esserne certo, però sapevo che ormai era inevitabile. Dovevo passare in rassegna e vagliare i mezzi pensieri da cui ero stato sfiorato ma avevo respinto e rimandato al momento in cui avrei avuto tra le mani la scatolina con dentro l'altro orecchino. Al momento in cui ne avrei avuto la certezza.

A tormentarmi non era tanto il sospetto che Wenche avesse avuto un incontro appassionato sul sedile posteriore, quanto il fatto che Palle avesse negato di averla fatta salire in macchina la sera prima. Perché avrebbe dovuto mentire? C'erano solo due risposte plausibili. O non voleva fare la spia, forse lei glielo aveva addirittura chiesto. Oppure sul sedile posteriore c'era lui. E ora che cominciavo a cedere, ovviamente non riuscivo a escludere tutto il resto, e mi raffigurai il sedere stretto di Palle muoversi su e giú sopra Wenche, che gridava il suo nome come aveva gridato il mio sul campo di calcio, continuando a farlo per tutto il primo anno fino al giorno in cui ci eravamo sposati. Quella fantasia mi dava un dolore fisico. Dico sul serio. Wenche era la cosa migliore e peggiore che mi fosse capitata, ma – ancora piú importante – era l'unica. Non che fossi vergine quando l'avevo conosciuta, ma le altre erano di quelle che andavano con tutti. Wenche era l'unica donna che era riuscita ad alzarmi di parecchio l'autostima per il solo fatto che mi permetteva di scoparla. A mano a mano che passava il tempo e lei si rendeva conto di poter acchiappare tipi migliori di me, aveva provveduto a farmi scendere l'autostima. Ma mai cosí in basso com'era prima che mi mettessi con lei. Wenche era nientemeno che il mio palloncino all'elio. Finché stringevo quel filo ero un po' piú leggero, avevo un po' piú di slancio.

Per come la vedevo io, avevo due possibilità. Metterla di fronte alle mie scoperte e alle prove. Oppure stare zitto e far finta di niente. Con l'alternativa numero uno rischiavo di perdere sia lei che il lavoro, perlomeno se era stato Palle a trombarsela.

Con l'alternativa numero due rischiavo di perdere il mio amor proprio.

Ma di certo l'alternativa numero uno, il confronto, implicava la possibilità che lei si inventasse una spiegazione completamente diversa su come l'orecchino era finito nello spazio tra i sedili. Una spiegazione che avrei potuto convincermi fosse credibile. Una spiegazione che mi avrebbe dato la possibilità di evitare di raffigurarmi il vecchio culo sodo da calciatore di Palle per il resto della vita. E magari se l'avessi messa di fronte al fatto dimostrandole di essere disposto a rischiare tutto, lei avrebbe capito che non ero tipo da limitarsi ad aspettare che le cose gli accadessero, che ero capace di prendere l'iniziativa, di plasmare il mio destino, cazzo. Che, per la miseria, non era colpa mia se il regolamento per il rilascio delle licenze funzionava cosí.

Sí, dovevo proprio chiederle conto.

Stappai una birra e aspettai. Sudai e aspettai.

Sul frigorifero era attaccata una foto di noi due insieme a un gruppo di amici. Era stata scattata otto anni prima, al nostro matrimonio, e avevamo tutti un'aria giovane, piú giovane di quanto quegli otto anni potessero giustificare. Cazzo, com'ero orgoglioso quel giorno. E felice. Sí, penso proprio di poterlo dire: felice. Perché avevo ancora quell'età in cui credi che tutte le cose belle che ti capitano segnino l'inizio di qualcosa, non la fine. Il pensiero che quel giorno, quei mesi, forse quell'unico anno sarebbero stati tutta la felicità che la vita aveva da offrirmi era di là da venire. Cazzo, non sapevo mica di trovarmi sulla vetta, e quindi non mi ero dato il tempo di godermi il panorama, e avevo proseguito convinto di dover raggiungere nuove altezze. Avevo visto quella foto appesa là per qualche migliaio di giorni, ma quella sera mi fece piangere. Sí, davvero, piansi.

Guardai l'ora. Le undici. Stappai un'altra birra. Alleviava il dolore, ma solo un po'.

Stavo per stappare la quarta quando squillò il telefono. Risposi con rapidità fulminea, doveva essere Wenche.

– Scusa se chiamo a quest'ora, – disse una voce femminile. – Mi chiamo Eirin Hansen. Parlo con Amund Schmid, il tassista?

– Sí?

– Ho avuto il tuo numero da Palle Ibsen. A quanto mi è parso di capire forse hai un orecchino che ho perso a bordo del suo taxi ieri sera.

– Che tipo...

– Un normalissimo orecchino di perla, – disse Eirin Hansen. Se si fosse trovata là nella cucina l'avrei abbracciata. La mia esultanza interiore fu cosí assordante da farmi credere che potesse udirla anche lei.

– Sí, ce l'ho io.

– Ah, che sollievo! È un regalo di mia madre.

– Allora, tanto meglio che sia stato ritrovato, – dissi, pensando a quant'era fantastico che io ed Eirin Hansen, una perfetta sconosciuta, potessimo condividere tanta gioia e tanto sollievo in un collegamento telefonico.

– Non è strano, – dissi, – che il giorno in cui ricevi una brutta notizia, che poi però si rivela infondata, diventi migliore di com'era prima di ricevere la brutta notizia?

– A questo non avevo pensato, ma forse hai ragione, – rise lei.

So che era colpa dell'euforia, ma mi dissi che Eirin Hansen aveva una bellissima risata, che dalla voce sembrava una brava persona, anzi, che dalla voce sembrava addirittura una gran bella donna.

– Dove posso... ehm, passare a prendere l'orecchino?

Per un momento fui sul punto di proporle di raggiungerla immediatamente, poi ripresi il controllo delle idee e delle emozioni che mi tempestavano.

– Domani faccio il turno di giorno con il taxi, – dissi. – Chiamami, cosí ti dico quando arrivo alla stazione accanto al chiosco delle scale, tanto sarò comunque nei paraggi.

– Perfetto! Grazie mille, Amund!

– Di nulla, Eirin.

Riagganciammo. E mentre l'esultanza continuava a pervadermi vuotai la bottiglia di birra.

Era passata da poco la mezzanotte quando Wenche si infilò a letto. Anche se probabilmente capí che ero sveglio, non fece rumore e si mosse con cautela. La sentivo distesa alle mie spalle che sembrava trattenere il respiro, come se ascoltasse il mio. Poi mi addormentai.

L'indomani mi svegliai emozionato e carico.

– Ma che ti prende? – mi domandò Wenche mentre facevamo colazione.

– Niente, – sorrisi. – Neanche oggi ti sei messa gli orecchini che ti ho regalato.

– La smetti di insistere con questa storia? – sbuffò lei. – Li ho prestati a Torill, le piace come mi stanno e mi ha chiesto di prestarglieli per una festa aziendale. Stasera mi vedo con lei e me li restituisce, va bene?

– Mi fa piacere sentire che anche altri trovano che ti donino, allora, – risposi.

Mi lanciò un'occhiata strana mentre finivo il caffè e in punta dei piedi quasi uscivo a passo di danza.

Mi sentivo come un adolescente diretto al suo primo appuntamento, allo stesso tempo contento e terrorizzato.

Parcheggiai da Palle, montai nel taxi e, mentre percorrevo la discesa verso il bordo della banchina, mi accorsi che il pedale del freno si era allentato ancora di piú. Telefonai all'officina e chiesi a Todd se potevano aggiustarlo il giorno dopo.

– Ma certo, però ci farebbe piú comodo se venissi oggi, – rispose Todd.

Tacqui.

– Ho capito, – sghignazzò lui. – Domani il turno di giorno lo fa Palle, e sei stufo marcio di dover essere sempre tu a passare i turni in officina.

– Grazie, – dissi.

Alle dieci squillò il cellulare.

Sul display vidi che era Eirin.

– Ciao, – mi limitai a rispondere.

– Ciao, – disse lei, come se sapesse che non aveva bisogno di presentarsi, che avevo riconosciuto il suo numero. E dalla voce non sembrava anche lei emozionata, quasi nervosa? Forse no, forse volevo solo che mi desse quell'impressione.

Concordammo di vederci alla stazione dei taxi alle dieci e mezzo. Mi capitò una corsa breve, e dopo parcheggiai, facendo cenno a Gelbert e ad Axelson di passarmi davanti con le loro vetture. Durante l'attesa mi sforzai di non pensare. Perché tutte le immagini, tutte le aspettative che lottavano per conquistare un posto nel mio cervello erano inutili, presto ne avrei ricevuto conferma.

La portiera del lato passeggero si aprí, e percepii il profumo prima di udire la voce. Campo fiorito davanti a una baita in giugno. Mele in agosto. Vento dell'ovest sul mare in ottobre. Sí, certo, lo so che esagero, ma queste sono le associazioni che mi vennero.

– Ri-ciao –. Sembrava un po' affannata, come se avesse camminato veloce. Forse aveva qualche anno piú di quanto avessi immaginato. La voce era piú giovane del viso, per metterla cosí. Forse aveva pensato lo stesso di me, che ero piú attraente al telefono, non saprei. Però una volta Eirin era stata bella, su questo non c'erano dubbi. Scopabile, pensai. E sí, pensai proprio quella parola, quella che usava Palle. Adatta a essere scopata. Avevo voglia di scoparla? Sí, ne avevo voglia.

– Grazie infinite per esserti preso cura dell'orecchino, Amund.

Quindi, era andata dritto al punto. Per togliersi il pensiero. Non so se la causa fosse la timidezza, il nervosismo o il fatto che l'avevo delusa.

– Eccolo, – dissi tendendole l'orecchino. – Ammesso che abbia trovato quello giusto.

Lei lo rigirò. – Oh, sí, – disse adagio. – Hai trovato quello giusto.

– Bene, – dissi. – È abbastanza raro, e non sarebbe stato facile trovarne uno uguale.

– Hai proprio ragione –. Annuí mentre guardava l'orecchino, quasi non osasse guardare me. Quasi che se lo avesse fatto sarebbe successo qualcosa che non voleva.

Non dissi niente, sentivo solo le pulsazioni martellare nel collo, cosí forte che se avessi cercato di parlare sapevo che sarei stato tradito dal tremito della voce.

– Bene, grazie di nuovo, – disse Eirin cercando tentoni la maniglia della portiera. Probabilmente, come me era stata colta da un lieve panico. Ovvio. Aveva la fede al dito. Era truccata, ma la luce del mattino era spietata. Aveva come minimo cinque, dieci anni piú di me. Però era scopabile. Ed era stata molto scopabile quando io ero solo un ragazzino.

– Conosci Palle? – le domandai senza tremito nella voce.

Lei esitò. – Be', conoscere è una parola grossa.

Non avevo bisogno d'altro. Un orecchino non si sfila cosí, se stai seduta dritta e composta. Guardai lo specchietto laterale: doveva aver preso una botta e andava riavvitato.

– A quanto pare mi è entrata una corsa, – dissi.

– Ah, certo, – disse lei. – Allora, grazie ancora.

– Di nulla.

Scese, e io la seguii con lo sguardo mentre attraversava la piazza.

Lei non lo sapeva, nessuno lo sapeva, ma ero appena uscito dalla prigione. Ormai ne ero fuori, e inspirai l'aria inconsueta, sentii la nuova, spaventosa libertà. A quel punto non dovevo fare altro che continuare, sfruttarla, non ricadere nelle vecchie abitudini per non ritrovarmi subito rinchiuso di nuovo dietro le mura. Ci sarei riuscito senz'altro. E con la mossa successiva lo avrei dimostrato a me stesso.

Quando si fecero le cinque, avevo avuto una giornata buona. In molti mi avevano per giunta dato la mancia, cosa che non succedeva quasi mai. Dovevo ringraziare il mio insolito buonumore, il mio nuovo io, per cosí dire?

Parcheggiai il taxi nel garage di Palle. Teneva degli attrezzi appesi alla parete, e impiegai venti minuti a sistemare ciò che andava sistemato.

Montai nella mia macchina, telefonai a Wenche e le dissi che avevo comprato una bottiglia di vino bianco per cena, quello che le piaceva tanto.

– Ma che ti prende? – mi domandò, ma non in tono irritato come aveva fatto a colazione. Quasi con curiosità. Anzi, adesso che in effetti ero un uomo nuovo forse potevo diventare nuovo anche per lei.

Canticchiai una canzone mentre guidavo con una mano. Guidavo. Mi piaceva guidare. Infilai la mano libera nella tasca dei pantaloni pensando al liquido dei freni che avevo estratto nel garage. Mi chiesi come facesse Palle a tenere in pugno Eirin, o forse si tenevano in pugno a vicenda? Mi chiesi da quanto durasse la loro storia. Doveva durare almeno da abbastanza tempo ed essere abbastanza complicata da permettergli di chiederle di stare al gioco quando aveva capito che avrei collegato l'orecchino a lui e a Wenche. Probabilmente Palle aveva telefonato a Wenche subito dopo che lo avevo chiamato io chiedendogli dell'orecchino. E lei aveva immediatamente nascosto la scatolina con il compagno. La scusa che li aveva prestati a un'amica era stata una mossa scaltra. Quella sera aveva in programma di uscire, certo, ma non per vedersi con Torill né con altre amiche: doveva vedersi con Palle, che, secondo il piano, per allora avrebbe recuperato l'orecchino che avevo dato a Eirin. Ma Wenche non avrebbe mai riavuto l'orecchino da Palle. Non perché Palle avesse notato l'aspetto degli orecchini di Wenche mentre erano distesi insieme sul sedile posteriore, no, di sicuro non aveva notato che l'orecchino di perla che Eirin gli aveva consegnato era circondato da un anello, come un equatore azzurro.

Ma Wenche non avrebbe avuto né l'orecchino Saturno né quello che aveva perso mentre era con Palle la sera prima. E non avrebbe neppure mai capito che erano stati scoperti. Perché a partire da quello stesso pomeriggio Palle non sarebbe piú stato tra noi, come si dice. Perciò lei avrebbe dovuto accontentarsi di ciò che aveva. Me. Però pensavo che le sarei piaciuto. Il nuovo me. Il primo della lista che avrebbe rilevato la licenza di taxi dopo la scomparsa improvvisa di Palle. Sorrisi tra me e me nello specchietto, guidai con la mano libera nella tasca dove tenevo l'orecchino di perla che una volta avevo regalato a Wenche. Lo tenevo senza stringere, ma con una presa sicura. Esattamente come bisogna tenere il filo di un palloncino.

Nota al testo.

I versi in epigrafe a p. 3 sono tratti da W. Shakespeare, *Otello*, traduzione di C. Vico Lodovici, Einaudi, Torino 2004.

La battuta di Homer Simpson a p. 59 è tratta da *Il supplente di Lisa*, in *I Simpson*, stagione II, episodio 19, 20th Century Fox © The Walt Disney Company.

I versi a p. 138 sono tratti da R. Frost, *La strada non presa*, in *Conoscenza della notte e altre poesie*, a cura di M. Bacigalupo, scelta e traduzione di G. Giudici, Mondadori, Milano 1988.

Indice

Einaudi usa carta certificata PEFC
che garantisce la gestione sostenibile delle risorse forestali

PEFC™
PEFC/18-32-03

Stampato per conto della Casa editrice Einaudi
presso ELCOGRAF S.p.A. - Stabilimento di Cles (Tn)
nel mese di agosto 2022

C.L. 25351

Edizione						Anno			
1	2	3	4	5	6	2022	2023	2024	2025